王子様の訳あり会計士 2

なりすまし令嬢は処刑回避のため円満退職したい！

小津カヲル

illustration iyutani

ICHIJINSHA IRIS NEO

CONTENTS

この作品はフィクションです。
実際の人物・団体・事件などには関係ありません。

王子様の訳あり会計士2　なりすまし令嬢は処刑回避のため円満退職したい！

第一章　塗り替えられる勢力図

真新しい下ろしたての帳簿を開き、新たに支出項目を追加する時は、とても緊張する。

真っ白い頁《ページ》の見出しは、ラディス＝ロイド王子殿下の社交費。項目は殿下本人にかかる衣装、装飾品のみならず、招待された会食や宴の主催者との手紙のやり取りから、返礼品など。

「うわあ、書き間違ったら大変なことになりそう……」

次に請求書を見ながら金額を書き写していくのだけれど、一枚目にある殿下の衣装一着の金額を目にして、気を引き締める。

庶民納税課時代には、貴族家御用達《ごようたし》の服飾店の会計確認をしたことがあるので、高価な衣装の値段は知っていたつもりだった。けれども王子様のものは、さらに桁が違う。夜会にも出席できる正装ともなると、たった一着でもとんでもない金額だった。

「もしかして、釦《ボタン》一つでも三日は豪遊できるんじゃないかしら……」

釦どころか、不用意に引っかけてほつれでもしたら、修繕すらも相当な金額になるのだろうかと想像して、ぶるりと震える。

「怖い、怖い。この服を着ている殿下には、なるべく近寄らないでおこうっと」

束になっていた請求書の金額をすべて書き写し終わると、私はペンを置き、大きく伸びをして凝り固まった肩をほぐす。そして仕事机から離れて、用意されていたティーセットの元へ赴《おもむ》くと、勝手にお茶を淹《い》れて長椅子《ながいす》へと移動し、独《ひと》りのんびりと喉を潤す。

「ああ、美味《おい》しい。王城のお茶は味もさることながら、香りが別格なのよね」

ここは私の仕事部屋でもあるが、そもそも殿下の私室。

すっかりくつろいでいる私が言うのも何だが、慣れって怖い。

四ヵ月前、庶民納税課から左遷かと思って訪れた王城で、ラディス＝ロイド王子殿下と再会した。彼は十年前に出会った私を少年と勘違いしたまま、行方を捜していたのを知ったが、私はあえてそれを黙ったまま彼の私財会計士となった。

最初はなるべく早く退職すればいいと軽く考えていたのに……まさか十年前の出会いが、殿下の王位継承に影を落としていたなんて知らなかったのだ。

しかも私の秘密はそれだけじゃない。私はノーランド伯爵令嬢で、十年前に死んだことになっている。それが平民コレット＝レイビィになりかわって生きていたことを、もし殿下に知られたら、処刑されるかもしれない。

そんな危機を回避するには、しらを切り通すしかなかったのだ。

それなのに一週間前。殿下の視察に同行したティセリウス領で、誘拐《ゆうかい》事件に巻き込まれたことをきっかけに、殿下にすべて知られてしまった。私の素性を、殿下が十年間も捜していた相手、ともに宝冠の徴《しるし》を現した少年であることも……。

ああ、終わった。処刑される。

だが絶望した私に、殿下はある取引をもちかけてきた。

それは殿下が王位継承できるよう、広まってしまっている悪い噂《うわさ》を払拭するために、彼には想い人がいるという噂を流し、私がその仮初《かりそめ》の恋人役を引き受けることで。

身分を偽っていたことを不問にする代わりに協力しろって、脅しですか。

だが私に引き受けない選択肢はなく、こうして今も彼の私財会計士を続けている。

休憩を終えてカップを片付けていると、執務室へとつながる扉が開いた。

「おかえりなさい、殿下。お疲れのようですね」

「ああ……行く先々で呼び止められて仕事にならない」

腹心のヴィンセント様を伴って私室に戻ってきた殿下は、愚痴を口にしながらタイを緩め、長椅子に身を委ねた。

疲れた様子の殿下を見て、手元にある新しいカップに残っていたお茶を注ぐ。

「少しぬるくなっていますが、どうぞ」

そう言って手渡すと、殿下は一気に飲み干すのだった。

ティセリウスとフレイレ両領の視察から戻ってすぐ、ここフェアリス王国の中枢を支配する貴族界には、かつてない動揺が走っている。

ティセリウス領の視察中で、二つの事件が明るみになった。一つは密出国の組織的斡旋《あっせん》。これを領の管理下にあった船頭たちが行っていたとあっては、貴族界でも強い影響力を保持するティセリウス伯爵家といえども、重い罰を免れないほどの罪だ。

ティセリウス領は、最後に戦争があった隣国ベルゼ王国と、国境を接している防衛の要だった。戦争が終結した三十年の節目を迎える今でも、それは変わらない。だからこそティセリウス伯爵の地位は高く、軍備の保有と用途に制限のない経費の使用を認められていた。その立場を忘れ、警戒すべき隣国への密出国に関わっていたとあっては、さすがに放置することはできないとして、国王陛下はすぐさまティセリウス伯爵に処分を言い渡した。

その内容は、ティセリウス領を金銭的に支えてきた他国との独自交易権の剥奪《はくだつ》と、領兵で構成していた国境を守る警護隊の解体。そして陛下直属として、新たな国境警護隊の再編だ。

ティセリウス家は爵位降格を免れたものの、金と武力の権限を削《そ》がれたことで、名ばかりの領主状態となった。これまで国境防衛を理由に地位を固めてきたティセリウス家にとって、この処分は両腕をもがれたのも同然だろう。

でもこうして処分が決定した後も、人々の関心を呼んでいるのはそれだけではない。

ティセリウス伯爵は、殿下と王位を争うデルサルト卿を支える柱の一つ。その一角が崩れたことで、デルサルト卿に傾きつつあった次の王位は、ラディス殿下へと戻るのではともっぱらの噂だ。今まで中立を装っていた多くの貴族たちが、手のひらを返すように殿下のご機嫌を窺《うかが》うようになるのも、当然のことで。

「人気者は辛《つら》いですねぇ」

「彼らの興味の半分は、お前のことのようだが？」

それを聞いて私は「うわあぁ」と悲鳴をあげる。

殿下への悪意ある噂、男色疑惑を否定するために新たに流した噂は、功を奏している。目論見《もくろみ》通り当て馬である私の存在が、注目されているらしい。以前と変わらず私はここで仕事をしているだけなのに、殿下が恋人を囲っているように思い込んでくれるのだから、人の目とは本当にいいかげんなものだ。

これは処刑回避のために殿下からもちかけられた取引なので、嫌でも協力せねばならない。そのせいで視察から戻って以降一週間、家に帰れなくても……。

とはいえ嘆いていても仕方がないので、いつも以上に仕事に執念を燃やしている。

「ところで殿下、女性たちの捜索の方は、何か進展がありましたか？」

「ようやく法務局の先陣が領に到着した頃《ころ》だ。約束の石の後遺症を治療できる医師も、調査に同行させている。追々成果は得られるだろう」

「そうですか……」

ティセリウス領で起きたもう一つの事件は、金髪に紫の瞳《ひとみ》を持つ女性たちが攫《さら》われて行方不明になっていること。残念ながらそちらは解決していないが、ティセリウス家の権限が弱まっている間に捜査が進められる予定らしいので、期待している。

それらの後処理やら何やらで、連日引っ張りだこな殿下。

疲れているのは殿下だけじゃなく、補佐をしているヴィンセント様、交替で付き従う護衛官たちも同様だった。

労《いたわ》って差し上げたいところだが、私もそれどころではない。

短い休憩を終えることにして、山積みの書類に囲まれた自分の机に戻ると、山の中から帳簿をいくつか引っ張り出す。

過去の頁を開いて、そこに自分で書き出したメモ帳を並べていると。

「コレット、先ほどから熱心に何をしている？」

「負けられない戦いのための準備です！」

またお前は何を言い出すのか。呆《あき》れ顔の殿下に、分厚い紙の束を掲げて見せる。

「私は今、情報屋ダディスへの支払いを減額させるための資料を作っているんです。『例の少年』の捜索は中断、定められた期限も残っている段階での契約解除ですから、交渉は値引き以外ありえません。殿下に任せていたら、忙しいのを理由にそのまま支払うに決まっています」

手にしているのは、適正価格を算出するために引っ張り出してきた、過去の明細や領収書、支払う条件などを記した契約書だ。ついでに十年前の少年を捜索した調査報告書もある。

これらをもとに、経費を計算し直しているところだ。

「なるべく緻密に計算して、ダディスにもちゃんと利益を上乗せし、なおかつ適正な価格に変更するべきです。私が書類を揃《そろ》えて差し上げますから、必ず使ってくださいよね！」

過去の調査費用から一日あたりの経費を計算して、捜索中断により使われなくて済んだ分の費用を、最終の支払いから減額してもらうつもりだ。もちろんそれだけではダディスの利益が大きく減るので、契約途中解除となった違約金は上乗せするつもりだ。

膨大なお金を無駄にさせるわけにはいかないが、ダディスとは今後も関係を保つというからには、なおさら一方的な関係はよろしくない。

「聞いていますか、殿下？　早めに連絡を取って、調査を終わらせてくださいね。もう人捜しは必要ないんですから」

眉《まゆ》をひそめてから、少し間をおいて諦めたように了承する殿下。

「分かった、分かった……ああ、コレット。追加の仕事を頼む」

「なんでしょう？」

「新たに私財からの出金がある、処理をしておくように」

殿下が目配せすると、ヴィンセント様が執務室から数枚の請求書を持ってきた。それを渡されて目を通すと、思わず変な声が出た。

数は少ないが、一枚一枚の支払い金額が大きい。先ほど処理していた殿下の衣装代と同じような項目が並ぶ。追加で購入したのだなと思い、最後の発行者の名前を見る。だが私は首を傾《かし》げる。なぜなら、殿下には必要のないはずの、城下で有名な女性専門服飾店の名前だったから。

次の領収書をめくると、そちらは宝飾店……あ、ここは以前レスターと行った店だ。

服に、宝石。しかも女性もの……しばし考えていると。

「それらはすべて、お前の支度だ、コレット」

「……へ？」

驚きながら領収書から顔を上げると、殿下は仏頂面。長椅子に背をもたれかからせて、寄せた眉間《みけん》に指を添えてため息をつく。

「必要経費だ。恋人役を了承したのではなかったのか」

「ちょっと待ってください、殿下には想い人が存在すると噂だけ流して、あとはこれまで通り部屋で仕事をしていればいいって、そう言いましたよね、それなのに必要経費ってどういうことですか？」

だから服とか装飾品とか、着ける必要がないものなのに。

「身の回りのものを取りに行かせてくれないなら、注文させろと言ったのは自分だろうが」

「それは家に帰らせてもらえないからです！」

「普段に着ればいい」

当然のごとく言い切りましたが、殿下。

「……私の仕事、何なのか忘れましたか？」

「何を着ていても仕事はできるが、毎日同じでは気分が乗らないと言ったのはどの口だ。服が合わないというなら良い機会だ、服に相応《ふさわ》しい立場に変更するか？」

殿下から服や宝石を贈られるに見合った立場は、彼の婚約者だけ。

「会計士のままでけっこうです！」

殿下はたちが悪いことに、陛下に会ったあの日から、会話にこういうことを度々交ぜてくるようになった。その都度《つど》私が断っても、懲りないのだ。

今も不敵な笑みを浮かべて、私の返事は聞かなかったことにしている。あれは絶対、求婚を断ったのを、根に持っているに違いない。

「まあまあコレット、殿下の顔を立てると思って、今回は受け取っておいてください。殿下が恋人に贈り物一つしないようでは、すぐに噂が嘘《うそ》だと言われかねません。そして殿下も支度とか必要経費とか、照れ隠しとしても言い訳が子供ですか。贈り物には違いないはずでしょう、なにせご自分で一つひとつお選びに……」

「うるさいぞ、ヴィンセント」

ヴィンセント様の言葉を、珍しく慌てた様子で遮る殿下。

「とにかく、それらは既に決定事項だ。支払いの準備と、会計処理をしておくように」

私は私財会計士。上司からそのように命令されれば、聞かざるを得ない。

「うう……分かりました、後で会計処理しておきます」

ふてくされながら、受け取った請求書を渋々帳簿の間に挟む。

「コレット、こう考えてみたらどうでしょう。殿下が女性の装飾品を買ったというのは、店はきっと商売に利用するに違いありません。王子の婚約者になるかもしれない女性の、お気に入りの店ともなれば、他の貴族への売り込みに大いに役立つはずです。そうした話題が商人の間からも広がるというのは、噂の強化にもなると」

ああ、なるほど。有無を言わせない殿下とは違い、ヴィンセント様の言葉には説得力がある。

「必要経費というのは、そういうことだったんですね。それならそうと先に言ってくだされぱいいのに」

ようやく納得したのに、なぜか殿下は不機嫌そう。

「まったく、会計士というのは融通がきかなくて困る」

「それだけは殿下に言われたくありません！」

「なに？」

するとと言い合いを始めた私たちの間に、微笑《ほほえ》みを浮かべたヴィンセント様が割って入る。

「お二人とも、じゃれ合いはそのくらいで」

「じゃれてなんかいません！」

「誰がじゃれているか！」

殿下と同時に否定してしまい、ヴィンセント様に「やっぱり仲良しじゃないですか」と笑われてしまう。

私は反論する気も失せて、目の前に積まれた山から書類の束を引っ張り出し、トントンと机の上で整え束ねる。そして殿下もまた、黙ったまま緩めていたタイを締め直す。

短すぎる休憩を終えるようだ。長椅子から立ち上がる殿下に、声をかける。

「以前からお願いしていた通り、私は明後日の給料日には、お休みをいただいて家に帰りますからね。たとえ嵐が来ようが、雪が降ろうがです」

「分かっている、だが護衛はつけるからな」

「……妥協します」

殿下はヴィンセント様と護衛官を伴い、再び仕事に戻っていった。

翌日、早速殿下からの贈り物の数々が、私の部屋に届けられた。

部屋と言っても城下の自宅ではなく、王城の中。厳重に警備が敷かれた殿下の居室がある一画、アデルさんたち侍女が使う控え室の隣だ。

ティセリウス伯爵領とフレイレ子爵領への視察出張から戻り、そのままこの部屋に泊まり込んでいる。

理由は、殿下の想い人役を引き受けたせいで、身の危険が生じるから。

私の所持品は、出張に持って行った旅行鞄《かばん》が一つ。それでは不便極まりないと殿下にお願いして、城下の家に使いを頼んだ。手紙を書き、しばらく泊まり込みだからと説明して、着替えなど最低限のものを母にまとめてもらい、護衛官に取りに行ってもらったりもした。

そうして身の回りが整い安心したと思ったら、次は殿下からの贈り物。不足も困るが、使えない物が増えるのも別の意味で困るわけで……。

アデルさんに手伝ってもらいながら慎重に梱包《こんぽう》を解き、狭いクローゼットに豪華な服を押し込む。

「こちらが最後の荷ですよ、どこに置きますか？」

幅広の絹のリボンで飾られた小さな箱を手に、ジェストさんがやってきた。

「うわ、まだありましたか？」

げんなりしながら受け取ると、箱はとても軽い。恐らく宝飾品なのだろうが、使われている艶《つや》やかで美しい包装リボンは、私の持っているリボン全部合わせたよりも高額に違いない。もちろん中身も、推して知るべし……。

私は昨日殿下から渡された請求書を記憶から引っ張り出し、届いた荷物と照らし合わせる。

「髪留めと、イヤリング、それからネックレスのセットでしたか」

箱を開けもせず中身を言い当てる私に、ジェストさんが苦笑いを浮かべた。

「贈り物をして気を惹《ひ》きたい相手に、箱を開ける前から店と商品、価格まで知られてしまうというのは、男としては同情しますね」

「気を惹くって……聞かせる相手もいない所で、わざと誤解させる言い方をしないでくださいジェストさん。これは必要経費ですから！」

「本気でそう思っているんですか？」

ジェストさんは愉快そうに私を見下ろしている。

「で、殿下がそう言いました」

ぷいと横を向くと、同じく微笑むアデルさんと目が合う。

年長者二人から生温かい目を向けられ、とっても居心地が悪い。

「とにかく、これで品物はすべて受け取りました。明日には家に戻るので服は足りるし、これ以上贈られても部屋には収まりきらないと殿下には伝えますからね」

「収納場所のことなら心配ありません、部屋は他にいくらでもあります」

「ジェストさん！」

私の叫びに、ジェストさんは声をあげて笑う。

もうっ、絶対にからかって遊んでいるのだ。

「さあさあ、片付けも一通り済みましたから、昼食にいたしましょう」

アデルさんの言葉に、もうそんな時間だったのかとハッとする。

今日の昼食は、殿下と一緒にとる予定だ。

寝る間も惜しんで仕事にかかりきりの殿下が、私が王城に滞在するようになってからは、自室で食事をとる回数が増えた。最初は居候《いそうろう》である私の分を別に用意するのが面倒だからと、アデルさんたちに無理やり押し切られるように殿下と同席させられた。けれども最近では、これが当然というような流れで殿下の前に座らされる。

なんか、おかしくない？

殿下の方も、以前は私室で食事することは、滅多になかったのに。

どうしてだろうと疑問に思っていると……。

「数日前に、行政棟で毒味役が倒れた」

殿下は用意されたパンを口に入れながら、平然とそう言ってのけた。

「口にしたのが少量だったため、命に別状はない。会議の合間に出される予定だった飲み物だ、誰《だれ》が標的だったのかは今のところ定かではない」

定かではなくても、自分だった可能性を考慮しているのだろう。

青くなっている私に、殿下が何でもないといった風に続ける。

「ここの食事については問題ない。かなり厳重に管理した材料を使い、長年勤めている者が調理している。コレットに危険は及ばない」

「どうして、そんな平然としてられるんですか」

「この場所が安全地帯だからだ、だからお前をここから出さないようにしている」

「私のことじゃなくて……殿下の心配をしているんです」

殿下は、少しだけ驚いたような顔をする。だって、絶対に安全と太鼓判を押すこの食事を、殿下が食べるのは多くても日に二回。残る一回は、安全じゃない場所で食べていることになる。心配するのは当然だ。

「私のことはいい。それよりコレット、午後は金庫棟へ行くように。ジェストが付き添う」

殿下は真顔でそう返してくるだけだった。なんだか釈然としない。

「……金庫棟ですか？　明日あたり行く予定でしたが、他に急な出金ですか？」

「そうではない。内密に、レスター＝バウアーを呼ぶ手はずになっている」

「レスターに会えるんですか？」

帰城してから一度も彼には会えていなかった。

目を輝かせる私の前で、殿下は黙々と食事を続けている。毎度のことだけれども、彼の食事の量に圧倒される。レスターとは離れて暮らしているのもあり、成人男性の適量なんて知らなかった。こうして一緒に食事をしてみると、殿下がしつこく私に食べているのかと聞く理由が理解できた。

しかも殿下は上品かつ優雅な仕草で、あっという間に皿の上を空にする。魔法ですか。

「話をしたいと言っていただろう？　また外出時に密会されないよう、先手を打った」

「密会だなんて、人聞きが悪いですね」

「血の繋《つな》がらない未婚の男女が、二人きりで買い物に行き個室で茶を楽しむのを、密会と言わず何と言う？」

「だからレスターは弟ですし、殿下みたいに何かと理由をつけて婚約しようなんて言いません」

殿下はフォークにさしていた、大きめの肉をポトリと皿に落とす。彼にしては珍しくマナー違反だ。

小さくため息をついてから、もう一度拾い上げた肉を口に入れて、あっという間に飲み込んでしまう。

「初めて、レスター＝バウアーに同情する……」

「どういう意味ですか」

「いやいい、寝た子を起こすまい。それより、できることならお前の弟を、こちらに引き込みたい。弱みは少ない方が良いからな。バウアー男爵家の内情を調べさせている、コレットも何か知っていることは？」

「可愛《かわい》い弟を悪魔に売れというのですか？」

「誰が悪魔だ、誰が。いずれにせよジョエルではなく私が立太子できたならば、陛下との賭けは勝ちとなり晴れてお前は無罪放免だ。だが負けたら一蓮托生《いちれんたくしょう》、ノーランド伯爵令嬢の虚偽死亡届について、可愛い弟も関係者として調査されることになるだろう」

「おっ、脅しですか！　そういうところが悪魔だと言っているんです！」

「お前の好きな交渉だ。レスター＝バウアーに選ばせればいい、このままデルサルト派閥でいるか、私の側につくかを」

「レスターにはまだ……十年前に宝冠に触れたことは、話していません」

この話を聞かせてしまったら、レスターも部外者ではいられなくなるだろう……。

「レスター《あれ》は曲がりなりにも騎士だ。それとも、いつまでも姉であるお前に守られているような男なのか？」

「……いいえ」

殿下の言う通り、もう一緒に暮らしていた頃のような、幼い弟ではない。

私を抱き上げたまま、狭く急な階段を駆け上がり、誰も傷つかないよう守ってくれた。いつのまに、あんなに逞《たくま》しくなって……。

可愛い弟の活躍を思い出して顔がにやけてしまうのを、殿下に呆れられてしまった。

「分かりました、良い機会だと思ってすべてを話してみます。だから殿下、もし協力者になったら、レスターも私同様、守ってくださいね」

「いいだろう、約束する」

「ありがとうございます、殿下」

ああ、良かった。これでレスターを説得できたら、一つ心配事が減る。

「あ、そうだ、もう一つ確認してもいいですか？」

思い出して尋ねると、殿下は面倒くさくなって皮ごと囓《かじ》ろうとした果実を戻す。

「何だ？」

「殿下に協力したら、私が死んだはずの伯爵令嬢だったことは、秘密のままにしてくださるんですよね？」

大事なことだ。私はこのままコレット＝レイビィとして、会計士の仕事をしながら生きていくつもりだ。だから絶対に、ノーランド伯爵令嬢が生きていたということを公《おおやけ》にされたくない。

「ああ、そのつもりだ。半年後の王位継承権決着まで、むやみに混乱を増やすつもりはない」

「それを聞いて安心しました」

心底ホッとしていると、殿下は殿下で思うところがあったようだ。

「俺からも聞くが、本当に伯爵位を取り戻すつもりはないのだな？」

「はい、そういうのには、未練はありません」

「平民でいたいから、か？」

殿下の問いに、首を振る。

「平民とか貴族とかそんなの関係なく、ただ家族で仲良く、心から笑いながら平和に暮らしたいんです。それが夢だったから」

たくさんの責任を負う王族、しかも王位を継ぐ殿下にとっては、取るに足らない夢かもしれない。でも失った家族と今ある家族、どちらも大切な私にとっては、かけがえのない願い。

それを叶《かな》えるためなら、殿下だって利用するだろう。状況によっては、裏切ることだって厭《いと》わないかもしれない。もしそうなったら、殿下は私に呆れて、失望するに違いない。

だけど叶えたい。願わずにはおれない夢。

慌ただしく食事を終えると、殿下はろくに休憩も取らずに次の仕事へ。そして私はというと、ジェストさんとともに金庫棟に向かう。

ジェストさんは、いつもの黒が多めの地味な服装ではなくて、装飾刺繍《ししゅう》が施された仕立ての良い騎士服に着替えている、白地ではないが近衛《このえ》のような立派な制服だ。

「どうしたんですかその珍しい服装、見違えるように凜々《りり》しいですね」

「一応、護衛官にも制服がありまして……王城内だと、実はこちらの方が目立ちませんので」

なるほど、言われてみれば、そうかもしれない。

「金庫棟は近衛兵舎に近いですから、なるべく素早く移動しましょう。バウアー卿は別の者が連れて来る手筈《てはず》です」

私は頷《うなず》き、ジェストさんの後に続いた。

殿下の部屋を出て、行政官たちの執務室が並ぶ中央行政棟方面へ向かう。長い渡り廊下から中庭を抜けた先に小ぶりな倉庫が建ち並ぶ。それらが宝物庫であり、そのうちの一棟が殿下の私財を保管してある金庫棟だ。近衛兵舎が近い配置となっているのは、警護上、理にかなっている。

当然ながら行き交う兵士も多く、長い廊下を歩く間に、近衛の制服を着た者たちと何度もすれ違う。同時に、彼らから視線を向けられているのが嫌でも分かる。理由は、殿下から預かった王族を示す黄金の笏《しゃく》を、ジェストさんが手にしていることと、私が薔薇《ばら》と剣を象《かたど》った殿下の紋章が入った包みを携えているせいだろう。たとえ目を引いたとしても、誰も声をかけたり邪魔をする者はいない。なぜなら笏と紋章は、王族公務代行の証《あかし》だから。

そうして金庫棟に入ると、ジェストさんは私に中で待つように言って、再び外に出た。

ついでに、今日届いた宝飾品とドレスの出金手続きをしてしまう。奥の部屋の鍵を開けて入り、必要なお金を数えて、持ってきた包みにしっかりと収める。簡単な作業なので手早く済ませて部屋を出ると、鍵をかける。そうして待っていると、意外な人物がレスターを連れてやってきた。

陛下との面会時に護衛として付いていた、あの人だ。

どうして彼が？　不思議に思っていたが、最後に周囲を警戒しながら入ってきたジェストさんが彼と並ぶと、すぐにその理由を悟る。

二人はよく似ていたのだ。

「コレットさん、紹介します。これは私の息子の、アレン＝エルダンです。近衛在籍ですが、陛下の護衛を専任しています。金庫棟への出入りは不自然ではないため、今回は協力をしてもらいました」

アレンさんは以前と同じく、硬い表情を崩さずに私に会釈をする。

「既にご存知でしょうが、コレット＝レイビィです。先日に続いて、お世話をおかけします」

「コレットさん、私は外で警戒しますので、ゆっくりお話しください。ただ、アレンは殿下の金庫棟の外では不自然なので、中で待たせることになります」

陛下の専属護衛といえども、彼がいる状況でどこまで話をしたらいいのか悩んでいると、アレンさんから心配はいらないと言われた。

「私は陛下より、どの勢力個人にも加担しないよう申しつけられております。ここで耳にしたことは、陛下に伝わることはあれども、勝手に近衛関係者、ならびにラディス殿下にも漏れることはありません、ご安心ください」

「……わかりました、アレンさん」

私が納得すると、ジェストさんは金庫棟の外に出て行き、アレンさんは部屋の隅に移動する。それらを確認してから、私はレスターと向き合う。

「ようやく、話ができて良かった。レスターは変わりない？」

「それは僕の台詞《セリフ》だよ、姉さん。やっと会えた。殿下に酷《ひど》いことされてない？　毒の影響はもう大丈夫？」

私は笑いながら「大丈夫」と伝え、彼の手を引き、壁際の長椅子に並んで座った。

「話しておきたいことがあるの。少し長くなるけど、聞いてくれる？」

レスターは十年前のことを、自分のせいだと思っている。

お城に忍び込んだあの日、懇願に負けて変装した私を馬車に招き入れたのはレスターだ。それだけではない。城に到着してから、衣装鞄に紛れ込んだ私を自由にし、しばらくして逃げてきた私を見つけて、帰路に就く馬車に乗せたのも。

結局、怪我《けが》を負い意識のない私を見つけた継母《ままはは》に、レスターはひどく叱られたようだった。そして治療のために私がレイビィ家に預けられてしまい、私たちはそのまま離ればなれになった。

この一連の出来事が自分に力がないせいだと、ずっと後悔していたことを知っている。ノーランド家が取り潰しになったのすら、養子とはいえ己が幼く頼りなかったからだと……そういう自責の念を、明るい言動の奥に隠しているのを、姉である私が気づかないわけがない。

そんなレスターの気持ちが分かるからこそ、これまで十年前の出来事にあえて触れないようにしてきた。けれども今日は改めて真実を知らせ、一緒に考えることでレスターの重荷を下ろしてあげたい。

そう思いながら話して聞かせたのは、十年前に殿下とともに宝冠に触れて王位継承者の徴を発現したこと、徴に驚いて落下し怪我を負い、逃げ出したこと。そして徴の意味を知らず逃げた私を、殿下が諦めずに捜し続けていたことを説明する。

ティセリウス領での事件のせいで、私がその十年前の少年でもあることが発覚してしまい、処刑されるかもと思っていたが、デルサルト卿との王位継承をめぐる賭けで殿下に協力することで免れそうなことなど、それらもすべて包み隠さず伝える。

「……話すのが遅くなってごめんね、レスター？」

話の途中から不機嫌そうな表情に変わるレスターに、手を合わせて謝るのだが。

「殿下は姉さんのことを少年だと思っていたんだね、それなのに今さら手のひらを反すかのように、よくも恥ずかしげもなく妃《きさき》になれと言えたものだね。しかもそれだけじゃ飽き足らず、正体を隠したまま仮初の恋人役をさせるだって？　いったい何を考えているんだ！」

え、文句を言うのがそこ？

「私はむしろ、殿下と宝冠の徴を顕《あらわ》したことの方が問題だと……」

「ああ、そうだね。でもそれだって姉さんは望んだわけでもなく、むしろ被害者だ。なのにどうして姉さんが恋人役になってまで協力してあげる必要があるの？　そんないい加減な宝冠、さっさとぶっ壊して、僕と逃げよう。そのあとは殿下が、誰でも好きな人を妃に選べばいい！」

やはり姉弟、同じ発想をするとは。

だがその『ぶっ壊して』に、アレンさんの反応が気になり横目で見ると、彼の眉が寄せられているような……。

さすがに聞き逃してもらえる言葉ではないと判断し、自分を棚上げしてレスターを宥《なだ》める。

「いやいや、壊すのは駄目だって。それに逃げたら、犯罪者として私もレスターも追われる身よ？レスターが犯罪者になるなんて私は絶対に嫌。だからそうならないよう、殿下に恩を売って、無事に立太子してもらおうって魂胆なの！」

「え……そうなの？　僕のため？」

急に機嫌が直るレスター。

「レスターもそうだけど、レイビィ家の父さん母さんも……家族全員が一蓮托生なのよ」

「うん、そうだね、十年前の因縁より、家族の方が大事だよね」

因縁という表現はちょっとどうかと思うが、レスターの言うことは概ね正しい。

「それでね、レスターには味方になって欲しいの」

「いやだな姉さん、僕はいつだって姉さんの味方じゃないか」

「そうじゃなくって、殿下の味方にという意味で」

「……殿下、の？」

急にレスターの声音が低くなる。

「約束してもらったのよ。半年後の式典の頃までに殿下の立太子が確実になった暁《あかつき》には、私は無罪放免ですって。それに協力してくれるなら、殿下がレスターの立場を守ってくれるって」

「ちょっと待ってよ、姉さん。まさか本当に、王位継承がどちらになるか定まっていないってこと？」

どうやら脳天気なレスターも、気づいたようだ。

先日陛下に面会した時に、殿下が己の実力で王太子の地位を得るよう、陛下から言い渡されていたことを伝える。

「陛下の真意は分からないわ。でも殿下をたきつけているからには、期待されていると思うのだけれど……」

私の言葉を聞いて、珍しく考え込むレスター。

「実は、視察同行から帰城した次の日に、ジョエル＝デルサルト閣下から呼び出されたんだ」

「デルサルト卿が、レスターを？」

「うん、そこで閣下から聞かされたんだ、殿下は廃嫡されるって。よくある貴族特有の、質《たち》の悪い嫌味だと思って、そこは受け流していたのだけれど」

「いったいどんな流れで、そんな話になるのよ」

「実は、以前中庭で会った姉さんが侍女ではなく、殿下の会計士だというのが、閣下に知られてしまっていて」

「まあ……噂を聞きつけて調べないわけないものね。隠しきれるものじゃないし。それでデルサルト卿はあなたに、何をどうしろって？」

「もし僕が本気で姉さんに気があるなら、今のうちに姉さんを殿下から引き離した方がいい。なぜなら殿下はいずれ廃嫡されるから、部下も巻き込まれかねないと……デルサルト公爵家から姉さんの両親に働きかけて、縁談を勧めさせてもいい。これは僕のためでもあるから考えてみたらどうかと、そう提案された」

「それってつまり、もう殿下に勝った気でいるってことよね……本当に野心家なのね。でも私とレスターが姉弟だって知らないから、思い通りにならないだろうし、ちょっといい気味ね」

私はふふっと笑うのだが。

レスターは真剣な表情のまま「それもいいかと思った」と続けたのだ。

「僕たちは血が繋がっていない。それに戸籍上だって、既に赤の他人になっている。閣下の提案は、姉さんの隠れ蓑《みの》にするならちょうどいいじゃないか」

「ちょ、ちょっと待ってレスター、私のために犠牲にならなくてもいいのよ？　そもそも素性を隠したかった殿下には、もう知られてしまったのだし」

「そうだね、僕の知らないところで、姉さんはもう取引を交わしてしまった」

悲しい表情をするレスター。

レスターなりに、私を守ろうと考えてくれているのは分かる。でも噂だけの想い人として側《そば》にいる殿下の提案とは違い、デルサルト卿の案はレスターと私の縁談だ。卿の話に乗ってしまうと、結婚を誤魔化《ごまか》す方法がない。それではレスターが本当に好きな人ができた時に、私が障害になってしまう。

そんなのは嫌だ。私がレスターの人生の邪魔をするなんて、あってはならない。

「もしレスターがその提案を受け入れたら、デルサルト卿への見返りは何？」

レスターは分からないと、首を横に振る。

「僕だって不思議に思って尋ねてみた。でも閣下からは、部下が想い人と結ばれ幸せになれるよう、心を砕いてあげたいだけだと……」

次期公爵様が、近衛騎士とはいえ末端の男爵家の仲人《なこうど》に？

あの日、一度だけ出会ったデルサルト卿の、人懐《ひとなつ》こそうでそれでいてどこか読めない表情を思い浮かべて「いやいや胡散臭《うさんくさ》い」と無意識に口から出てしまう。

「デルサルト卿は、私が殿下の私財会計士じゃなくても、そう提案したのかしら。それともレスターが卿の最大支援派閥の血縁者だから？」

レスターは、返答に困っている。

「部下の縁談をとりもつのは、役所でもよくあることよ。それくらいのことはレスターの直属の上司を交えればいいのに、それを飛び越えて近衛最高顧問であるデルサルト卿が直接進言してくれるには、それなりの理由があるのよ」

例えば殿下が『男色家』でなくなると困るから、噂相手の女性《わたし》を遠ざけておきたいとか。

「そう言われれば、そうだけれど。あの場には僕だけが呼ばれて……いや、そういえば近衛執務室にはロザン＝グレゴリオ将軍閣下もいたな」

レスターの言葉に、新たな疑問がもたげる。

「どうして国軍の将軍がそこに同席しているのかしら、たまたま仕事の何かがあって？」

「いや、よくあることだから気にしていなかった。デルサルト公爵は、国軍総司令であるし、将来的にはジョエル様がそちらも同じく継がれるのだろうし、特に親しい間柄だ」

「入り浸っているの？」

「そこまでではないけれど、まあ……」

私は少し離れたところで黙って立つアレンさんを振り返る。

「……軍事は世襲ですか、アレンさん？」

「規約には、一切そのような定めはありません。ただし才覚は遺伝のみならず環境に拠るところも大きく、いくつかの家系が主だった役職を得ることが多いのも事実です」

淡々とした言葉が返ってくる。

するとレスターは分が悪いと感じたのか、私を振り向かせて説得を始める。

「僕は、姉さんをこんな政治の中枢から遠ざけるなら、閣下の提案に乗る方が確実だと思うんだ」

「そうかしら？」

「だってラディス殿下は姉さんを利用する気、満々じゃないか。継承争いに巻き込まれるんだよ？だけどジョエル閣下はそんな要求をしてきてない。僕の元に来れば、僕が姉さんをしっかり保護できるじゃないか。それに殿下は本当に約束を守ってくれるの？」

「レスター……」

「殿下の方がずるいと思う。姉さんを駒のように利用して王位を得て、たぶん姉さんをその後も放さないつもりだよ、きっと」

小さな頃のように拗《す》ねたレスターの顔に、私は思わず笑ってしまった。それにはさらに不服そうだ。

「私はね、逃げ足だけは速いみたいよ。だから大丈夫」

「そんな姉さんを十年も見張っている、僕のことは信用してくれないの？」

レスターまで、私に逃亡癖があるように言う。

「そんなことない。誰よりも信頼しているわよ、家族ですもの。でも人を見る目はまだまだね、私はデルサルト卿を信用できない」

「そうかなあ……閣下はとても大らかな方で、様々なことに柔軟に対応される方だと思うよ。それに比べて、殿下は仕事の手順や成果に厳しく堅物だって聞くよ、部下にもそれを要求するって」

「堅物だからこそ、それぞれの立場を守って線引きしてくれるわ。それに慕う者ばかりに好き勝手を許すのは、柔軟とは言わないでしょ」

レスターの上司を貶《けな》したも同然なのに、彼は少し考えた末に苦笑いを浮かべる。私の言葉に、多少なりとも思い当たる節があるのかしら。

「姉さんは、殿下を信頼しているんだね」

「そうね。今回の協力については、互いの利益と生じるリスクについて説明してもらったし、一応は納得できたわ。でも次期公爵様の純粋な親切心は、身に余ると感じるの。それに何よりも、彼はブライス伯爵家の後押しを受け入れている」

レスターはブライス伯爵の名を聞いたとたん、黙り込んでしまった。

継母リンジーの父親でありレスターの祖父ブライス伯爵は、デルサルト派筆頭と言ってもよい人物だ。ブライス家は建国当初から武家として軍部に要職を持ち、レスターが養子に入ったバウアー男爵家も、ブライス家を支える武家系遠戚。ノーランド伯爵家も元々はそちらに属する。曽祖父の代から商才に長《た》けてきて武人を輩出することがなくなったが、あちら側の派閥に属する家だったのだ。

「レスターには、私も殿下の味方になって欲しいと思うけれども、難しいのは分かるわ。すぐに答えを出さなくてもいい、だってあなたは私を売るようなことしないものね」

「当たり前だよ、姉さんを一番大事に思っているのは僕だからね！」

私はレスターに笑いかける。

「ありがとう、レスター。あのね、明日はお休みなの。だから久しぶりに家に帰るわ。修道院にも行きたいし」

「そうなの？　だったら僕も休みを申請するよ」

「駄目よ、レスター」

不服そうな顔を見せる。

「私たちは目をつけられているのよ。レスターがどちらに付くか決めるまで、私たちの関係はこれ以上、誰にも知られないようにしないと」

「だから僕は姉さんの味方だってば」

「まあまあ、いいじゃないの。どっちもいいとこ取りしましょうよ。私たち家族の、幸せな未来のために」

「……分かった。でも姉さん、絶対に無茶なことしないでね」

「家に帰るだけだってば、心配性ね」

私たちの話の切りがついたのを悟ったのか、アレンさんが扉の方へ移動する。そして小さな窓から合図を送ると、外から扉が開けられた。

まずレスター、それから私が続いて金庫棟を出る。そして最後のアレンさんが、先を行くレスターの背中を見ながら、小さくため息をつくのが目に入る。

「どうかしましたか？」

「……今日のバウアー卿の様子に、少々違和感がありまして」

「レスターの様子、ですか？」

「ええ、彼は貴女《あなた》にはとても優しく、紳士的に接しているのですね」

「はい、レスターはとても優しい子でしょう？　だから最初は騎士になると聞いて驚いたし、厳しい世界でやっていけるのか心配しました」

レスターが騎士になって一年、それまでだって訓練を含めて厳しい職務をこなしていただろうに、いつまでも心配してしまう。

「ご心配は理解いたしますが、貴女は勤務中のバウアー卿をご覧にならない方が良いでしょう」

「え、それってもしかして、うちの可愛い弟が、同僚にでも苛《いじ》められているんじゃないでしょうね？」

「とんでもない、その逆……いえ、それは杞憂《きゆう》だと断言いたします」

「そうですか？　それならいいんですが……」

「ええ、職務については真面目《まじめ》かつ優秀と評価されています」

職場が違うとはいえ、同じ近衛であるアレンさんに太鼓判を押され、私は思わず笑顔になる姉馬鹿だった。

そうしてレスターと短い面会が終わった。彼らと別れ、私とジェストさんは来た時と同じ道を戻る。

だがちょうど渡り廊下を抜けた辺りで、ふいに背後から呼び止められた。聞き覚えのない不遜な声音に、いったい誰だろうと振り返ると、中庭から大柄な男たちが向かってくる。

「ジェスト＝エルダン、貴様に聞きたいことがある」

そう言ったのはとても大柄の男性。ジェストさんよりも少し若いくらいだろうか。頑強そうな体躯《たいく》にきっちりとした軍服を着こなしている。太い腕と盛り上がった肩に、鋭い眼光、胸に輝く三つの階級章が威圧感を強めている。そんな彼の後ろには、同じく軍服を着た部下らしき二人。

私は彼らからの視線を避けるように、ジェストさんの後ろへ移動する。

「これは、グレゴリオ将軍閣下。今は任務の途中ですが、何か火急の御用ですか」

「用がなければ、貴様など呼び止めはしない」

ロザン＝グレゴリオって確か、デルサルト卿といつも一緒にいると、さっきレスターから聞いたばかりだ。

「手短に願います。ご覧の通り、殿下のご命令で大事な資金を運んでいるところです」

ジェストさんがあえて殿下の笏を前に見せるようにして問うのは、邪魔をするのは殿下自身をそう扱うこと同じだと示したことになるのだが、グレゴリオ将軍は意に介さないつもりらしい。

ここにも、継承権を巡る勢力図の歪《いびつ》さを見た気がした。

「私兵風情《ふぜい》が小賢《こざか》しい……貴様に問いたいのは、先日ティセリウス領から連れてきた闇医者のことだ。なぜその者の捜査を、王子の私兵ごときが管理しているのだ、いったいどこに隠している!?」

サイラスのことを言っているのだと分かり、そういえば彼はその後どうなったのだろうかと疑問がもたげ、私もジェストさんの返答を待つ。

「尋問はほとんど終わりましたので、報告書を陛下に上げてから通常の裁判に移る予定だと、お伝えしたはずです」

「今後のことを言っているのではない、今、どこに捕縛されているのか、手続きが慣例から外れている理由を問うておるのだ」

グレゴリオ将軍は、苛《いら》ついたように睨《にら》みをきかせながら問い詰めてくる。

「通常通りではない手続きを許可されたのは、陛下だと伺っております。異論がありましたら、陛下へ奏上なされたらよろしいかと」

「貴様、将軍閣下にそのような無礼な物言いをするか！」

後ろから部下が口を挟む。だが意外にも、それを制したのは、グレゴリオ将軍だった。

「よかろう、私から陛下に進言しておく。ただ……殿下にはご忠言の必要がありそうだ、そうは思わないかな、ジェスト＝エルダン？　陛下がご即位されて以来、我が国の平安は第一の臣下として弟である現デルサルト公爵が、陰ながら陛下を支え続けてこられたお陰。それは多くの臣下の知る事実であり、高位貴族たちは皆、次代もまたそういう関係をジョエル様とラディス殿下に求めている。それをご自覚なさり、いたずらに敵を作らぬようお心がけ願うばかりだ。それが国と民の繁栄のため」

兄である王と、王を支える第一の臣下となった弟公爵。グレゴリオ将軍の言う通り、お二人は仲を違《たが》えることなく、今のフェアリス繁栄に尽くしている。

はたして将軍は、どちらに自分の主君を据えていることやら……。

「将軍がそのような細やかな心配りをされてらっしゃるとは。しかと殿下へお伝えいたします」

ジェストさんがそう答えると、グレゴリオ将軍は鼻で笑うような仕草をして、引き返して行った。

たぶんあれは、イヤミを言ったのにもかかわらず、ジェストさんが顔色ひとつ変えないことが面白《おもしろ》くない、そういう印象だ。

恐らく彼の言い分は、デルサルト卿の邪魔をしたら今の陛下と公爵様のようにはならず、いずれ殿下を中枢から排除するぞということだろう。

なんて失礼な人だ。

去って行く三人の後ろ姿が見えなくなった辺りで、ようやくジェストさんが「行きましょうか」とプンプン怒る私を促す。

「言わせておけばいいのですよ、向こうにとって面白くない状況だから、ああいうことを口にするのです」

「そういえば、サイラスのその後のことは、私も聞いていませんでした」

殿下の部屋へ向かいながら、気になることを問う。

「ええ、お伝えしてなかったですね。あまり愉快な話ではありませんから、彼の証言は」

「秘密、ということですか？」

「いえそういうわけではありませんが、彼の証言となるとコレットさんの前で話題にしたくない人物が関わっているので、聞かれるまであえて伝える必要はないとの殿下の判断です」

「ああ、そういうこと……」

私は、馬車でふて寝した時のことを思い出して、恥ずかしさが一気に募る。

サイラスの証言となれば、過去に私の死亡診断書を書かせた件もあるだろうし、継母の話題は必ず出てくるだろう。

『その人の話を私にするなら、一切協力を拒みます』

などと言ってしまったのを思い出す。

言った本人は忘れてしまっていたのに、殿下はよく覚えていて律儀に守るのだから、本当に真面目で堅物だ。

「あの闇医者、やっぱり他にも余罪がありましたか？　もしかしてそれを利用するために、彼を匿《かくま》っているんですか？」

殿下の部屋に入りながら気になっていたことを尋ねると。

「何を話している？」

ちょうど会議が終わり、戻ってきた殿下と鉢合わせしてしまった。ジェストさんはすぐにレスターと私が無事に会えたこと、その帰り道でグレゴリオ将軍に呼び止められ、サイラスの所在を聞かれたことを殿下に報告する。ついでにイヤミを言い放ってくれたことも。

「それでコレットがサイラスのことを気にしていたのか」

「すっかり忘れていましたが、よく考えたらあの人、すごく重要な位置にいる気がしまして」

「こちらで匿わねば命がないことは、本人も自覚があったようだな。素直に聴取に応じた。ただし行ってきたことのほとんどが違法行為だ、一つずつ裏を取るのが容易ではない。それらが揃い公表となった暁には、いくつかの有力貴族家が窮地に陥るだろう」

彼の証言で貴族たちの勢力図が変わるってこと？

それほど深い情報を持っているとは驚きだ。というか、とんでもない人に、治療されていたんだ私。医者としての腕はまともだったんだろうか……と、つい傷跡をさすってしまう。

それを殿下が見ていたのに気づき、慌てて荷物を片付けて机に戻る。

「グレゴリオが自分で出てきたということは、それなりに危機感を募らせている証拠だ。ジェスト、明日もお前がコレットに付いていてくれ、片時も離れるな」

「承知しました」

そんな会話を二人がしているのを聞いて、私はぎょっとする。

「片時もって……それは聞いていません」

「外出の護衛については了承したはずだろう。それが嫌なら取りやめろ」

「ええ……」

外出が取りやめになるのは嫌だ。でもずっと監視されるの？

ぶつぶつ文句を言っている私を意に介さず、殿下はさっさと次の話題に移る。

「明日は急遽《きゅうきょ》、情報屋のダディスと面会することになった。夕刻を予定しているが、お前も同席するか？」

私が金庫棟へ行っている間に、ダディスの頭領から手紙が届いたらしい。

「もちろんです！　同席の許可ってことは、違約金の減額交渉を私がしてもいいってことですよね、ああ、資料を作っておいた甲斐《かい》がありました」

急に元気になった私を見て、殿下が苦笑いを浮かべている。

なんだか誤魔化されたような気もしますが、お金は大事です！

ケチだからじゃありませんから、そこは誤解のないように！


そうして迎えた、給料日当日。

私はジェストさんとともに、殿下の部屋、もとい仕事場を出て城下町へ向かった。久しぶりの帰宅である。

肩からかけた鞄の中には、私としては相当なお金が入っている。なにしろ基本的に高給だったにもかかわらず、延長が続いた出張手当も加わっているのだ。それらを抱えて一人で馬車に乗るつもりだったから、結果的にはジェストさんの同伴は心強い。ついでに視察旅行の大荷物を、彼に持たせてしまっている。

「ただいま帰りました」

「コレット、おかえり」

家に帰り着くと、知らせてあったから両親ともに揃って迎えてくれた。

一週間の予定だったはずが、さっぱり帰ってこない娘を、心配しないわけがない。私だってどんなに帰りたかったか。

両親と代わる代わる抱き合って挨拶《あいさつ》をすませ、私はジェストさんに両親を紹介する。

「せっかくの親子の時間に、水を差して申し訳ありません」

ジェストさんが丁寧《ていねい》にそう告げると、両親の方がおろおろとしながら頭を下げる。普段は煌《きら》びやかな殿下やヴィンセント様の陰で目立たないが、ジェストさんも貴族出身だそう。平民である私たちにとって、彼に頭を下げられるのは大変居心地悪いのだ。

両親はジェストさんに椅子を用意して座ってもらい、それから私の近況を確認してくる。

どこまで話すかは、殿下と相談済みだ。私は正直なところ、両親にあまり心配をかけたくない。彼らは大きな秘密を抱え、養父母としてこれまで本当によくしてくれた。これ以上、巻き込みたくはない。だから安全を考慮して、話す事情は最低限にすると決めた。

打ち明けるのは、殿下に私の過去の名前を知られたこと。それに対して今は不問にしてもらっていることと、かつてノーランド家に召し抱えられていたサイラスという医師に出会って、彼が捕まったことを、かいつまんで話した。

「その医師のことはよく覚えているよ。あまり目つきが良くない男だったが、手早くコレットの傷を処置してくれたから、父さんはとても感謝していたんだ」

「ということは、腕は確かだったのね……」

「若い頃に、戦場へ派遣された医師だったそうよ。特に外傷手当ては得意だと言っていたわ。その戦場に迷い込んだ女性……当時、病で亡くなられた彼の奥様に、そこで出会ったって。ベルゼ王国の人だったらしいわ」

病気の妻のために闇医者になったというサイラスの話って、てっきり苦し紛れに嘘を言っていたのかと思っていたが、本当だったのかしら。

「母さんが、どうしてそんなことを知っているの？」

「どうしてって、何となく……訪ねて来た人とお話くらい、普通にするわよ。彼が三度目に来た時には、コレットの髪や瞳が、ベルゼの人に多い色だから、亡くなった奥さんを思い出すって言っていたわ。根っから悪い人ではなかったのかもしれないわねぇ」

あっけらかんと、そんなことを言う母さんに、父さんは肩をすくめる。

「母さんにかかったら、誰も彼も口を割ってしまうからな」

さすが食堂で長年給仕をしているだけある、話上手《じょうず》というか接客上手な母さん。

そんな話をしていて気づいたのだけれど、もしかして金髪、紫の瞳の人物を捜していたのは、ベルゼ王国の人間だったのかもしれない。ティセリウス領はそもそも国境でもあるし、交易が活発になったことで、領内には商人や役人の出入りも増えていると聞いた。

ふと顔を上げると、ジェストさんが私を見ていた。どうやら、彼も何か思うところがあるのだろう。

けれども、両親の前でこの話は深掘りしない方がいい。あまり話すと、私が攫われたこともうっかり口にしてしまいそう。

私は努めて明るく、父さんに違う話題を振った。

「父さんも仕事は落ち着いたかしら、何か変わったことはなかった？」

すると父さんが複雑そうな顔を見せる。

「実は、コレットが留守の間に、色々あってね……」

「色々？　どうかしたの？」

「商業組合が分裂をしそうなんだよ、その調整に父さんたちも駆り出されてね。市場の小さな商店まで巻き込まれるほどの騒ぎで、本当に頭が痛いよ」

いつの間にか、下町も大変なことになっていたようだ。

詳しく聞いてみると、どうやら元凶の一つはレリアナの恋人らしい。あの、隣国ベルゼで修業して帰ってきたばかりだという、セシウス＝ブラッド。ブラッド＝マーティン商会の若頭取だ。

彼が戻ってきてベルゼとの交易での業績が好調なこと、ゼノス商会主の不慮の事故からの業績の落ち込みが同時だったことが、商業組合の政治的な均衡を崩した要因だという。

ベルゼ帰りのセシウス……またここでも隣国の名が出たことに、私は少しだけ引っかかりを覚える。

いや、今はそれよりも。

「まって父さん、ブラッド＝マーティン商会は規模こそ大きいけれども、売り上げでは当主交替で落ち込んだゼノス商会に、ようやく競合するかどうかじゃなかった？」

「ああ、だが最近になって、後ろに公爵家がついたという噂があるんだ」

「公爵家って……まさかデルサルト公爵？」

「そのまさかだそうだ」

もしかして、王位継承の対立が、市井《しせい》にまで影響を及ぼし始めている？

ブラッド＝マーティン商会に公爵家、ゼノス商会にはバギンズ子爵家。

バギンズ子爵は爵位こそ低いものの、行政庁すべてに顔が利く文官の長ともいうべき存在。公にはなっていないが、私の養子縁組先に名乗り出てくれたのは、殿下に対して近しいという意味もあるだろう。そして公爵家は武官の象徴。

次代の王を決める争いを、まるで商会が代理戦争をしているかのような構図に見えてくる。

このことを、殿下は把握しているのだろうか。そう思ってジェストさんの表情を見るが、彼はそう顔色など変える人ではなかった。

思ってもみなかった情報に、もっと話を聞きたい気持ちが募ったが、やっと得た休日は一日だけ、時間がない。父さん母さんと別れて、私は次に修道院へと向かうことにしたのだった。

市場近くの停車場から馬車に乗り、辿《たど》り着いたのは母の名を冠するシャロン救済院。

門を開けてもらい、ジェストさんとともに向かったのは、併設されている修道院の奥にひっそり佇《たたず》む墓地。整えられてはいたが、以前は閑散としていた両親とコリンの墓の周囲には、色とりどりな花が美しく咲き乱れていた。

以前とはまるで違う状態に唖然《あぜん》としていると、私たちの来訪を知らされたエッセル修道院院長が来て、説明してくれた。

何日か前に、年老いた庭師が一人やって来て、殺風景だった墓地に手際よく花を植えていったのだそう。

「勅旨を携えた者を拒否することができず、コレットさんの意向を無視する形になってしまいました。どうお詫《わ》びしたらよいかと、頭を悩ませておりました……」

陛下が遣わしてくれた庭師ならマリオさんかな、後で確認してお礼を言わなくちゃ。

前回訪ねて来た時に、外部の人を入れないで欲しいとお願いしてあっただけに、狼狽《うろた》えるエッセル院長。状況がずいぶんと変わってしまったことを謝ってから、ことのあらましを説明した。

今は訳あって王城の王子殿下の元に滞在していることと、自分の出自が殿下に知られてしまったことを伝える。その流れで両親と陛下がかつて関わりがあったことが分かり、弔問として花をいただいたことを説明すると、院長は驚きながらも、安堵《あんど》した様子だ。

「では、コレット様は罪に問われずに済みそうなのですね」

「それはまだ……けれど、悪いようにはされないと思います。だから院長にはこれからも、救済院の運営をお願いしますね」

私はいつものように院長室で寄付金を渡した。それと引き換えに、帳簿を預かる。

前回に渡した寄付金で、ノーランド伯爵家の事業負債は返済完了しているはず。その収支を確認する。そしてついでといっては何だけれど、救済院と修道院の帳簿を確認するのも、いつものことだ。

継母は月に一度ほどここに来て、財政の管理をしている。ついでに子供の面倒も見ているようだけれど、子供たちには当然だが不人気だ。

元々は財政について詳しくない継母の監視という意味も込めて、始めたチェックなのだ。いつも通り、細かく記載された数字を追っていたのだけれど……。

支出の額が不自然な欄がいくつかある。

ざっと計算すると、毎月の金額の三倍は支出されている。それだけじゃない、事業の負債完済の後に、修道院の土地が売買されている？　まさか……。

「何これ……」

救済院と修道院の建つこの土地を、リンジー＝ブライスの名で買い上げたことになっている。巧妙に誤魔化しているが、ここの土地を売った金で修道院が他の土地と、それから事業を丸ごと買っている。

買った事業の名は……南部ヘイオン塩硝製造所？

塩硝、あまり聞き覚えのない言葉だ。最近は新しい薬品が開発されて、肥料なども種類が豊富になっているから、そういう関連なのかしら。

「どうかいたしましたか？　先月はバザーが上手《うま》くいきまして、黒字になりましたの。そういえば負債も返し終わったと、リンジー様から伺っています、本当によかったですわね」

にこやかにそう言う院長に頷きながら、私は慌てて帳簿を閉じた。

「少し数字が見にくくて。メモを取らせてもらってもいいですか？」

「ええ、もちろんです。私どもは数字にうといので、コレット様にいつもお任せしてしまって申し訳ありません」

「とんでもない、得意なことがこれくらいですから。少し、しっかりと見させてもらいますね」

そう言うと、院長はペンと紙を出してくれた。都合がいいことに、救済院の方で呼ばれているので少し席を外すと言われ、快く送り出す。

そして私は再び帳簿を開き、数字の羅列を目で追う。

これまで少なくとも……私が働き始めて四年の間、継母が勝手に救済院のお金に手をつけることはなかった。微々たるものだけれども、収益のあまりと私の得た給金で、負債事業の返済もされてきて、それがようやく先月に終わったばかりだ。それが今になってなぜ。

ここの土地は元々修道院の名義にしてあった。たとえリンジー＝ブライスが個人で買い取って彼女の名義になったとしても、そもそも救済院と修道院の運営者は、元ノーランド伯爵夫人だった彼女である。だから今更誰の名義になっていても、修道院に損害はない、いやむしろ、買い取った事業の収益が、そのまま修道院の純粋な利益となり、継母は修道院の土地代を出した分は赤字だ。こんなことをして、あの人に何の意味が……。

しかも日付は、殿下とともにティセリウス領へ行っていた間のこと。ここでいったい何があったというのだろうか。

帳簿上で土地の名義が変更になっただけで、修道院の収支は赤字になってないし、会計に明るくない院長ではこれらの変化に気づかないだろう。それに新たに買った事業への支出は、いくつかの項目に分散して増額し、誤魔化されている。それらは普段から出費が多い修繕費、子供たちの服や食費、勉強のためのノートなどの日用品だ。それから最後の負債返済を終えて余った寄付金からも出している。そのおよその増額分を足しても足りない分、つまりリンジーが土地を買った金を足したものが、事業の買収金額なのだろう。

そのおかしなお金の流れと日付、それからヘイオンの名をメモに取り、私は帳簿を閉じた。

「何か、気がかりなことでもありましたか？」

院長室の片隅ですっかり待ちぼうけをさせてしまっていたジェストさんが、こちらの様子を窺ってくる。

「いいえ、数字が間違っているかと思いましたが、そうでもなかったようです。殿下との待ち合わせは、夕刻でしたっけ？」

「はい、ここからだと馬車で少しかかりますので、あと三時間ほど後には出た方がいいでしょうね」

「三時間か……私はこれから子供たちに算数を教える予定なんですけど、ジェストさんにはその間、少しお願いしたいことがあるんですが、いいでしょうか？」

修道院と救済院には、基本的に男手が不足している。高い部分の壁の補修や、季節ごとの荷下ろしなど、女性ではつい後回しにしてしまう仕事が山積みだ。

ジェストさんはそれらの仕事を、快く引き受けてくれた。

最初は子供たちが、大柄なジェストさんを遠巻きに眺めるだけだったが、そのうち男の子たちがついて回るようになっていた。どうやら彼の腰に携えた、長剣に憧れているみたい。

さすがにジェストさんも、それに触れることは許さなかったけれども、彼も人の親。最後は子供たちに組み手をして遊んであげていた。

「騎士様にまで、雑用をしていただいてしまって……心からお礼を申し上げます」

院長の言葉に、ジェストさんは恐縮した様子だ。

「お役に立てたのでしたら、良かった。それに自分はもう騎士ではありませんので、そうかしこまる必要はございません」

「え、ジェストさんって、そうだったんですか？　私はてっきり……」

「コレットさんには伝えていませんでしたね。私は怪我をして騎士としての役目は果たせなくなりましたので、位を返上しています」

「そうだったんですか、怪我を……すみません、知らなかったとはいえ詮索してしまって」

「いいえ、かまいませんよ。私は引退しましたが、後を息子が継いでくれていますから。貴女の弟もその一人……悲観などは、一切しておりません」

そう言って爽《さわ》やかに笑うジェストさん。気負いもなく、ごく自然な様子に、なんだかこっちまで嬉《うれ》しくなる。騎士の道を極めると、こうした余裕を得られるのだろうか。

それから院長や救済院の子たちと別れ、私とジェストさんは馬車に乗って街に向かった。以前、殿下と鉢合わせたカフェではなく、今日は少し敷居の高い料理店だ。こうした店は王都には多く、貴族と商人たちに利用されている。

当然ながら会合のための部屋だけでなく、控え室なるものもある。そこで殿下と合流した。

「戻ったか、何か問題はなかったかジェスト？」

「はい、特には。尾行らしきものも見当たりませんでした」

「そうか、こちらにはあからさまに三人ほどだ。そちらではなくて良かった」

そのやり取りにぎょっとする。尾行って何、私にそんなことをして何になるというのだろうか。

驚いている私を、殿下がじっと見下ろしてくる。

「なんですか？」

「会食をしながらの話し合いになる。着替えてこい」

「ええ、そんなに汚くないですよ。あ、ちょっとだけ子供たちと庭で遊びましたけど」

「そういう意味ではない。アデル」

いると思わなかった人の名を呼ぶ殿下。すると控え室の衝立《ついたて》の向こうから、アデルさんが顔を出した。

「用意した物を使う気がないお前に、私がいくらでも使う場を作ってやる。行ってこい」

「わ、ちょっと殿下？」

背中を押されて、有無を言わさず衝立の奥へ押し込められてしまった。

苦笑いを浮かべるアデルさんからは、「諦めてください」と暗に言われている。

用意されてあったのは、昨日届いた贈り物の一着だ。既製品ではあるけれど、大きな商家のお嬢さんが着ているものより、さらに上質な絹のドレスだ。もちろん、補正下着が必要なレベル。手際の良いアデルさんにお腹《なか》を絞られ、どことも言えない肉を寄せられて、それなりに形にされた。そして髪を整えられ、化粧を施される。

鏡に映る自分の顔に驚いていると、最後に赤い薔薇の髪留めと、それと同じデザインのネックレスとイヤリングをつけてくれた。

これが最後に届いた箱の中身なのかと、食い入るように眺める。

「よくお似合いです」

「いやぁ、よく化けたものよね……私じゃないみたい」

鏡越しにアデルさんに言うと、彼女は無言ですっと後ろに下がっていく。そして頭を下げた方を見ると、そこに殿下がいた。

「そろそろ向かうが、用意は……できたようだな」

私を見て、少し驚いたような顔をする殿下。そりゃそうだろう、馬子《まご》にも衣装とはこのことだ。普段は地味な紺か茶色のワンピースに、ブーツ。化粧などしていないのだから
一呼吸おき、殿下は私に手を差し出してくる。

ああ、とすぐに気づき、傍《かたわ》らに置いてあった鞄から、書類の束を出して手に渡した。

「違う！　誰が書類をよこせと言ったか」

ええー、違うんですか。でも、そんなに怒るほどのこと？

殿下の横で背を向けているヴィンセント様の肩が揺れていて、アデルさんはハンカチで口を押さえている。

「手！」

慌てて殿下の大きな手に、一回り小さな自分のものを載せる。

犬ですか、私は！

ムッとする暇もなく引き寄せられて、持っていた書類を落とさないよう抱えながら、殿下の横を歩く。彼はせっかちだからか、いつだって歩くのが速いのだ。

「ヒールがあるしコルセットが苦しいので、もう少しゆっくり歩いてください、殿下」

殿下が止まって私を見下ろす。

殿下の視線が胸元のネックレスに向かい、そして厳しい顔つきになって、あからさまに逸《そ》らされた。

それって、似合ってないって言いたいんでしょうか？

誰が強引に着せたんですか、あなたですよね殿下！

なんて思っていると、真顔で私を見下ろして言う。

「歩きづらいのならば、抱き上げてもいいが？」

「けっ、けっこうです！」

コルセットを着けたまま抱き上げられたら、内臓どうにかなります。吐きますから！

既に一回、醜態をさらしているので、怖くないですからね。本当ですよ！

私の拒絶は端《はな》から分かっていたと言わんばかりに、すぐに前を向く殿下。

その横を向いた殿下の耳元が、赤いような……あれ？

殿下が首を傾げていた私の手を取り、エスコートするように腕に添わせてから歩き出す。半歩前を行く殿下の表情は分からないけれど、耳が赤いということは、笑いを堪《こら》えている？

それとも……まさか、照れているの？

信じられなくて後ろをついてくるヴィンセント様を振り返ろうとしたのだが、気づいた殿下に腕を引かれて、前を向かざるを得なかった。

「よそ見をすると転ぶぞ」

「そう思うのでしたら殿下、もう少しゆっくり歩いてくださいってば」

少しだけ歩調を緩めてくれたとしても、殿下と私とでは足の長さがそもそも違うのか、まだまだ速い。追いかけるように廊下を歩いた最奥、扉の前に案内人が待ち構えていた。

「既にお客様は、中でお待ちです」

殿下に頭を垂れてから、案内人が扉を開けた。

私と殿下、そして少し後をついてきたヴィンセント様の三人揃って、店で最も上等な部屋へ入った。

そこは思っていた以上に広く、落ち着いた色合いの家具に、王城と遜色ない絨毯《じゅうたん》の敷かれた床、それから広いテーブルが置かれていた。

そのテーブルの脇には、以前カフェで見かけた黒髪の男性が立ち、殿下を迎え入れる。

殿下は中央上座の席へ。ヴィンセント様はその左脇、私は少し離れて反対側へ。

「待たせたな、楽にしてくれ」

そう言って殿下が座ると、ダディスの当主なのだろう黒髪の彼とそれに付き従う二人も席に座る。

それを見て、私たちもほぼ同時に席に着いた。

続いて見計らったように、給仕によって食前酒が用意されていく。王城でのものと引けを取らない手際と洗練された動きで、ここが高級店であることを実感する。

そうして殿下の合図で乾杯を交わす皆に続いて、私もグラスを掲げてから、淡いピンク色の泡立つワインを飲む。とても口当たりがよくて、一気に飲み干してしまう。

はしたないかなと誤魔化すようにグラスを置くが、すぐに給仕が空のグラスにワインを注ぎ足してくれるものだから、つい手が伸びてしまう。

「とても可愛らしい方をお連れですね、殿下。よろしければご紹介いただけますか」

ダディス当主にしっかり見られていたらしい。まあ、元々女性っ気のない殿下が、こうして私を連れていれば気にならないわけはないのだろう。

自分で自己紹介をしようかと思ったが、殿下から喋《しゃべ》るなと言いたげに睨まれたので、空気を読んですましてお酒に口をつける。

「これは私財会計士の、コレット＝レイビィだ」

「レイビィ……もしかして、マクス＝レイビィ氏のお嬢さんですか？」

まさか父さんの名前まで知っているとは思わなかった。ダディスとは仕事で付き合いがあるとは聞いていたけれど、ダディス当主は最近までベルゼ王国にいたはず。それだけでなく、支所も多いという噂なのに。

「父を、ご存知なのですね」

「もちろんです、彼のような実直な会計士は、そうそういるものではありません。部下からも評判は聞いていますし、先日も直接お会いしたところです」

「……そうだったんですか」

「ああ、失礼しました。私は情報を扱う商会、ダディスの当主をしております、ミルトン＝ラッセルと申します。はじめまして……では、ありませんでしたね」

私のような小娘にも、丁寧に挨拶をするダディス当主。それが殿下の威光ゆえなのか、それともあらゆる情報をお金に変えるダディスだからなのか。

癖毛の長い黒髪と黒い瞳が、どこかミステリアスに感じさせる人だ。彫りが深く男性らしい顔立ちなのに、微笑むと優しく中性的に見えたりと、印象が変わる。年は思っていたより若く、三十代半ばくらいだろうか。

「よく覚えてらっしゃるんですね」

「人の顔と特徴、日時、何でも覚えておくのが得意でしたので、この商売を始めました」

ダディスという組織がいつからあるのかは知らないが、まさか目の前の人物が立ち上げたものだと思わず、驚いていると。

「コレット、酔っ払う前に仕事を済ませろ」

三杯目のワインに口をつけていたのを、しっかり殿下に見られていたらしい。

コルセットのせいでご飯を諦める代わりに、お酒で元を取ろうとしたのに。でもまあ、仕事は仕事、きっちりとこなさせていただきます。

ということで、ヴィンセント様に預かってもらっていた書類を、彼らの前に広げる。

「今回の契約途中解除につきまして、違約金をお支払いする代わりに、定めてあった報酬から浮いた経費を差し引かせてください。以前の支払い金額と経費項目を参考にさせていただき、日割りで一日にかかるおよその費用を算出いたしました。こちらに資料を作ってまいりましたが、あくまでも参考ですので、正確にこれまでかかった経費をお知らせくだされば、足りない分は違約金に上乗せいたします。今回の申し出につきまして、契約金の規模をご存知であるご当主ならば、充分ご理解いただけるはず。いくら殿下側の都合とはいえ、中断した案件の報酬を、そのままダディスの利益になさるはずは、ないと信じております」

さあ、交渉のお時間です。

少しでも無駄なお金は節約しないと。にっこり微笑む私に、ダディス当主ラッセルさんも、それはそれは愉《たの》しそうに微笑み返していた。

そうして身構えて臨んだラッセルさんとの値引き交渉だったが、案外すんなりと終了してしまう。

私が提示した資料の数字はあらかじめ把握していたらしく、値引きに快く応じてくれた。商人としてのバランス感覚も優れている人なのだろう。引くところは引き、譲れないものは別の材料を提供することで、しっかりと利益を守ってきたので、とても頭の良い人物なのが分かる。

満足して再びワインに口をつけていると、ラッセルさんも上機嫌な様子で、殿下に向かってとんでもないことを言い出した。

「殿下のご内助として、これ以上のお嬢さんはそうそういらっしゃらないでしょう」

思わず吹き出しそうになったのを堪える。

だってご内助って、一般的には奥さんのことだよね？

殿下に想い人がいる噂を知った上での比喩だとは思うけれど……。

「コレットさん、殿下からのお仕事がなくなった暁には、ぜひ私の元においでください。貴女ならいつでも歓迎します」

うん、先ほどの交渉は楽しかったし、彼のもとで会計士をするのは、きっと面白いだろうな。

けれども殿下はそういうお世辞すら、堅物な反応を示す人で。

「これは当分、私の元にいる予定だ。他をあたるといい」

「それは残念です、しかし十年でも二十年でも。その赤い薔薇の紋章を外す折には、お待ちしておりますよ」

もちろん、ラッセルさんはそんな殿下の反応くらいは予想していたのだろう。冗談で返し微笑んでいる。

しかし薔薇の紋章と言われ、ようやくこの髪飾りとネックレスの形に思い当たって、殿下を睨む。殿下の紋章の一部じゃないですか、どういうことですか。

しかし私の抗議など気にせず、殿下は食事に手を伸ばしている。

「そんなことより、ラッセルさんはベルゼ王国にも行ったことがあるんですよね。良かったら、あちらのお話をしてください」

「コレットさんはベルゼにご興味がおありですか？」

「そりゃあ、隣国ですし。あちらのお酒は強くて美味しいです！」

そう話していると、殿下の左手が伸びてきて、私のグラスを奪った。

「既に五杯目だろう。酒はそのくらいにして飯を食え」

「無理ですよ、誰かさんが着せた服のせいで、お腹に入りません」

「コレットさんは酒にお強いのですね。おっしゃる通り、ベルゼの酒は度数が高く味も良い。あちらは森と山と自然が豊かな国柄ですから、酒だけでなく発酵食品が多く、食べ物が美味しいです。その代わり、フェアリスでは多く栽培されている穀物の収穫は少なく、苦労しているようですが」

「へえ……フェアリスの南部は穀倉地帯が多いですものね。隣なのにずいぶん違う」

「どちらが優れているとは言えませんが、不足となると欲しくなるものです。そういえば、ベルゼでは最近、新たな鉱脈が発見されたという話を耳にしました。殿下はご存知ですか？」

「ああ、聞いている。約束の石の一種……新しい精霊石の鉱脈らしいな。どこまで信憑性《しんぴょうせい》があるか、探りを入れている」

　私は初耳だったが、殿下は当然のように知っているようだ。

だがあえて話題にするからには、何か困ったことがあるのだろうか。

「この国の商人は、安く手に入るのなら欲しがるでしょうね。約束の石といえば、この国では宝に値するものです。今は数が少なく、金を積んでも平民にはなかなか手に入りません。だからこそ、価値があるのですが」

「物の価値とは、相対的な評価で決まる。他にはない特別な何かがあることが、重要なのだ」

　殿下がそう言いながら、私を見る。

約束の石は、契約の石。その契約に、私たちは十年も縛られている。縛るのは、国の宝と称される宝冠の形をした約束の石。

「数が増えるならば、いずれそこに価値は無くなる」

「それでも、しばらくはまだ尊いものとして、取り合いになるでしょう。なにしろ、採掘はそう簡単にはいきませんからね」

含みをもたせた言い方を、もちろん殿下は見逃さない。

「採掘関係で、ベルゼが必要としているものがあるのか？　交易で増えているものはあったか、ヴィンセント？」

ずっと黙って控えていたヴィンセント様に、殿下が問うと。

「いえ、これといって変化は見られません。ただ……国境近くの領地との接触は増えているので、何か欲しているものがあるのは確かかと」

「鉱夫か？　それとも鉄などの道具か……」

「殿下、鉄の生産地の多くは、こちらで押さえております。優先的に売買する権利を与えてはどうでしょうか」

ヴィンセント様の提案に、殿下はあまり良い反応を示さない。

「ベルゼも鉄鉱山はそれなりにある、交渉材料としてはいささか弱いだろう。それに、鉄を優遇すると他の国が警戒する。我が国とベルゼが結託して軍備を拡張していると取られるのは避けたい」

だがそこで、ラッセルさんが口を挟んだ。

「殿下は、ベルゼ王国には何をお望みでしょうか。よりフェアリスが優位になるような一方的な交易相手、それとも対等な協定関係でしょうか」

ベルゼ王国とは今でこそ平和式典が計画されている間柄だが、かつて領土争いがあっただけに、そう気安い関係とは言いがたい。このままのつかず離れずの関係が続くのか、それとも近年交易品が増えたこともあり、より関係が密になっていくのか。商人たちと付き合いが深かった元役人の私としても、気になるところだ。

「より安定的な平和の維持。ベルゼとはいずれ、腹の探り合い抜きの、真の同盟を結びたい」

それを聞いて、ダディス当主は目を細めると、それまで最初の乾杯以来、口をつけていなかった酒を飲んだ。

「そういうところが、どこにも与《くみ》しないことを信条とするダディスが、あえて殿下のご依頼を受ける理由です」

「文官贔屓《びいき》の理想家と、笑う者も多いが」

殿下の言葉に、ラッセルさんは「いいえ」と首を横に振る。

「我々はしょせん情報屋、儲《もう》かった商人たちから少しの上前を跳ねて、楽をして稼ぐ商売です。これは平和だからこそ成り立つことで、情勢が不安定になれば我々は真っ先に戦争に利用されるでしょう。そして勝敗が決すれば、秘密を知る者として、いずれ邪魔になる。私は情報を売ることしか能がありませんので、保身のために理想家を歓迎します」

殿下もまた、ラッセルさんの言葉を受けるようなタイミングで、酒を口にする。

なんだか、地位と立場を越えたところで分かり合っているかのような、殿下とラッセルさん。そんな二人と、一生懸命まとめたつもりの値切り資料とを、見比べてしまう。

「どうしたコレット、まだ値切り足りないのか？」

めざとい殿下にからかわれるも、反論する気力がない。だって。

「余計なことをしたかなって、思ったんです……信頼は、お金では買えませんから」

私の言葉に、殿下はヴィンセント様と顔を見合わす。そして笑いながら「熱でも出したか？」と返してくる。

けれどもラッセルさんは、私を笑うことはなかった。

「愉しかったですよ、コレットさんとの値段交渉は。資料も、的確に数字を出して比較してあり、分かりやすくまとめられていました。また次のご依頼の時も、ぜひご同席ください。いつもは用が済んだら席を立ってしまう殿下が、こうしてゆるりと雑談を交わしてくださるのも、コレットさんがいらっしゃるからこそです」

「……ありがとうございます、私も知らないことを聞けるのは愉しいです」

「何でも聞いてください、あちこち飛び回っているせいか、役に立つかどうか分からないような雑多な知識だけはありますから」

謙遜だろうけれども、こうして会話を膨らませてくれるのは、殿下にはない魅力だ。

そのせいで、誰もがつい心を許して情報を漏らしてしまうのかもしれない。そんなことを思いつつ、ふと彼に聞いてみるのもいいかもしれない、そんな考えが浮かんだ。

「一つ、聞いてもいいですか？」

「はい、私に分かることなら」

私は修道院で書いたメモを思い起こす。

「塩硝って、知っていますか？　聞きなれない物ですが薬品か何かですよね？」

どんな作物に効果がある肥料だろうか。そんな風に思っていたから、気軽に尋ねるにはちょうどいい話題だとばかり思っていたのだけれど……。

ラッセルさんは困ったように口を閉じ、殿下を見る。そして殿下もまた、顔を強張《こわば》らせて、ヴィンセント様とともに渋い表情だ。

何、なんなの？

「コレットさん、その名称をどこで知りましたか？」

「ええと、ある事業を土地ごと買い取った人がいて、それがヘイオンでの塩硝製造で……」

「ヘイオン、南部のですか？」

私が頷くと、ラッセルさんは小さくため息をついた。

「コレットさん、塩硝とは、硝石を作るためのものです。そして硝石は、主に火薬の材料になります」

「か、火薬って、あの爆発する、火薬ですか？」

なぜそんな物騒な事業を買っているのよ、あの人は……しかも修道院まで巻き込んで！

「コレット、その事業を買った者というのは誰だ？」

そう聞いてきたのは、もちろん殿下だ。

言って、いいのだろうか。いや、言わずに逃げられる状況じゃなくなっている。知らなかったとはいえ、うかつに口にするんじゃなかった。

でももう遅い。私は覚悟を決めて、その名を口にする。

「リンジー＝ブライス、です」

ただでさえ異様だった場の空気が、瞬時に凍る。

それはそうだろう。デルサルト派筆頭のブライス伯爵家の人間が、火薬の元となるものを製造する事業を買ったのだ。

この継承権争いの最中ならなおさら、軍備増強と取られてもおかしくない。

先ほどまであれほど和《なご》やかだった会食の席が、一変してしまった。

殿下はリンジー＝ブライスの名を聞いた後、しばし考え込んでいる様子だ。そしてダディス当主、ラッセルさんが後ろに控えていた部下に、何やら確認している。

どうして、リンジー＝ブライスの動向を私が知っているのか、ラッセルさんが気にならないわけがない。殿下は彼に、私が長らく捜索していた人物だとはまだ知らせていないはずだし……。

やっぱり、彼女の名を口にしたのは軽率だったのではと、焦《あせ》りが生じてきた時、ラッセルさんが切り出した。

「殿下、私どもから一つ、情報を提供したいのですが」

殿下は頷いてヴィンセント様に新たな契約書を用意させる。

がしかし、それをラッセルさんは手で制して言った。

「コレットさんからの情報の対価として、同じく口頭だけでお伝えします」

すると殿下が私の方を見るので、了承のつもりで頷くと、ラッセルさんはすぐに話し始める。

「ブラッド＝マーティン商会の、若頭取の動きに注意してください。ブライス伯爵と商談を始めているという情報があります。加えて彼は、つい四ヵ月前まで、ベルゼ王国に長らく滞在していた人物です」

「若頭取って、セシウス＝ブラッドさんですか？」

驚いて確認すると、ラッセルさんが頷く。

「コレットさんは、セシウス氏のことをご存知だったのですか？」

「ちょっと、知り合い経由で……」

まさかレリアナの婚約者が要注意人物とは……。

「彼は長らく不在だったので、名前を知る者は多くありません。驚きました、さすがマクス氏のお嬢さんといったところでしょうか」

ラッセルさんにレリアナのことまで喋ると、それはそれで怖い気がして苦笑いを返すしかなかった。

そんな私とは裏腹に、殿下はいつも通り冷静に分析を始めていたようだった。

「ベルゼ王国で始まった新たな精霊石鉱脈の採掘と、塩硝石の事業を得たブライス伯爵家。そこにベルゼ王国に繋がりがあるブラッド＝マーティン商会か。まだどう絡むのか分からない要素も残っているが、繋がってきたな」

ヴィンセント様が頷き、続ける。

「殿下、硝石の交易をベルゼが正式に持ちかけてくるのならば、まだ分かります。それを一部の貴族家が秘密裏に占有するのは、物が物だけに危険です。これは放置することはできません、すぐにご対応を」

難しい政治のことは分からない。けれども、これが硝石ではなく穀物などの交易だったとしても、不正の温床になっていないか、一度は調べる必要がある案件になるだろう。

「私も調べた方がいいと思いますよ。買い取った事業では、利益を少なめに申告するとか、商品の数を誤魔化して横流し、もしくは備蓄して高く売るなど質の悪い商売人のよくやる手です……問題は、そんな馬鹿な真似を、ブラッド＝マーティン商会ほどの大店が、あえてするだろうかと」

「コレットさんの言う通りです、納税課で鍛えられただけはありますね」

ラッセルさんはさらっと言うが、私の経歴を言い当てている。父さん繋がりで記憶しているのだとしても、やっぱりダディスは怖いっ。

「しかしながら、ダディスの持っている情報から分析する限りは、ありえるというのが正直なところです。ブラッド家はどの代も権力欲というか、特権主義的な人間が多いのですよ。少々歪《ゆが》んだ劣等感が邪魔をして、目先の利益を優先しがちで、強引な商売に走りやすい。それが今、商業組合の方でのもめ事の一端ですしね」

「もめ事、とは？」

「殿下、それを私も今日、父さんから聞きました。城下の市場から大きな商会までを、商業組合が長らく一つにまとめていたのですが、ついに二つに分裂されようかという危機みたいです。その分裂を煽《あお》っている方がブラッド＝マーティン商会と関係が深い商会、残るはゼノス商会をはじめとする現在の役職を引き受けている側、といった構図だそうです」

「あからさまな、対立構造ですね……」

ヴィンセント様が、頭が痛いといった風にため息をついている。

けれどもそんな憂慮など吹き飛ばすかのように、ラッセルさんはあっけらかんと笑った。

「商人も馬鹿ではありません。そのような目に見える形での対立は、いうなればあがきに近いと見ている者も多いと聞いています。殿下、ティセリウス伯爵への処分決定以降、城下にも風が吹きつつあります」

「お前たちもそれを期待して、あの闇医者を売ったのだろう」

「いえいえ、私どもは単なる情報屋ですので、活《い》かすも殺すも買ったお人次第」

やだなあ……殿下とラッセルさんの容姿だと、表と裏の権力者が悪巧みしている図にしか見えない。

これがあの精霊王のごとき華やかなジョエル＝デルサルト卿なら、そうは見えないだろうに。

そんな風に思って見ていたら、殿下はもうこれからのことを組み立てたようだった。

「早急に硝石の流通に制限をかけさせる。幸いなことに、すぐに火薬に加工できる硝石の採掘地は南部の乾燥地がほとんどだ。そちらは私が押さえることができるだろう」

「問題は、扱っているのが塩硝だということです。近年、硝石が採掘できない土地でも、ある方法を用いて塩硝を作り、そこから硝石の結晶を取り出す技術が発見されました。これらは本来硝石の産出量が少ないベルゼで改良されて急速に発展し、フェアリス王国へも伝わってきたそうです。元から北部はベルゼとの交易がありますので、既にヘイオン以外にも手を広げている可能性がありましょう」

「分かっている。同時にブラッド＝マーティン商会への警戒を強める」

「……それがよろしいかと」

そうして殿下はダディスとの会食を終える。

席を立つ殿下を、ダディスの三人は見送りをしようとするが、殿下がそれを「目立ちたくない」として断った。ラッセルさんはその代わりとばかりに、私が食べられなかった食事を、持ち帰るよう手配してくれている。

給仕を呼んで支度をさせている間に、殿下とラッセルさんがヒソヒソと話を続けていたようで、ふと気になる言葉が耳に入った。

「それでは令嬢にまつわる過去の調査は、継続してまいります……ですがよろしいのですか」

「ああ……逃がすわけにはいかないからな」

令嬢って……誰のことだろうか。もしかして攫われて行方不明の人たちのこと？

ハッとして殿下の方を見るとラッセルさんと目が合い、話が中断されてしまった。

そのまま準備が整ったと給仕に告げられ、ラッセルさんたちとはそこで別れる。そして慌ただしく馬車に乗せられ、王城へと帰り着いたのだった。

日はすっかり暮れているというのに、殿下とヴィンセント様はそのまま中央棟へと向かい、関係各所の責任者を呼び出して緊急会議をするという……。

一日を終えたはずなのに再び呼び出されるお偉いさんたちに同情しながら、私は持たせてもらった食事を部屋でいただく。たくさんあるし、気をきかせてデザートのパイをたくさん詰めてくれたので、残っていたアデルさんや侍女さんたちと分けて食べたのだった。

ふと目が覚めたのは、日も昇らない早朝だった。久しぶりにたくさんお酒を飲んだせいか、喉が渇いて部屋を出る。すると暗い廊下の先から、明かりが漏れている。

そこは殿下の部屋。

ゆらゆらと揺れる明かりに誘われて近づくと、扉が少しだけ開いていた。そこから冷たい風が、顔に吹き付けた。

窓が開いているのだろう。そっと扉の隙間をすり抜けるように入ると、明かりは私の仕事机の方に一つ。その先にあるカーテンが揺れていた。

私は羽織ってきた上着の前を寄せ、扉に向かう。裸足《はだし》で来てしまったから、大理石を歩くと大層冷たい。

早朝のこの時間は、かなり冷え込む季節になった。扉を閉めようと手を伸ばすと、庭の向こうから物音がする。驚いて寝台の方を向くと、ちょうど衝立が開いていて、そこがもぬけの殻なのが見て取れた。

「……じゃあ、あの音は殿下？」

こんな夜明け前に、何の音だろうと気になって庭に出た。日はまだ昇っていないが、空は白み始めている。

庭の奥からは、鈍い何かがぶつかるような、それでいてたまに金属音と、荒い息づかい。垣根の向こうに、誰かがいる。茂みを手で寄せて視界を広げると、その先にいたのはやはり殿下だった。

でも彼一人ではなく、開けた芝生の上で、殿下とジェストさんが剣を手に睨み合っている。

ずっと前だけど、訓練生だった頃のレスターの鍛錬を見たことがある。剣を持ち、仲間と並んで型を繰り返すものだった。でも目の前で行われているのは、以前見たそれとはずいぶん様相が違った。

互いに剣を振り下ろし、鍔《つば》を合わせたかと思えば、ジェストさんが足をかけて倒そうとして、それを防ぎながら殿下が空いた方の拳《こぶし》で、逆にジェストさんへ殴りかかっていく。

なんというか、泥臭く、それでいて二人とも見たこともないくらいに真剣で、汗に濡《ぬ》れて息を切らしていた。

呆然《ぼうぜん》と茂みの間から眺めていると、ふと殿下と目が合った気がした。

でも次の瞬間に、殿下が振り払った剣が、ジェストさんの剣を弾《はじ》いた。そしてそのままジェストさんの手から放れて飛んだ。

あっ、と思った時には、その剣が私に向かっていて。

思わず目をぎゅっと閉じることしかできなくて。

「コレット、大丈夫か⁉」

剣は飛んでくることなく、代わりに殿下の乱れた息遣いとともに聞こえる声に目を開くと、そこに落ちた二本の剣と、殿下の心配そうな顔。

あまりの出来事にへなへなと座り込みそうになると、殿下が足と腕で枝が折れそうなくらい植え込みを押しのけて、私を引っ張り上げる。

「わざとだろうジェスト！　コレットに何かあったらどうするつもりだ」

殿下は私を芝生に座らせながら、ジェストさんに文句を言う。でもジェストさんは肩をすくめて、笑うのだ。

いやいや、笑うところじゃないですよ。

「二人分、強くなりたいから付き合えと言ったのは殿下ですよ」

「それはそうだが……」

「そろそろ私は上がらせてもらいます、殿下」

そう言うと、ジェストさんは落ちていた剣の一本を拾い鞘《さや》に収めて、さっさと茂みを回って出て行ってしまった。

それを見送ってから、殿下もまた自分の剣を脇に置き、私の前にあぐらをかいて座った。まだ肩で息をしている。それでも、私を気遣うように様子を窺っているのが分かった。

「こんな早くに、どうした？」

え、そこから？

「ええと……お酒のせいで喉が渇いて。廊下に出たら、殿下の部屋の明かりが見えて」

「お前な、仕事中ではない夜に……」

「だって、明かりが揺れていて、窓が開いているみたいだし、殿下が風邪をひくと思って」

殿下は少しだけ私から視線を外し、小さく何かを呟《つぶや》いてから再び私を見ると。

「コレット……昨夜はしっかり食べて、よく眠れたか？」

「小さな子供じゃありません、お母さんみたいなこと聞かないでください」

「お前がさっき口にしたのと同じだろうが」

殿下が、困ったような、でも悪戯《いたずら》が成功した子供のような、変な顔をしている。

私は、座ったまま自分の胸を手で押さえる。まだ、ドキドキしている。自分に向かって剣が飛んでくるなんて初めて経験だし。

「怖い思いをさせて悪かった」

珍しく、殿下が殊勝だ。

「こっそり覗《のぞ》いた私も悪かったです。でもいつも、あんな鍛錬をしているんですか？」

「ああ、護衛の数を減らしているからな、彼らの負担を軽くするためだ」

「もしかして、前にこっちからヴィンセント様と揃って出てきた時も、鍛錬だったんですか？」

「ああ、あれは……」

殿下が遠い目をする。

「ヴィンセントは戦闘に向かない。だがそのままでは、いざという時に対応できないのでは困るだろう。だから定期的にしごいている」

「戦闘に向かないって、じゃあいつも携えているあの長剣は飾りですか？」

「あれは私の剣だ。言っただろう、ヴィンセントは鞘として、側に置いていると」

「殿下の剣？　どうしてわざわざ……」

「武はデルサルトの領域だ。分を弁《わきま》えてくれさえすれば、その領域は侵すつもりはなかった」

そう言いながらも、殿下は自嘲しながら「思うようにはいかなかったが」と付け加えた。

落ち着いてきたと思っていた胸が、今度はざわざわと波立つ。

殿下は、自分が鍛えていることは、表沙汰《ざた》にするつもりがないのだろう。こうして殿下のことを知る度に、不思議な人だと思う。

すごく分かりにくい、不器用な優しさを持つ人だ。

「殿下は、努力の人ですね。あの時は、木も登れなかったのに」

「情けない姿を思い出させるな、十年も前のことだろう」

不服そうな殿下に、今度は笑いがこみ上げてしまう。

「お前が言ったのだろう、コレット。できないなら、これからいくらでも頑張って練習して、鍛えればいいと。だからそうした」

「私が……？」

そういえば、そんなようなことを言ったかもしれない。だけど、それを馬鹿正直に実行するなんて思わないですよ。だって私は……。

「殿下は、私を恨んでいないんですか？」

「恨む？　どうしてコレットを恨まねばならない」

「だって、王城に変装して忍びこんで、殿下を騙《だま》して逃げて、意図してなかったとしても十年、殿下の継承権を脅かして……」

殿下が手を伸ばして、私の髪を一筋掬《すく》った。

「恨んだり怒ったりしたのは、お前にではない。あらぬ噂を流した馬鹿者と、友人として仲良くなろうとした少年を怪我させてしまった己に対してだ」

殿下が近づき、掬われた髪に唇を寄せられる。髪に感覚なんてないのに、全身にくすぐったさが駆け巡る。

その感覚に困惑して固まっていると。

「俺からも、いつかお前を見つけたら聞きたいと思っていたことがある」

「……なんですか？」

「あの日、王城に危険を冒《おか》してまでやってきた理由を、聞かせてくれ」

真摯《しんし》な瞳に見上げられ、私は素直に言うことを躊躇《ためら》ってしまう。

この人が動き出したら、確実にすべてが置き換わっていきそうで。そのきっかけを託されている気がして、畏《おそ》れから逃げ出したくなる。

「たいした理由じゃないです」

「コレット」

名前を呼ぶだけで、人を思う通りにさせるなんて、ずるい人だ。

「助けて、欲しかったんです。お城の偉い人なら、私の家に蔓延《はびこ》る悪いものを、追い出してくれると……そう信じていました。あの頃はまだ、世間知らずの子供だったから」

「そうか。遅くなったが、聞けてよかった」

それだけ言うと、殿下は私の髪を離し、立ち上がった。

昇ってきた朝日が、枝葉の向こうから庭園を照らし始める。その光を背に受けながら、殿下が手を引いて私を立たせると。

「十年待たせたが、その願い、必ず叶えよう」


殿下がそう言った日の晩、ティセリウス領に向かった調査団から最初の報告が届けられた。

サイラスの証言を裏付けるように、彼の診療所に収容されていた患者たちから、攫われた娘たちの行方を追う手懸りが得られたのだ。女性たちの多くは、隣接するブライス伯爵領か領境の街へと運ばれたらしく、組織的な犯罪として本格的な捜索が始まった。ブライス伯爵はそれらの事件との関わりを否定するも、捜査は陛下の名のもとに進められているため、協力を拒むことはできない。

そうしてティセリウス領で起きた二つの犯罪が公となり、関連付けられて人々に強く印象を残すこととなった。

これは、王子殿下と次期公爵の継承権争い、ひいては両者を推す貴族界の、勢力図を塗り替える最初の一手となった。

幕間　その一　睡眠不足

鍛錬場を出て、殿下とともにテラスに戻ると、光が部屋の中まで照らしていた。

朝日を振り返り、その眩《まぶ》しさに目を細めながら、殿下が私に言った。

「三時間後にはヘイオンを有するタラス男爵が登城する予定だ。一時間後に起こしてくれ」

「ちょっと待ってください、殿下。もしかして、徹夜したんですか？　信じられない！」

それだけ言って部屋の方に戻る殿下を、慌てて追いかける。

「緊急会議があったんだ、どうやって寝ろと？」

「それでも、ちゃんと時間を作って寝てくださいよ！　鍛錬している場合じゃないです。睡眠不足は凡ミスを誘発させる、最大の原因ですからね。それでよく、人に寝たかなんて聞けましたよねぇ」

「だから、今から寝ると言っている」

「人は！　夜に！　寝る生き物です!!　それにですね、寝不足は万病の元ですから、長年続けるとハゲますよ」

「バギンズはいつもうたた寝をしているが、効果はないようだな」

バギンズ子爵の輝かしい頭頂部を思い出し、それは説得力がなかったかと後悔しながら、前をすたすた歩く殿下を裸足《はだし》で追っていると。

部屋に入ったところで殿下が急に立ち止まり、その背にぶつかる。

「ちょ、急に止まらないでくださいよ。殿下はその長い足で数歩でも、私はほとんど走っているんですから……って、ちょ、何をするんですか！」

文句を言い募る間に、また抱え上げられてしまった。

小動物じゃないんですから、いちいち抱え上げないでくださいってば。

じたばたしてもあっという間に室内の長椅子《ながいす》に運ばれて、そこに下ろされていた。

「なぜ裸足で外に出ようと思ったのか」

どうやら汚いと思われたらしい。そりゃあ、綺麗《きれい》に磨かれている床を汚したら、早朝から侍女さんたちの仕事を増やしてしまうけど。

「わざわざ運んでくださらなくとも、後でちゃんと床を拭いておきますよ」

「拭くのは床ではなく、まずは足だろう」

そう言うと、殿下のために用意してあったであろう陶器の水桶《おけ》を、私の前に運んで来る。そして私の足元に置いたのだ。

「好きに使え。私はあちらを使うから気にするな」

いやいやいや、この美しい陶器の中に足を突っ込むのは、庶民の私にはハードル高いってば。

固まる私を放っておいて、殿下は水差しの水を別の器に注いでそれで顔を洗った。汗を拭《ぬぐ》ってスッキリしたような顔をしながら、私の方に戻ってきて膝をついた。

「どうした、洗って欲しいのか？」

「そ、そんなわけないでしょう！」

するとと殿下は笑って立ち上がった。どうやらからかわれたようだ。

「子供の頃《ころ》、母が同じようにしてくれたことがあった。ジェストに剣を習い始めたばかりで、泥だらけになり、擦り傷が多くなった頃だったか……子供は世話が焼けるくらいが、安心なのだと言われた覚えがある」

殿下の幸せな記憶の一つなのだろう。私にもそういう記憶は、たくさんあった。それらを思い出しながら、足を水につけて土を流した。

「私の母は幼い頃に亡くなってしまいましたが、使用人たちがその代わりに世話を焼いてくれて。木に登ったり、庭師とともに果物を収穫したり、虫捕りをしたり、興味のあることなら何でもやらせてもらっていました」

「たとえそのまま伯爵家で成長したとしても、お前は今のお前のままだったのだろうな」

呆《あき》れたような言い方だったけれども、殿下からは労《いたわ》りのような優しさを感じる。

けれども現実はそうならなかった。父は事故であっけなく死に、優しかった使用人たちはあっという間に辞めさせられて、知らない人たちに入れ替わってしまった。

それでも今の私でいられるのは、レスターやレイビィの養父母がいてくれたから。

「きっと、我《わ》が儘三昧《ままざんまい》の、いけ好かない令嬢になっていたと思いますよ」

濡れた足を拭き、汚れた水の入った器を抱えて立ち上がる。

「二時間後でいいですか？」

「一時間後には起きる」

「ハゲますよ」

「……一時間半で妥協する」

「あら、殿下も交渉術を使えるようになったんですか」

すると憎らしげにこちらを見た殿下が、何を思ったのかシャツの釦《ボタン》を外しはじめる。

「ぎゃ、殿下の馬鹿！　すけべ！」

「さっさと寝ろと言ったのはお前だろう」

「だからって、人の前でいきなり脱がないでくださいよね！」

文句を言いながら殿下から背を向けて、慌ててその場を離れる。

胸がドキドキするのは、驚いたし、走ったから。

部屋を出る前に振り返ると、背を向けている殿下の肩が揺れていたので、からかわれたのだ。

「一時間半だからな、頼んだぞコレット」

殿下の背中には目がついているに違いない。愉《たの》しげな声に、私はなんだか悔しくなって、その広い背中に「イーッ」と舌を出して見せてから、今度こそ部屋を逃げ出したのだった。

第二章　悪の華は夜に輝く

視察から帰城した日から、四週間が過ぎようとしていた。

私は三日に一度は家に帰れるようになったものの、毎回護衛付き。それは王城内の移動でも同じで、一人になれるのは殿下の部屋の中のみ。そのお陰か、これまで以上に心ゆくまで仕事漬けの日々を送っている。

私の身辺警護が厳しくなったのは、殿下の周囲に劇的な変化が起きているせいもある。

これまではトレーゼ侯爵を筆頭に王子殿下派の貴族、それから中央行政に深く関わる重臣以外は寄りつかなかった殿下の執務室に、様々なお客様がひっきりなしに訪れるようになっている。ヴィンセント様によると、中立派だった貴族たちの掌《てのひら》返しから、将来の要職を求めての本格的な鞍替《くらが》えが始まっているとのこと。

加えて、例の「想い人」へ殿下が贈り物をしていると、追加の噂《うわさ》も功を奏しているらしい。女性に興味がないという噂が払拭されつつあるようで、どこの馬の骨とも分からぬ会計士よりも、ぜひともうちの娘をと売り込む貴族たちが、何かの用事にかこつけて訪れているのだとか。その中には、なんとデルサルト派だった家もあるのだという。

いやあ、現金なものですよねえ……。

とはいえ、私はたとえ監禁されていようとも、それどころじゃない。

半年後の納税期の準備だって手一杯だというのに、想定外の仕事が毎日どんどん追加されていて、本当に「いい加減にして」と叫びたい。

正確に言うならば、今まさに、殿下へ詰め寄っているところなのですが。

「今まで皆無だった夜会に、どうしてそう頻繁に出席されるんですか。そして必要経費がまるっと私財会計って、鬼ですか、悪魔ですか、私を多忙で殺す気ですか！」

執務室に人が途切れた隙《すき》を狙って、書類仕事を前にした殿下の胸ぐらを掴《つか》むくらいのつもりで問う。

そんな私と殿下の間に、ヴィンセント様が割って入る。

「鼻息が荒いですよ、落ち着いてください、コレット」

「いいえ、今日こそ私の訴えを聞いてもらいます！」

殿下の前へ、処理が滞っている請求書を積み上げたのに、素っ気《そけ》なくあしらわれる。

「いつものように、請求書通りに支出を計算して帳簿につけておけばいいだろう」

「殿下、そう簡単に言いますけど、前例のない出費に対応するだけで、時間が忙殺されているんです。せめて、そういった社交に詳しい人に任せるか、せめて補佐につけてください。およその予算を組んで、それを元に出金作業をまとめます。請求が来る度にいちいち金庫棟往復をさせられたら、他に何もできません。このままじゃ殿下、本来の業務が滞り、半年後には申告漏れの脱税犯になりますからね」

「脱税犯は言いすぎでしょう、さすがに」

「甘いです、ヴィンセント様！　いいですか庶民は期限までに帳簿届けが間に合わなかったら、罰金が生じます。それが故意でなくとも、正確さに欠ける報告をしたら、厳しい追徴課税がかかり、それが元で商売を畳む商会だってあるんです。それを王子殿下だからと甘く対応すれば、殿下自身の信頼失墜になりかねません。高貴な身分の者こそ、しっかり義務を果たして模範となるべきです！」

殿下からは「わかったわかった」とため息まじりに返されると、こちらとしてもさらに鼻息も荒くなりますってば。

貴族たちが集まる夜会に、殿下が出席する。それだけでこんなにたくさんのお金が動くものだとは思いもよらなかった。招待状への返信にかかる費用、殿下の身の回りの支度、警護のための人件費、それから招待者への贈り物や、当日のための打ち合わせにかかる費用も殿下持ちだ。とにかく、様々な出費が私にとっては想定外で、その順序もしきたりも分からず、翻弄《ほんろう》されまくっている。

「カタリーナに話を通してある。近いうちに、こちらに来るだろう」

「リーナ様が、王都に戻られるんですか？」

「ああ、彼女なら聞きやすいだろう。しっかり学んでくれ、これからは避けて通れないことだからな」

「侯爵令嬢のリーナ様なら、確かに心強いですけれど……」

今後も殿下は、今週に一回、それから来週には二回、高位貴族家の主催で開かれる夜会に参加する予定だ。これらは中央行政に関わる貴族だからか、場所は王城内で行われる。だが、夜会とはそういったものばかりではなく、貴族家の屋敷で行われているものもあり、今後はそういった場所にも、行くつもりなのだろう。たとえリーナ様に協力してもらったとしても、今後も煩雑な処理が増える未来しか想像できず、ついつい顔が「うへえ」と歪《ゆが》んでしまう。

「何か言いたげだな。だが最も煩雑な仕事を請け負っているのはコレットではなく、アデルだろう。私としては、そちらもお前に任せてもいいのだが」

その言葉に、私は机上に乗り出していた身をさーっと退ける。

招待状への返事や、衣装の見立て、贈り物の選別はアデルさんが任されている。元から王妃様付きの侍女をしていたために、そういったことを知るのは、ここではアデルさんのみ。急に増えてしまった仕事に奔走しているせいか、ぐったりと疲れ切っている。

アデルさんが引き受けている仕事は本来、殿下の婚約者、もしくはお妃《きさき》様の仕事だ。

だからアデルさんは大変だなと思いながらも、この話題については素知らぬ顔をしてやりすごすしかない。

「私は会計士です、そういうことは承っておりません」

「業務外でやる気になったらいつでも言え、歓迎する」

「絶対に、そんな気になりませんので、安心して殿下は夜会で良い人材をお探しください。殿下、今モテ期じゃないですか」

そう言うと、殿下はあからさまに渋い顔をする。

「近頃は、自分の娘や姪《めい》を薦めてくる者が多くて辟易《へきえき》している」

「いいじゃないですか、掌返さない人間よりは。時勢を読んで、殿下につけば娘が幸せになるかもしれないという希望を、託されたと思っておいたらどうでしょう」

「ああ言えば、こう言うなお前は」

殿下が少し不機嫌そうに私を睨《にら》むが、ちょうどそこに来客の知らせが届く。私はさっさと人目がつかない奥に退散するつもりでいたのだが、殿下に呼び止められた。

「トレーゼが例の件で報告に来たようだ、コレットも気になっていただろう、聞いていくか？」

「……はい、よろしければ聞かせて欲しいです」

例の件とは、行方不明の女性たちの捜索のことだ。サイラスへの取り調べから、越境してブライス伯爵領へ連れ出されているとの情報を得たので、捜索の指揮は法務局の長であるトレーゼ侯爵が直接任されることになった。

そのトレーゼ侯爵が護衛の案内で執務室に入って来ると、私の姿を認めて少し躊躇《ため》った様子を見せた。

「……あまり良い結果ではなかったか」

殿下がそう問うと、トレーゼ侯爵はただでさえ近寄りがたい威厳ある顔を、厳しいものに変える。

「若いお嬢さんに聞かせたい内容ではありませんな」

「どうする、コレット？」

殿下に問われ、私は「大丈夫です、覚悟しています」と答える。

それを受けて、トレーゼ侯爵は殿下への報告を続けることになった。

「禁止されているはずの人買い業者を突き止めて、三人を娼館《しょうかん》で、二人を商家の下働きとして売られたことを確認し、保護いたしました。なにぶん突然攫《さら》われて売られたため、かなり心理的に参っているようで、犯人に繋《つな》がる証言はまだです。特に娼館行きの娘たちは……」

「そうか。早めに家に戻れるよう手配してやってくれ。それで、女たちはどこの領にいた？」

「娼館は、ブライス伯爵領です。ティセリウス領との境に近い街です。商家の下働きの方は、同じく境ではありますが、ティセリウス領内とのことでした」

ただでさえ重い空気が、さらに重くなる。

「ブライス伯爵の手の者を、ティセリウス伯爵が黙認していたというサイラスの証言を裏付けるには、まだ弱いな」

実はかなり早い段階で、大金を用意して人攫いを依頼していたのがブライス伯爵領の人間だと、サイラスが証言している。だが数々の犯罪に手を染めた闇医者の証言を、無条件に受け入れるわけにはいかない。高位貴族が関わっているとあっては、確証もなく公表もできず、秘密裏に捜査を始めねばならなかった。

「それで、残る三人の行方は判明したのか？」

「それが、一旦は娼館に運ばれたところまでは判明したのですが、そこから行方がまったく掴めず……こちらは売買記録がないので、恐らく犯人の手元にまだ残されているのではと」

「売買に関わった業者はすべて摘発したのか？」

「はい、事が事だけに、疑わしき者は片っ端から取り調べ中です。それでもいまだ情報が得られません」

しばらく殿下は考え込み、そしてトレーゼ侯爵へ確認する。

「ブライス伯爵がブラッド＝マーティン商会と繋がったという情報を得ている。調査対象に入っているか？」

「いえ、せめて証言に名が挙がれば、調査に入ることができるのですが……あの商会は、理由がないと難しいかと」

「そうか……」

私としても、レリアナが人身売買と関わっている商会へ嫁ぐなんて、とてもじゃないけど容認できない。どうにかして、探れないだろうかと考えを巡らせていると、トレーゼ侯爵が。

「そういえば殿下、ここに来る途中で耳に挟んだのですが。来週の王城で開かれる夜会に、あのリンジー＝ブライスが出席するとの噂です」

「……それは本当か？」

殿下が驚くのには理由がある。彼女が出席する夜会といえば、国王陛下主催の新年会などの、貴族籍を持つ者が必ず出席を強《し》いられるものだけだったらしい、特にここ十年は。

そのため、彼女の歳《とし》を重ねてなお人を惹《ひ》きつけてやまない容姿は、その生き様と経歴の黒さもあいまって、社交界のみならず庶民の間ですら伝説になっている。

かつて婚約を破棄された悪役令嬢、そして自分の婚約者を奪った令嬢を呪い殺し、したたかに後釜に収まった悪女。それだけでは飽き足らず、夫亡きあと財産を食い潰した浪費家でもあり、そして美しい男の血をすすって若さを保つ魔女とまで。常に黒い噂を纏《まと》いながらも、悠然と生家のブライス家で過ごし、たまの夜会でその美しさを披露する謎の人。

まあよくもここまで特異な人を、継母《ままはは》に持ったものだと、自分の引きの強さに感心する。

「では、そこで探りを入れるしかないな。ちょうど、例の事業の件の反応も見たい」

「そうですな、彼女はブライス家の象徴ともいえる存在。揺さぶるのも悪くないでしょう」

「彼女のパートナーは、父親のブライス伯爵か？」

「いいえ、それはまだ確認がとれておりませんが、まあ恐らくは」

なにやら、悪巧みをしている二人。

「あの、私もその夜会にこっそり入らせてください、給仕とかに変装しますので」

手を挙げて言うと、しかめ面になった殿下と驚いたようなトレーゼ侯爵が、同時に私を振り返った。

やっぱり、駄目ですか？

何度お願いしてもその日は聞き入れてもらえず、ついには執務室から追い出されてしまったのだった。


週が明けて最初の日に、かつて近衛《このえ》に在籍していた高官が主催する夜会が予定されている。先日、めぼしい活躍をした近衛騎士に、勲章が与えられたばかりで、その者たちを祝う名目で開かれるらしい。だから軍からも将軍や顧問たち、いわゆる軍閥と呼ばれる貴族家が集まる。

そういう理由から、夜会にブライス家が出席するのは、自然なことなのだそう。

そんなデルサルト派の中核が集まる夜会に、私が紛れ込むということは、虎の穴に兎《うさぎ》が投げ込まれるのも同然と、殿下が猛反対。

でもそれは、私が殿下の私財会計士、彼の配下の者だと分かったらという話なのだ。

まずは殿下を説得すべく、王城の夜会給仕が着る制服を着てみせることにした。使用人のことは使用人を頼るのが一番なので、アデルさんに服を用意してもらった。

「あらあら、まあまあ、お可愛《かわい》らしいですコレットさん」

とても目立つカナリア色のジャケットと細身のズボンに身をつつみ、同じ色の生地に黒と赤いラインの入った筒状の帽子を被《かぶ》る。髪はその帽子の中でまとめ、毛先を出して短い髪を演出する。すると鏡に映る私は、とっくに成人したはずなのに、見習い給仕少年にしか見えない。

ついでに化粧で眉《まゆ》を太めに描くと、どこから見ても男の子だ。

「殿下！　これなら新人給仕係で通用すると思うんですけど、どうですか？」

私室の方で休憩を取っていた殿下の前へ行き、気取ったポーズをしてみせる。

いつものテラスの長椅子《ながいす》で寝転がっていた殿下が、呆《あき》れた表情で上から下まで眺める。思ったよりもジャケットが丈夫にできているので、晒《さら》しを巻かなくても胸が隠れる。いや、隠すほどの物量がないと言ってしまえばそれまでなのだけれども。

「……コレット、どうしてお前は、そう無駄に行動力があるのか」

殿下がむくりと起き上がり、深いため息をつく。

「よく考えてみてくださいよ、相手から最も警戒されている殿下ができる諜報《ちょうほう》なんて、限られていませんか？　いい機会ですし、出席者の中を歩き回って、面白《おもしろ》い噂話とか聞いて回ってさしあげます。

下っ端の見習い給仕がうろちょろしていても、誰《だれ》も気に留めませんよ。この姿の私を見て誰なのか気づくとしたら、レスターくらいなものです」

「その弟が一番心配なのだが」

そう言われて、改めて会場で出会ったレスターの反応を予想してみる。

……手紙を書いて、知らせておくべきか。

「とにかく、会計士業務外のことなら好きにしていいでしょう？　護衛も必要ありません」

「そういうわけにいくまい……本当にやる気なのか？」

「ええ、なぜ今になって両親のお墓がある修道院を巻き込んだのか、理由を知りたいので」

殿下は複雑そうな顔をする。

城下町でダディスと面会した翌日に、殿下には修道院の帳簿でのやり取りと、不審に感じた詳細を説明している。ノーランド伯爵家が残した事業の負債を弁済するために、表向きは修道院へ寄付という形でお金を渡している関係上、帳簿を通じて塩硝の事業を買った継母の動きが知れたこと。ただし、継母とは帳簿上のやり取りなので、この十年会っていないことも。

「修道院の土地を今まで売却せずにいたのは、単に面倒だったのだろう。コレットのために残しておいたとは限らない。危険を冒《おか》すだけ無駄ではないか」

「私に対してどう思っているのかなんて、どうだっていいです。あんなあからさまな帳簿を、わざわざ私の目につくようにした、その理由が分からなくて気持ち悪いんです」

「だがいったいどうやって聞き出すつもりだ？　給仕に化けたらコレットだと気づかないだろう」

「化けたからこそ、気づくはずですよ。だって十年間、あの人は私に会ってないんですから」

自信満々に言うと、殿下がハッとした様子で私をまじまじと見下ろす。その反応から、殿下から見ても今の私が、十年前を彷彿《ほうふつ》とさせる姿になっていることが分かる。

あの日、男装をした私がそのまま大きくなったようなこの姿。かつてノーランド伯爵家で食べ物もろくに食べられず、痩せ細った私は、髪を切らなくても男の子のようだった。

「だがリンジー＝ブライスがお前をおびき寄せて捕らえる気になったらどうする……口封じを考えてもおかしくない」

「ブライス伯爵に私が生存していることを知られていたなら、とっくに殺されているでしょうね。お父様が亡くなって涙も乾かないうちに、昔からいた使用人たちは追い払われ家を乗っ取られました。そんな容赦ない男の手から逃れられているということは、リンジーが隠しているんです。父さんたちが……土下座をして、私の命乞いをしたのだと言っていました。爵位を失っても、財産は娘である私に相続権があります。私が死んだから、継母とブライス家は財産を自由にできた。でもそれは負債に対しても同じです。父の死後に負債を抱えた事業の弁済を、私が引き受けました。様々な代償を払って私は生かされたんです。だからもしも私の生存が発覚してしまったら、私をどうにかする前に、彼女はブライス家での立場を失うでしょう」

今もブライス家の象徴として在ろうとも、殿下の元で護衛に守られている私に手出しするには、彼女のみでは不可能だろう。

「……たとえ接触が可能だったとしても、お前の知りたいことについて素直に口を割るとは限らないぞ？」

「それならそれでいいです。でも、私が表に出てきたことを知ったら、さぞ驚いて動揺するでしょうね。それって殿下の思うつぼではないですか？」

殿下は考え込む。彼はとても合理的な人だ。目的に添っているならば、利用できるものは利用するだろう。

殿下はため息交じりだったが、期待通りの返答を貰《もら》えた。

「分かった……だが危険なことに変わりはない、接触は私の合図を得てからだ。いいな？」

「はい、ありがとうございます殿下！」

喜んで殿下の手を取ってお礼を言うと、もの凄《すご》く嫌そうな顔をされる。

「そんなに似合っていませんか？」

「その姿は嫌な記憶を刺激される」

「ええ、それってつまり私と出会った記憶は、思い出したくないと」

「違う、どうして少年と見間違ったのかと、自分を恥じているだけだ」

「ああ、そういう……でもそれは仕方ないですよ、男装していましたし、きっと私でも間違います」

慰めたつもりなのに、殿下はまだ納得しない様子だ。

「いやに可愛く見えたのは……幼いからだとばかり」

殿下がハッと口を噤《つぐ》む。

……ん？

「今、なんて言いました？」

「何でもない、さっさと着替えてこい」

殿下は視線を逸《そ》らしながら私を追い払う。

「えええー、動きやすくて気に入っているのに。本当に男の人って得ですよねえ」

言われた通り着替えに向かったのに、「まて」と呼び止められた。

「当日は絶対に、女であることを知られるなよ」

「はーい、了解しました」

給仕のことなど誰も気にしないと思うのだけれど、殿下は慎重なのだから。


そうして迎えた夜会当日。

殿下は煌《きら》びやかな正装に身を包み、パートナーにはこれまた薔薇《ばら》のように美しいドレス姿のトレーゼ侯爵令嬢カタリーナ様を伴って、パーティー会場へ向かっていった。

私はというと、アデルさんからの紹介という形で、給仕係として会場に潜り込んでいた。一応見習いということで、帽子の横に着けられた羽飾りは赤色。見習い期間を終えた者たちは、青い色の羽飾りをつけていた。

会場はお城の一階、中央行政棟の南部分の広間と、そこから繋がる庭にかけての一帯だ。

参加者も近衛や軍部の兵とその家族、関係が深い貴族たちは確かに多いが、思っていた以上に大人数で、こっそり忍び込む身としては都合がよい。

そんな人でごった返す広間を、私は片手にワイングラスを並べたトレイを持ちながら、ゆっくりと歩いて回る。

そうしていると、すぐに参加者から呼び止められ、グラスはあっという間にトレイから無くなっていく。グラスを補充しながら広間から庭へ、庭から再び広間へとひたすら周回するのが、見習い給仕の仕事だった。

もちろん、殿下に約束した通り、抜かりなく周囲の会話に聞き耳をたてている。

若い近衛たちの話題は、今日称《たた》えられる勲章授与者の評判、次に名が挙がる者の予想、そんなところが多い。貴族たちの方は、やはりティセリウス伯爵の処遇についてひそひそと話をしている。表向きには、犯罪を見逃してしまった彼の不手際を非難するものだが、本当のところは分からない。

「そこのお前、飲み物をもらいたい、こちらに来い」

一際大きな人だかりの中から、声がかかった。

私は呼ばれるままにトレイを持って近寄ると、人垣が割れる。するとその中央にいた人物を見て、私は息を呑《の》む。

ジョエル＝デルサルト卿。

取り巻きを連れた彼は、以前会った時以上に、王族らしく華やかで立派な装いだった。だが夜会の目的が勲章を得た騎士たちへの褒美とあってか、胸には階級章が並んでいる。あくまでも近衛最高顧問としてこの場にいるのだろう。

デルサルト卿は見習い給仕である私を一瞥《いちべつ》すると、「これだけでは行き渡らないな」と言い、他の給仕にも声をかけてから、私のトレイからグラスを取った。すると周囲を取り囲んでいた人も手を出し、あっという間に私の持つトレイが空になる。

次の給仕がやって来たのを見計らい、私はその人垣から離れるべく後ずさったのだけれども。

「まて、お前は……見習いか？」

背を向けたとたんにデルサルト卿に呼び止められ、ドキリとしてしまう。

そっと振り返り、小さく頷《うなず》く。

「どこかで会ったような気がするのだが……」

「あの、僕は今日から入らせてもらった新人ですので」

「……気のせいだったか、それならいい」

「はい、失礼いたします」

一礼をして、その場を逃げ出した。後ろから、「デルサルト卿を取り囲む近衛たちが、酔った勢いだろうか「殿下のようなご趣味に目覚められたかと驚きました」「まさかジョエル様に限って」との声と、笑い声が続いた。

ああ、危ない、危ない。

あの一団には近づかないでおこうと、注意することにした。そうして再びワイングラスを並べて戻ると、騒がしかった会場が急に静まり返り、人々の視線が一カ所に向けられていく。

どうやら、殿下が登場したことによる、人々の驚きの反応だったようだ。

私は広間の隅に控え、階段から広間へと下りる殿下とリーナ様を眺めた。

王族だけが纏うことが許されている、紫紺のマントに、白と金を基調とした衣装の殿下は、どこかどう見ても高貴な人物で、いつもは厳しいだけのように感じられるその顔立ちは、このような場で見ると、誰にも屈服することはないと思わせる威厳あるものだった。

彼は間違いなく「王子殿下」なのだと、改めて思った。

隣には、ベージュに染められた絹をふんだんに使ったドレスを纏うカタリーナ様。その立ち姿は、殿下の紋章にある薔薇を象《かたど》ったかのようで美しい。二人並ぶと、まるで絵画のようだ。

なんだか、さっきまで一緒にいたのは夢だったのかしらと思うほどに、二人が遠く感じられた。

いや、元々彼らは遠い存在で、最近の日常がおかしいだけで……。

「まあいいや、それよりも仕事、仕事」

気を取り直して、再び広間の人だかりの間を縫って歩く。

人々の関心は、どうして殿下がこの夜会を選んで出席したのかということに移っていた。ただでさえ貴族との交流は仕事上のみで、夜会は出席を控えていた殿下。この会の目的は近衛騎士を労《ねぎら》うものなので、王族が出席することに何の不思議はないのだけれども。

そして当然ながら、もう一人の王位継承権を持つ人物、デルサルト卿が殿下の登場にどう反応するのかも、注目を集めている。二人がどのタイミングで言葉を交わすのか、その内容は。周囲はそれが気になって仕方がないみたい。

一通り歩いて庭に出たところで、再び私は呼び止められた。

「姉さん」

周囲に気を配りながら、人目に触れない木陰まで行くと、待ち構えていたレスターが現れる。

久しぶりに見る近衛騎士としての正装は、レスターをいつも以上に立派に見せた。そして制服の胸には、先日与えられた勲章が輝いていた。

「レスター、おめでとう。姉さんは鼻が高いわ」

変装していることも忘れてお祝いを告げると、レスターはただ立ち尽くすだけだった。

どうしたのだろう、いつもならば犬のように褒めて褒めてと甘えてくるのに。

体調でも悪いのだろうか、そう心配になって手を伸ばすと。

「……ごめん、姉さん。僕はもう」

レスターの顔が歪んだ。

それと同時に、広間の方で歓声が上がる。

新たに誰かが登場したのだ。そこまで話題になるのは、殿下が既にいるならあとは一人しかいない。

リンジー＝ブライス。

まばゆいほど灯《とも》された広間からの光が、苦しそうなレスターの顔を照らす。私はその正反対の事象に、困惑するしかなかった。

そうしている間にも、会場の方が騒がしくなり、レスターの声が掻《か》き消される。

庭にまだ残っていた人々も、歓声に引き寄せられるように、広間の方へ集まっていく。そうでなくとも、そろそろ主催者の挨拶《あいさつ》が始まる頃合いだ。

広間の方も気になるが、今は落ち込むレスターの様子が気にかかる。

取り残された静寂な庭の片隅で、私は背を伸ばしてレスターの頬《ほお》に手を添えた。

「レスター、何があったの？」

するとレスターが私の手に自らのものを重ねて、頬を寄せる。

「姉さんを、ずっと助けていきたかった。でも、いまだ僕には力がなくて……」

「レスター？」

頬に触れていた指が、温かいもので濡《ぬ》れる。

驚く私の視線から逃れるように、レスターは私の手を掴み、両腕で引き寄せた。そしてぎゅっと胸の中へ私を抱え込む。

背の高いレスターが、すがるように私の肩に顔を埋めると、彼が震えているのが分かり、いてもたってもいられなくなって、両手を上げて背を抱き返す。

「僕は、騎士としての功績が認められて、伯爵家に戻されることになったんだ」

その言葉に、私は息を呑むしかなかった。

ぎゅっと抱きしめるレスターには、私の驚きは全部伝わっていて。

「僕も姉さんと同じように、死んだことになっていればよかった。あの家から存在を消してもらって……そうしたらいつだって姉さんの側《そば》で、姉さんだけを守っていられたのに」

「レスター、それは駄目だよ、あなたは才能があるんだから。どんなに努力したって、騎士の称号を得られない人だっているわ、そうでしょう？　レスターが私にとって、どれほど誇らしいか……今回の勲章だって自分のことのように嬉《うれ》しいし、弟として側にいてくれるだけで、どんなに私が幸せだったか知らないなんて言わせない」

「でもっ、このままじゃ僕は、姉さんを苦しめるブライス伯爵の手足に組み込まれてしまう。そんなの耐えられない。いっそ、僕の手であの人を……」

「レスター、そんなこと私は望んでないよ」

レスターは、リンジー＝ブライスが最初の結婚で授かった子供ではあるけれども、父親からは決して愛されることはなかった。リンジーが社交界の華と謳《うた》われていたからこそ妻にと望んだはずなのに、レスターが自分の容姿を受け継がなかったというだけで妻の不貞を疑い、レスターの存在を認めず、あげく離縁を言い渡した。そんなレスターを、ブライス伯爵もまた顧みることはなかった。それは母親であるリンジーの二度目の離婚の時にも、証明されている。ノーランド家からリンジーを引き戻しはしても、レスターはブライス家へ戻ることを良しとせず、配下の男爵家へあっさりと養子に出したのだ。それなのに功績を得たからと、今さら……。

私はレスターの心中を察すると、いたたまれない気持ちでいっぱいになる。

だが本人はもっと混乱して、怒りと悲しみが、ない交ぜになっているに違いない。

思い詰めるレスターの、艶《つや》やかなマロンクリーム色の頭を、大丈夫だからという思いを込めて撫《な》でる。

するとレスターは私を抱きしめたままで、聞かせてくれた。

「あの人は、今日この場でそれを発表するつもりだ。僕をブライス家の一員に戻すことを……そんなの今日聞かされても……どうしたって、回避する時間がないじゃないか」

「回避する必要はないよ」

私の言葉に、レスターが驚いて抱きしめていた腕を緩め、私を覗《のぞ》き込む。

その涙に濡れている顔が、幼い頃から変わらなくて、私はクスリと笑いながらハンカチで拭いてあげる。

「どんな立場になっても、まったく違う道を歩もうとも、私たちは家族よ。それは十年前から……うん、あなたと初めて会ったあの日から、少しも変わらない。大丈夫、レスターなら大丈夫。何があっても、私はレスターの味方だから」

「でも、殿下の元にいる姉さんに、あの人は危害を加えるかもしれない。そうなった時に、僕はあっち側で歯噛《はが》みするしかないなんて、そんなの耐えられない」

「うん、私もレスターを苦しめたくないよ。だから一生懸命考える、どうしたら私たちが一緒に幸せになれるかを」

再び涙をあふれさせるレスターに笑いながら、ハンカチを当ててると、少しだけ不貞腐《ふてくさ》れたように言う。

「でもこうなってみると、一つだけ良かったなって思うことがあるんだ」

「良かった、こと?」

「うん、姉さんが今、殿下の元にいてくれて……それだけは安心できる」

「……レスター」

「姉さんが名前を偽っていたのを知っても、側から離さないでいてくれた。僕を産んだ母が、祖父が誰なのか分かっていても、僕ごと味方に抱き込もうとしたのは、姉さんを信じているからだ。殿下は、姉さんだけは、きっと守ってくれる」

レスターが殿下のことをそんな風に思っていたのが予想外で、どう返していいのか困惑していると。

「だから姉さんは、こっちに来たら駄目だ。いいね？」

強い瞳《ひとみ》でそう言われると、私は頷くしかなくて。

レスターは柔らかく微笑《ほほえ》みながら身を屈《かが》め、私の頬にそっと触れるだけのキスをした。

「この夜会に忍び込むと聞いて、最初は姉さんを叱るつもりだったけど、こうして直接伝えられたのは良かった」

驚いて目を白黒させている私に、レスターは極上の笑顔を見せた。

「僕は絶対に、姉さんの元に戻るから。だからそれまで、姉さんも変わらないままでいて欲しい……じゃあ、行ってきます」

レスターは見たこともないくらい顔を引き締めると、私に背を向けた。そして人々が集まる広間の方へ歩いて行ったのだった。

誰もいなくなった庭園から、広間に集う人だかり。レスターが行く先を、その人だかりが道を譲っていく。勲章を得た者への賛辞が述べられているのだろう。歓声が上がった。

私はしばらく、それを遠くから眺めているしかできなかった。

ひとしきり上がっていた歓声と拍手が鳴り止むと、集まっていた人々が散り、笛の軽やかな演奏が始まった。それを合図に、私は再びワイングラスを運ぶ仕事へ戻る。

レスターのことは心に重くのしかかったままだが、今日の目的を忘れてはならない。

飲み物を運びながら広間に戻ると、中央で人々に囲まれる殿下とリーナ様が見えた。

その人だかりに向かって、ひときわ目立つ黒髪の女性が近づいていく。

この国でも珍しい、艶やかな漆黒の髪と、黒い瞳。対照的に抜けるような白い肌と、鮮やかな赤い唇。パールを星のようにちりばめた濃紺のドレスは、隠しきれない豊かな胸のふくらみと、ぎゅっと絞られたような細い腰を際立たせ妖艶《ようえん》そのもの。四十という年齢を感じさせない彼女の美しさは、若い騎士たちのみならず、周囲すべての視線を釘付《くぎづ》けにしていた。

集めた視線を当然のごとく受け止めて悠然としている姿は、社交界の華と称されるだけある。

それが、十年ぶりにこの目で見る、リンジー＝ブライス。継母の姿だった。

彼女の横には、白髪のがっしりとした体型の老人、ブライス伯爵。そしてレスターの姿も。

ブライス伯爵がレスターを手招きし、殿下の前に立たせる。

私の位置から声がはっきり聞きとれないが、周囲のどよめきから、レスターがブライス姓に戻ることが伝えられたのだろう。

殿下の表情が、心なしか硬くなったようにも見える。

そうこうしている内に、準備が整った楽団から、ダンスを促す重厚な調べが流れてくる。それを合図に、そこかしこで夫婦が手を取り合い、騎士が若い女性に手を差し伸べる。当然ながら、殿下も立場上、率先してリーナ様の手を取って、広間の中央に出る。

そうして、夜会らしいダンスの時間が始まった。

私は他の給仕と一緒に、邪魔にならないよう広間の隅に移動しながら、会場を眺めていた。

近衛隊には貴族家子息が多いが、平民出身者もいる。そんな身分を限定しない近衛のための夜会とはいえ、ダンスは付き物らしい。レスターも騎士になった時に、ダンスの練習をしたと言っていたし、そういうものなのだろう。

「見ろ、今夜は踊られるようだぞ」

そのざわめきに誘われて再び広間中央を見ると、二曲目のタイミングで、レスターが母親であるリンジーの手を取っていた。

レスターの表情は硬く、対するリンジーは妖艶に微笑んでいる。レスターは色こそ違うが、その美しい顔立ちはやはり母親譲り。二人が揃《そろ》うと、注目度は段違いだ。その証拠に、周囲で踊っていた者たちの中には、見とれて足を止めている者がいるほど。

「素敵、今夜のレスター様は、目元に愁いのような色気を感じませんこと？」

「そうね、いつもの氷の貴公子たる、冷静なお顔も素敵だけど……」

令嬢のみならず、御婦人たちからもため息交じりの声が聞こえる。

レスターの目元がアレなのは、さっき私にしがみついて泣いたせいであって……それよりも、氷の貴公子って、誰のことですか？

会場の主役を奪われる形となった殿下とリーナ様は、二曲目を踊ることなく二人の様子を見守っている。

私も給仕と情報収集の仕事に戻ろうとした矢先だった。

「……コレット？　もしかしてコレットじゃない？」

不意に名を呼ばれて、つい振り返ってしまった。

まずいと思ったのだけれども、その人物を見ると驚きの方が勝ってしまう。

「レリアナ？」

どうしてここに……。

目の前にいるのは、かつて庶民納税課受付嬢をしていた友人、レリアナ＝プラントだ。

彼女は美しく豪華なドレスを纏い、花飾りで髪を結い上げていて、まるで貴族令嬢のようだ。私が驚いていると、レリアナは持っていた扇子《せんす》で口元を隠しながら言った。

「化粧室に案内していただけるかしら？」

私はハッとして、彼女を案内する素振りで、広間を出たのだった。

周囲に見られないよう、注意しながら休憩室に二人で入り、ほっと息をつく。

「それで、あなたここで何をしているのよ、コレット。確か、王城でも会計士をしているって言っていたわよね？」

当然ながら、レリアナに問い詰められる。

「そうなんだけどね、今日はちょっと人手不足だって聞いたから、お手伝いを……」

「へえ、わざわざ男装して？」

ズボンの制服を着て、帽子の中に髪の毛を入れて見えないようにしてあれば、男装以外の何物でもないわけで。

「ええと……まあ、うん」

答えに窮していると、レリアナは小さくため息をついてから、椅子に座った。

「何か事情があるのね。いいわ、今は聞かないであげる。コレットって、基本的に秘密主義だものね」

「え、そうだっけ？」

ドキリとしながら聞き返すと、レリアナは「自覚がないのね」と肩をすくめる。

「そういうレリアナは、どうしてこの夜会に？　もしかして、婚約者と？」

「セシウスは公爵令息のジョエル＝デルサルト様と懇意にしているの、すごいでしょう？　この夜会にも、私たちを招待してくださったのはジョエル様よ」

「へえ、レリアナってば、すっかり違う世界に行ってしまったのね」

するとレリアナは私の手を取る。

「コレット、私はこれからもあなただけが親友よ。だから何か困ったことがあったら、いつでも私を頼ってね。あなたを無下に扱う元課長のような相手にだって、もう黙っている必要はないんだからね」

「レリアナ……」

かつての職場では、弱い立場だった私たち。離れてもまだ仲間だと思ってくれているレリアナに、私は「ありがとう」と返す。

遠くまで来てしまったのは、レリアナだけじゃない。庶民納税課での日々は不満も多かったけれど、それなりに平和だった。友達は少なくても、レリアナがいて、両親がいて、レスターがいて……

「でも、私が黙ってやられっぱなしだったことある？」

「そういや、ないわね」

私たちは、声をあげて笑い合う。

「こんなところで会うとは思ってもみなかったわ、しかもその恰好《かっこう》……驚いたけれど相変わらず元気そうで良かった。今日は無理だから、次は必ずセシウスを紹介するわね」

「うん、楽しみにしている」

そして、彼女と連絡を取るための手段を教わり、何食わぬ顔で広間に戻る。すると待ち構えていた男性に手を引かれ、レリアナは人が集まる方へ向かう。

彼がセシウス＝ブラッドその人だろう。まだ二十代半ばくらいの男性で、商人らしい装飾の控えめなスーツに、細いタイをつけていた。しかし立ち姿は堂々としたもので、華やかな場に慣れていそうだ。落ち着きのある美丈夫《びじょうふ》で、いかにもレリアナ好みの男性だ。通り過ぎる彼を、周囲の女性たちが目で追っている。

そんな周囲の目線を気にすることなくレリアナは、素敵な婚約者に耳元で何か囁《ささや》かれ、手を引かれてダンスを始める。踊りはぎこちないが、とても幸せそうだ。そんな彼女を、熱い眼差《まなざ》しで見つめるセシウスも、偽りには見えない。

レリアナは私のことを唯一の親友と言ったが、それは私も同じ。彼女の幸せを祈る気持ちが募る。

そうして見守っていると、踊り終わったレリアナたちが向かう先に、リンジー＝ブライスとジョエル＝デルサルト卿が並び立っていた。

私は高まる緊張を押し隠しながら、給仕として歩く。

途中で何個かのグラスを減らしながら、偶然を装って彼らの側まで近づくと、なんとか声が耳に入ってくる。

「可愛らしい婚約者を、ようやく紹介してくださるのねセシウス……あらまあ、緊張しなくてもよろしくてよ」

凛《りん》とした高い声が、レリアナに向けられていた。

それを受けて、緊張気味にレリアナがスカートを摘まみ、丁寧《ていねい》に淑女の挨拶をする。

すると続く声はデルサルト卿のものだ。

「セシウスは分を弁《わきま》えている賢い男、しっかりとしたお嬢さんを選んだはずだろう。マダム、二人を祝福してやってくれまいか」

「ジョエル様は、よほど彼に期待なさっているのね。よろしくてよ、レリアナ嬢。近いうちにわたくしの屋敷へいらっしゃい、どこに出しても恥ずかしくないよう、磨いてさしあげます」

「あ……ありがとうございます」

レリアナが恐縮しながらそう答えると、リンジーは満足したように手にしていた扇子を開き、口元を隠しながら微笑んだ。

きつめの目元が細まって、今にも蛇のごとくレリアナを丸呑みしそうにすら見える。

「マダム、ぜひとも私と一曲、踊っていただけますか」

年上の女性にダンスの誘いをするデルサルト卿。だがリンジー＝ブライスは、その手を一瞥すると。

「夜会では大人《おとな》しくしていると、父と約束をしておりますのよ。それにわたくしがこの手を取ると、卒倒するご令嬢がどれほどこの場にいることか……」

「貴女《あなた》に勝る華は、おりませぬ」

するとリンジーは扇子で口元を隠したまま、小さく声をあげて笑った。ひとしきり笑い終えると、ぱちりと扇子を閉じて手を差し伸べるデルサルト卿の後ろに目を向けた。

「今夜は、愉快だわ。若くて有望な殿方に、乞われるのはとても気分がよくてよ」

デルサルト卿の後ろからリンジーに近づき、同じように手を差し伸べたのは殿下だった。

それに遅ればせながら気づいたデルサルト卿が、渋い表情を浮かべている。

「夜を彩る美しい蝶のようなお方、ぜひ私と一曲踊っていただきたい」

殿下がまっすぐ見つめながら言うと、リンジーはなんと素直にその手を取ったのだった。

もちろん、周囲はざわめく。

デルサルト卿の誘いを断り、殿下の手を取るなど、誰も予想していなかったのだ。だがそれも一瞬のことで、自由奔放と噂されているリンジー＝ブライスのことだ、派閥やしがらみなど、彼女にとって些細《ささい》なことなのだろう。そういった小さな声が私の耳に届く。

ざわめきが止《や》まないなか、二人は音楽に合わせて広い場所に移動し、そこで殿下が彼女の腰に手を回し、踊り始めた。

二人が踊りながら、小さい声で会話をしているのが見て取れる。予定通り、殿下は彼女に揺さぶりをかけているのだろう。そう、計画通りに殿下は彼女に近づいただけだ。なのに二人が一対になって踊る姿を見ていると、どうしてか辛《つら》くなる。

そんな重い気持ちを振り払うように、私は頭を振ってから仕事に戻ることにする。いつまでも眺めていたって、仕方がないのだから。

そうして後ずさった拍子に、参加者の一人に背中が触れてしまった。

「わ、すみません」

思わず声に出して謝ったけれども、グラスの載ったトレイが傾き、酒が零《こぼ》れた。そして運悪くそのしぶきが、ぶつかった男性の足に飛んでしまう。

まずい、やってしまった。そう思った次の瞬間には、空いていた方の腕を掴まれ、締め上げられていた。

「い、痛……」

苦痛に顔を歪ませながら見た相手は、以前廊下でジェストさんに声をかけてきた、グレゴリオ将軍だった。怒っているのか、それとも酒のせいなのか分からないけれども、顔を赤らめながら、私の足が床から離れそうになるほどに引き上げられる。

「貴様、見習いとはいえ、教育がなっとらん！」

「す、みません……」

「言葉使いまで乱れておるとは、王城は使用人の管理すらまともにできぬのか！」

ぎりぎりと掴まれた腕が締め上げられ、痛みで声も出ないでいると、ふいに解放されて床に落ちた。何があったのかと見上げると、どこに潜んでいたのか護衛官のジェストさんが、逆にグレゴリオ将軍の腕を締め上げていたのだ。

「何をする、貴様っ！」

怒りにまかせて声を荒げるグレゴリオ将軍だったが、掴まれた腕は解放されることはなく、痛みから身を捩《よじ》っている。そんな大柄の将軍を片手で掴むジェストさんは、無表情のまま。どうやら、珍しくジェストさんが怒っているらしい。

人々の注目がこちらに向いてしまう。私はどうしたらいいのか分からず俯《うつむ》いていると、私のすぐ側に人影が近づく。

「些細なことで騒ぎを起こす方が、よほど躾《しつけ》がなってない」

殿下の低い声が広間に響いた。

気づけば音楽は止み、殿下が厳しい表情で私と将軍との間に立っていた。

「何をおっしゃられているのか分かりかねます。むしろ私が、人に酒をかけるような無礼な小僧を躾《しつ》けて……」

「見習いの失態を、わざわざ将軍職に就くほどの貴殿が、その力をもって締め上げることに、どのような正義があるというのか。酔った勢いとて、そのような理屈がまかり通ると思うな」

ぴしゃりと告げる殿下に、グレゴリオ将軍もすぐに言い返せないようで、唇を引き結ぶ。それをもってジェストさんが力を緩めたのか、将軍は腕を振り払ってから引き下がった。

だがその顔には明らかに、殿下への不満、嘲《あざけ》りが混ざっているかのようで醜く歪んでいる。仮にも王子殿下に、いくらなんでもあからさまだ。

けれども原因を作ってしまったのは私だ。駆けつけてくれた他の給仕の手を借りて立ち上がり、将軍に改めて頭を下げようとしたところで……。

「わたくしの愉《たの》しい時間を邪魔したのは、いったいどなたかしら」

その声に、再び会場が静まり返る。

リンジー＝ブライスだ。

グレゴリオ将軍は、それまでの慇懃《いんぎん》な態度と顔色をころりと変え、彼女の前で膝を折る。

「お楽しみのところ大変失礼いたしましたマダム、この見習い小僧が粗相をいたしまして」

グレゴリオ将軍が弁明をはじめたのだが、リンジーはそれを遮ると、傍《かたわ》らに立ち尽くしていた給仕のトレイから、赤いワインの入ったグラスを手に取る。それを片膝をつくグレゴリオ将軍の頭へ、躊《ちゅう》躇《ちょ》もせずにかけたのだった。

周囲も、ワインをかけられた本人も、驚きのあまりリンジーを見上げたまま言葉を失う。

それを気にした様子もなく、もう一つのグラスを持つと、私の方にやってきた。

「わたくしは、騒がしい殿方は好みませんの。それに心が狭いから、すぐに興が冷めてしまう質《たち》なのよ」

そう言いながら、私の頭にもワインを垂らしたのだった。

呆然《ぼうぜん》としながら見上げる彼女は、さも愉しいと言いたげに口角を上げている。

かけられたワインは、帽子には染みこまずにそのまま頬を伝い、顎《あご》から床にワインがぽたぽたと落ちる。

愉し気なリンジーの後ろで、一層険しい顔をした殿下が、何かを堪《こら》えるようなジェストさんが、そして青ざめて口を押さえるリーナ様がこちらを見つめて固まっている。

それだけじゃない、想像しえなかった状況に固まるのは近衛やそのパートナーたちも同じで、小さな悲鳴すら聞こえた。

そして少し離れた所で、興味がなさそうにこちらを眺めるデルサルト卿、それから青ざめるレリアナ、その彼女を支えているセシウス氏。その横には、唇を噛んで耐えるレスターの姿もあった。

「あら、あなた……ワインと同じ色の瞳なのね。嫌いじゃない組み合わせよ。その若さもいいわ……ふふ」

空になったグラスを側の給仕に渡すと、リンジーはそう言いながらワインしたたる私の顔に指を添えた。

そのまま頬を撫でながら首元に手を下ろすと、私の制服のネクタイを掴み、自分の方に引き寄せた。

──カナリアを二羽、わたくしが飼っていてよ？

誰にも聞かれぬようにそっと耳打ちされたその言葉に、私は息を呑む。

リンジーの奇抜な行動に誰も動けずにいたなか、最初に我に返ったのは殿下だった。

「マダム、そのくらいで許してやってもらえるだろうか。給仕の不始末は私が負う」

「あら、わたくしはいじめたつもりはなくてよ、この可愛いカナリアを、助けてあげましたのに」

リンジーが私から手を離し、背を向けると、殿下は場を収めるよう動き出す。

他の給仕には片付けを命じ、私に退出を指示するのだが。

「まて、その者の処分は私が……」

グレゴリオ将軍が声をあげる。今さら、まだ蒸し返すのかと忌々《いまいま》しく思っていると、そこに現れたのはブライス伯爵だった。

「リンジー、騒ぎを起こすなと言っておいたはずだ。それからロザン＝グレゴリオ、お前も少し頭を冷やせ」

静かに落ち着いた声だったが、さすが軍閥の重鎮、その一言で将軍を大人しくさせてしまう。一方で伯爵の表情は微塵《みじん》も動かず、何を考えているのかさっぱりつかめない。

しかしグレゴリオ将軍は伯爵には素直に従い、若干焦《あせ》った様子で殿下とリンジーに一礼し、部下とともに先に退室していった。

私もまた、その場に残るのは相応《ふさわ》しくないので、将軍とは違う方向の出口に向かう。その後ろから、彼らの声が続いていた。

「わたくしは、騒ぎを起こしてはおりませんわ、むしろ収めたのです。殿下も、わたくしと同じく、可愛いカナリアを愛《め》でておいでのようで……」

「リンジーいいかげんにしないか……殿下、どうぞ我が娘とあの者の無礼をお許しいただきたい」

もう振り返ることはできないけれど、私の役目はこれで終了だろう。

ワインを被った甲斐《かい》があったというか、全部ではないけれども、知りたいことを得られた。これ以上、こんな場に用はない。

後に続くジェストさんの気配に気づきながらも、濡れたままの顎を拭《ぬぐ》いながら、私は逃げるように長い廊下を走ったのだった。

だが私室まで戻って来て、部屋に入ろうとしたところでジェストさんに呼び止められた。

「待ってください、コレットさん。そのままでは……今、アデルさんを呼んで来ますので」

「……そうだった、これじゃ汚してしまいますね」

言われてようやく、自分がワインの染みた服をそのまま着ていることに気づいた。

洗濯して、綺麗《きれい》に落ちるかしら。落ちなかったら弁償なのかな、困ったな。そんなことを考えていると、ジェストさんに呼ばれて殿下の部屋の方からアデルさんがやって来ると、私の姿を見てとても驚いている。

「ワインをかけられたですって？　それは大変、早く洗い流さないと……ちょうどいいので、こちらにいらしてください」

そうですよね、ワインは染まりやすいから。などと思っていたら、手を引っ張られて殿下の部屋へと連れ込まれそうになる。

「え、そっちはまずいです、まだ汚れが……」

「ですからこちらに！」

ワインが滴《したた》るままに入ったらまた床を汚すと躊躇していたら、側にいたジェストさんにまで背中を押されてしまう。そうして強引に連れて行かれたのは、殿下の浴室などがある部屋で。

夜会から戻る殿下のために用意されていたのだろう、室内が暖められていた。中では他の侍女がお湯や着替えの用意をしているところだった。

「先に、コレットさんに使ってもらいますから、あなたは着替えを用意してちょうだい、それからジェスト殿は外へ」

てきぱきとアデルさんが指示を出すと、誰も反対せずに動き出す。いやいや、殿下の浴室まで私が使ったら駄目でしょう！

「アデルさん待って、私は使用人用の浴場へ行きますから」

「この時間は既に閉まっています」

「なら、水で充分です！　自分で洗って拭きますから。ついでに少しだけお湯を貰えたら、服の洗濯もできますし」

「服などどうでもいいのです！」

珍しくアデルさんの大きな声に、私は驚いて口を閉ざす。

「コレットさん、私は怒っているのです。そちらに座っていただけますか」

母よりも年上のアデルさんが、まっすぐ背を伸ばし、揺るぎない様子でそう言われると、どうにも逆らいがたい。

用意されてあった椅子に座りながら「すみません」と謝ると。

「怒っているのはコレットさんにではありません、不甲斐ない殿下と護衛の者たちにです」

アデルさんの目が据わっている。そのまま私の前に鏡を置き、私の後ろに回って帽子を取り、ワインでべとつく髪から留めてあったピンを抜いていく。

「ジャケットも脱いでください、まとめて洗いに出しますので」

私は素直に聞き入れ、釦《ボタン》を外していく。それを見て、ようやくアデルさんが表情を和《やわ》らげてくれた。

「殿下はあのようなご気性なので誤解されることが多いのですが、一度懐に入れた者は大切になさいます。ですから、この浴室を使わせていただいたことがある者は他にもおりますし、遠慮はいりません。むしろコレットさんを放置したら、私が叱られます」

「でもせっかく殿下のために準備していたんですよね？　夜会ももうすぐ終わるでしょうし、次を準備するのは……」

「待たせればよいのです、このような仕打ちを防げなかったのですから」

腕に残る指の跡を見られてしまい、怒りを再燃させてしまったようだ。その矛先が部屋主に行くとそれもまた目覚めが悪い。殿下はアデルさんに弱いのだ。

「分かりました、有り難く使わせてもらいます」

そう返事をすると、いつも通りにアデルさんが微笑んでくれた。殿下の広い浴室の綺麗な浴槽に石けんを泡立ててくれて、そこに身を浸して汚れを取った。

思っていたよりも体が冷えていたようで、温かさで体の緊張がほぐれていく。しばらく湯に浸かり、私は今日のことを振り返る。

レスターのこと、レリアナの幸せ、乱暴なグレゴリオ将軍とそれを見ているだけのデルサルト卿、同じく何を考えているのか分からないブライス伯爵と、十年ぶりに再会した継母の、あの囁き……。

――カナリアを二羽。

カナリアは、今日の給仕の服のように黄色い鳥。つまりは金髪の女性たちだ。

彼女たちは継母のところにいるのだ。早く助けないと。でもどうやって？

考えないと。

だが思考は、サイラスの言葉が頭に繰り返し響いて、まとまらない。

――すべての元凶であるお前が言うな！　お前が生きているから儂《わし》の、女たちの運命が狂ったんだ！

分かっている、あんたなんかに言われなくても。だから、助けないと。私が。

とはいっても考えがまとまらず、のぼせそうになって浴室を出ると、アデルさんが着替えを用意して待っていた。

もう遅いから頭から被るような寝間着で充分なのに、彼女が私に着せたのは、殿下が私の支度だと買って届けさせた服のうちの一着。袖がふくらんでいるハイウェストの可愛らしいワンピースだった。

そして濡れた髪を丁寧に拭きながら、髪に櫛《くし》を通してくれる。

「あのような姿にされた後ですので、うんと綺麗にして気分を変えましょう」

そのまま髪を整え、薔薇のネックレスとピアスまで付けられてしまう。

髪留めを手にしたところでさすがに止めると、アデルさんは残念そうな顔をしながらも、髪飾りを箱に戻す。そして諦めきれないのか「気が変わるかもしれませんので」と私に手渡す。

「何から何まで、ありがとうございました」

「いいえ、風邪をひかないように夜風にあたらないでくださいね。それから、温かい飲み物をコレットさんの机に用意しました」

新しいお湯を用意しはじめるアデルさんにお礼を言って、私は自分の仕事机に向かう。最初は使い古した机が一つだったのに、書類を入れる棚を追加してもらい、気づいたら机の周囲に物が増え、殿下の私室を侵食し始めている。そんな自分色に染まる一角でなら、居づらくないだろうというアデルさんの気遣いに感謝しながら、そこに髪飾りが入った箱を置き、用意してくれてあったお茶を飲む。

そこでようやく、側に誰かいるのに気づく。

「……殿下、戻られていたんですね、リーナ様は？」

「ヴィンセントが送り届けている。まあ、まっすぐ送り届けるかは、定かではないが」

短い時間でも、大好きなヴィンセント様と二人きりの時間ができて、今頃リーナ様は舞い上がっていることだろう。

「ふふ、殿下もリーナ様には気を利かせるんですね」

「カタリーナはお前のことを心配していた」

腕を締め上げられ、さらにワインを被るところを見られたのだから、さぞかし驚かせてしまったに違いない。殿下の従妹《いとこ》とはいえ、侯爵家のお嬢様だ、荒事には慣れていないだろう。

「そうでした、先に浴室を借りてしまいました、今アデルさんが新しいお湯を用意していて」

「そんなことはいい。大丈夫だったか？　怪我は？」

すぐに私の様子を聞いてくる。もしかして、既にアデルさんに叱られたのだろうかと、申し訳なくなってくる。

「美味《おい》しい匂いが染みついただけで、なんともないですよ」

「そうじゃない、腕を見せろ」

大丈夫と隠すよりも前に、殿下に腕を取られていた。

長い袖だけれどもゆったりとしたものだったせいで、すぐに赤く指の跡がついた肌を、殿下に見られてしまう。

「だ、大丈夫ですよ、これくらいなら明日には消えます……殿下っ」

振り払った手を再び取られ、気づくと甲に唇を寄せられていた。

驚いて声も出せずにいると。

「すまなかった、コレット」

「どうして殿下が謝るんですか。私が調子に乗ったせいです、あちこち歩き回りすぎましたし。もう少し離れていれば良かったです。私こそ、せっかくの機会を邪魔をしてしまいました」

私は目的を達したけれども、一方の殿下は、ようやくリンジーにダンスの相手を申し込み、近づいて探りを入れるところだったはず。

それでもいくらかは、殿下がリンジーと会話を交わしていたようにも見えた。

「あの時、何を話したか聞いてもいいですか？」

「こちらが問いかける前に、彼女からわけの分からないことを、いきなり言われた。カナリアを殺せば、家も国もすべてが滅ぶと」

「カナリア……」

「だから問いかけで返した。新しい事業は、カナリアを売るのかと」

「そしたら、何と？」

「カナリアは愛でるものだと、笑ったのだ。そのすぐ後だ、コレットがグレゴリオに詰め寄られているのを見て、私ではなく彼女がダンスをやめた」

私は、彼女の真意が分かってしまった。

殿下とデルサルト卿の継承権争いの裏で何が起きていて、誰がどう画策して、どんな思惑があるのかを。

この予測が正しければ、私は……。

「カナリアというのは確か、お前の髪のような、黄色い羽の小鳥のことだろう？」

殿下は、私の髪に触れる。

「……まだ湿っている、風邪をひく」

「そうですか？　これくらいなら大丈夫ですよ」

そう言って自分でも触っていると、殿下が机の上にあった箱に目を向けた。そして収められていた赤い薔薇の髪飾りを手に取り、私の方に腕を伸ばす。

「え、何ですか？」

「少し動かずにいろ」

そう言って頭の後ろに纏めた部分に、殿下が髪飾りを添えた。

乱暴なようでも、力は弱く優しい。だからくすぐったい。逃げようと思ったが、髪留めの金具を両手で押さえる腕の中に囲われてしまっていて、動けない。

「……痛くないか？」

「はい、大丈夫です」

目的を達して満足そうな殿下。

自分だけが意識している気がして、風を受けようと窓を開けに行く。

すると窓の外から、風とともに音楽が聞こえてくるではないか。

「夜会はまだ続いているんですか？」

「ああ、騎士どもは体力が有り余っているせいか、深夜まで騒ぎ続けるのが常らしい。最後まで付き合っていられるものか」

「それはまた、給仕も大変ですねえ。あんなにお酒が次から次へと出るとは思いませんでしたもの。みなさん飲みすぎですよ」

風向きが変わったのか、さっきよりも音楽が大きくなった。

最初に聞いたワルツだろうか。軽快なリズムで、明るめの曲だ。殿下の部屋は静かすぎるくらいなので、たまには音楽が聞こえるのも良いなと耳を澄ませていると、殿下が私の方へ手を差し出した。

「せっかくだから、踊るか？」

笑うでもなく、真剣な面持《おもも》ちで私の返事を待つ殿下。

彼の耳元が赤いのは、気のせいじゃなくて。

どうしてか私の方が照れくさくなってしまう。

「踊ったことないですから、いいですよ」

殿下とリーナ様が踊る姿を、私が見ていたことに気づいていたのかな。でもだからといって……と手を取らずにいると。

「教えてやる。初めてならば、五回まで足を踏むことを許す」

「ぷ、許すって……」

彼らしい言い方についい吹き出しながら手を取ると、ぐいと側に引き寄せられる。大きな手を腰に回されて、右手を握られた。私も夜会で見たものを思い出しながら、空いた左手を殿下の腕に添えると、音楽に合わせて殿下が動き出す。

最初は抱えられるようにして、ふわりと半歩遅れて移動するぐらい。でも殿下がつける角度の通りに動こうとすると、自然と足が出て、ついていくことができるようになるから不思議だ。

ワルツは短いステップを繰り返しているだけだから、そうしているうちに覚えた。私はこれでも、運動には自信があるのだ。

「もう覚えましたよ、案外簡単でしたね。踏むのは三回で充分かも」

最初に立て続けに三回ほど踏んでしまったが、それきりだ。

けれども私がそう言うと、殿下がニヤリと悪い笑顔を浮かべた。うん？　と思った次の瞬間に、くるりと回転させられていて、見事に殿下の足を踏んでしまう。

「ちょっと、卑怯《ひきょう》じゃないですか殿下、急に回らないでください」

「余裕なのだろう？」

「うう……紳士的じゃないですね、殿下。リーナ様には、優しくしていたくせに」

すると殿下が驚いたように私を見下ろす。そして急に握られていた右手に力が入る。

踊りはそのまま続けているけれども、急に黙った殿下に、なんだか居心地が悪くなってくる。被ったワインが口に入っていたのかな……酔ったみたいに頬が熱い。

「俺を選べ、コレット」

ワルツの調べに乗せて、今度は丁寧にくるくると回りながら、ふいに殿下が言った。

短いその言葉に、いろんな気持ちが込められているのが分かるほどに、もうずいぶん長く、彼の懐に居着いてしまった。

陽気な宴の音楽が、かえってもの悲しく感じるのはどうしてだろう。

「……無理です」

五度目に足を踏んだのは、やんだ音楽とともに殿下がステップを止めたせい。

物憂げな殿下に、私はそれ以外、何も返すことができなかった。

第三章　二度目の逃亡

夜会に忍び込んだ日の翌日から、私は今まで以上に仕事にのめり込んだ。

殿下の夜会参加はこれからも続くし、それらの会計処理に加えて、半年後の会計締め処理の準備を早めることにしたからだ。

夜会参加のための会計処理は、リーナ様の協力を得て、適切に対応できそうだ。さすがこれまで殿下のパートナーを務めてきただけある。分からないことは彼女に教わりながら、必要な物を書き出しておく。それを誰《だれ》が見ても分かりやすい形で分類し、参加予定の夜会のレベルに合わせて、およその予算を組んで、あらかじめ準備ができるようになった。

だがあれもこれもと急いで仕事をすると、当然ながらいつも通りの時間では、すべてをこなしきれない。だから朝はいつもより早く始めて、夜は必要ならばランプを灯《とも》して独《ひと》り黙々とこなしている。

そういう勤務状況になっているけれども、好き勝手にやれるのは、殿下も超多忙で私室を留守にしているため。

いつも朝早くに部屋を出て、深夜……場合によっては帰って来ない日もあるみたい。

アデルさんはそんな殿下の様子に、いつか倒れてしまうのではと心を痛めている。

殿下が忙しくなったのは、半年後のベルゼ王国との式典準備のための、使節団が来ているから。彼らの接待にはデルサルト公爵や、息子であるジョエル＝デルサルト卿、その派閥にある家々が主にされているらしいけれど、実質的な式典で交わされる新たな約定や新規の交易交渉などは、やはり日頃《ひごろ》から行政府に力を持つ殿下の裁量が必要となるようだ。

きっと殿下は今日も、あの悪魔のような笑みで際どい交渉に臨んでいるのだろう。

そうして根を詰めながら帳簿をつけ終わり、一息入れようと伸びをしたところで。

「コレット、まだいたのか？」

「わ、びっくりした！」

急に声をかけられて椅子《いす》がひっくり返りそうになったのを、声の主である殿下が手で押さえてくれていた。

「今日は家に帰る日だったろう、今からでは暗くなる」

そう言いながら、堅苦しい正装のジャケットを脱ぎ、カフスを外している殿下。

「いや、帰りませんよ」

「……前回も帰ってないと聞いているが、あれほど帰りたがっていたのにどうした？」

「仕事を終わらせたくて。それより、殿下も珍しいじゃないですか、こんなに早く戻って来られるなんて」

「一旦、戻っただけだ。この後、会食が入っている」

うんざりしたような顔をしているのは、会食が嫌というより……。

「あのように連日、酒の席を設ける連中に呆《あき》れる。使節団の者たちは奴《やつ》らのような軍部の者ではない。

加減するよう、デルサルト公には進言したのだが……」

「彼らなりに、欲しいものがあるんじゃないですか？　接待攻勢って、商人でもそういう意味ですからねぇ」

私の予想は当たっていたようで、殿下は渋い表情だ。そして慌てて部屋に入ってきたアデルさんに脱いだ上着を渡して、長椅子に座った。

ヴィンセント様は、着替える暇もないのか執務室で、慌ただしく何か書類を作っている。

「正式にベルゼ王国から、硝石の輸出を打診された」

「……使用目的は？」

「例の新鉱脈の採掘で、岩石の破壊に使いたいそうだ」

「それ、目的の精霊石まで粉々になりません？」

「いや、新しい火薬の使い方を開発したらしい。それで森林が多い湿った気候のベルゼでは採れない硝石を、交易で安く手に入れる方法を模索していた。そこに交流のあるティセリウス領経由で、陛下に打診を願ったが返答を得られなかったと言っていた」

「え……それって」

「ああ、ティセリウス伯爵家が勝手に判断したのか、その裏で誰かがそそのかしたかは今のところ不明だが、陛下と中央行政庁には知らされていなかった。先日の処分でティセリウスの交易を断ったことで、ベルゼが不審に思って使節団をこうして遣わして発覚したわけだが……」

なんてこと。それって一歩間違えば、国の信用が失われるところだったではないのか。和平を記念した式典どころか、関係悪化の要因にもなりかねない。

「もしベルゼ新国王が、こちらの勢力図を分かっていて、あえてデルサルトと繋《つな》がろうとしたのなら、野心をもって干渉しているとも判断できる。そうでないと願いたいが」

「その辺の、あちらの真意は？」

「まだ分からない……交渉先が決まるのを待つのならまだ分かるが、あえて向こうに肩入れするだけの理由が思い当たらない」

殿下は腕を組み、考え込んでしまう。

「例のリンジー＝ブライスが買い取った事業は、ベルゼ王国流の塩硝とかいうものを作り出す製法でしたよね。それでも足りないから欲しいのでしょう？　ならば他に採掘できる土地は、この国にないんですか？」

「ある」

「ええっ、あるならそっちで採掘して、殿下がそのベルゼ王国との交易を進めちゃったらいいじゃないですか」

「できないことはないが……」

「何が問題なんですか、土地の所有者が頑固で偏屈者とか？」

はっはっはと笑いながら問うと、殿下がムッとする。どうしてですか、別に殿下が偏屈だと言ったわけじゃないのに。

「私の所有している土地だ」

「……へ？」

「その最も産出できる土地の、頑固で偏屈者の所有者が、私だがそれがどうした？」

あららら。悪気があって言ったわけではないので、拗《す》ねないでくださいよ。

「だったら、何も問題はありませんよね。これでベルゼ王国との交易強化になったら、殿下の有利になります」

「そう簡単だったら苦労はしない。硝石は求められたからと言って、はいそうですかと簡単に渡せるような代物じゃない。向こうの新しい技術とやらと、正しく定められた用途に回るか監視も要る。それらに応じてもらえるような国王かどうかも、いまだ判断がつかない。それを使節団も理解しているのだろう、どうもまだ警戒されている気がする」

硝石を渡すことを躊躇《ためら》う殿下の理由に、それもそうかと納得する。なんだかんだと、殿下は目先のことに囚《とら》われずに、根気よく納得のいくまで調べて仕事をする人なのだ。そういうところは、尊敬している。

「ところで、本当に帰らないのか？」

「はい、頑張って帰っても結局は寝るだけですから……いたらまずいですか？」

「そんなことは言ってない」

食い気味に言われるのも、それにハッとして照れたような顔をされるのも、返答に困ります。

あの日、この部屋でダンスした時に言われた言葉を思い出して、私まで照れてしまう。

自分を選べと言われて、無理だと断ったにもかかわらず、次の日には既に気にしたような素振りも見せなかった殿下。

いったいどこまで本気なのだろうか。

殿下がただ王になりたいから宝冠にこだわっているのではないことは、私財会計士として見ていて分かる。国と国民の繁栄のために、揺るぎない正当な王であることも重要で、そのために十年、手を尽くして私を捜していたのだ。

宝冠の徴《しるし》が殿下にとってどれほど大事なのか分かった上で、彼の妃《きさき》になるのは嫌だと断ったのに。

そんな私への態度は、以前と変わらずだし……。

ちゃんと恋愛をして、想い合う人と結ばれるべき。それは殿下自身への言葉でもあったはずなのに。

どうにか空気を変えようと、話題を探す。

「あ、そうだ……実はですねえ、先日の給仕の寸志として、ワインを貰《もら》ったんです。今日はそれを呑《の》んで寝ようかと思っていまして」

殿下がそれを聞いて、がっくりとうなだれる。

「仕事の後のお酒は、格別ですよ。殿下にも差し上げますか？」

「いい、連日付き合わされて、辟易《へきえき》しているところだ」

「そうですね、アデルさんも殿下の体調を心配していました」

「……分かっている」

でも仕方ない。そんな言葉が続きそうな返事だった。

「ねえ殿下、聞いてもいいですか？」

「ああ」

「あの宝冠のことですが、あれはどういった経緯で、この国にあるんでしたっけ？」

殿下が呆れたような顔をする。

「学校で習わなかったか？」

「習いましたよ、昔々、このフェアリスとベルゼ両国を含む一帯を治めていた、精霊王が作ったものだって。でもそれをベルゼにあったのに、フェアリスに贈られたんですよね？　王朝を分離することを認める証《あかし》として、元は兄弟の国だった証でもあるって。本当ですか？」

「……宝冠は、ベルゼの姫が嫁ぐにあたって持参したものだ」

「それは習ってないですよ？」

どうやら、一般には語られてない話があったようだ。存在はよく知られているけれども、実際にどういうものなのかは誰も知らない。

「別に隠しているわけではない、古い歴史書にもそれは書かれているはずだ。ただ、ベルゼとは戦をした時期があったために、あえて語られなくなっただけで」

「その話が本当でお姫様が持参した宝冠が、王の証となるんですよね、王妃様の証ではなく？」

「王になる者が触れたことで、徴が現れるとされている」

「でも触れるのは二人、ですよね？」

殿下が驚いたような表情をして私をじっと見る。

何か、おかしなことを言っただろうか。

首を傾《かし》げたところで、ヴィンセント様が資料をまとめたから見て欲しいと声をかけてくる。

どうやら殿下の短い休憩が終わるようだ。本当に、体を壊してしまわないか心配。

部屋を出て行く殿下の背中を、そう思いながら見送った。

難しい交渉になりそうな口ぶりだったけれど、きっと殿下ならやり遂げるだろう。デルサルト卿よりも、優位に硝石を用意できるのは、殿下の方なのだから。

だから私は私の職務に集中すればいい。

そう軽く考えていた私の元に、殿下の交渉が失敗したと知らせが入ったのは、それからさらに三日後のことだった。


殿下が行っていたベルゼ王国との硝石を巡る交易交渉を、デルサルト卿に譲ることになったと聞かされたのは、会計局本院へ出向いた時のこと。

イオニアスさんと仕事の話をしていると、にわかに本院が騒がしくなった。人の出入りが激しくなり、イオニアスさんの所属している部署内でも、ひそひそと人々が小声で相談しあっている。そんな様子が気になったのは私だけではないようで、イオニアスさんが「少しだけ待っていてください」と言い、席を立って同僚の方へ。

しばらくして戻ってきたイオニアスさんから聞いたのが、殿下が進めていたはずの交渉を、そっくりそのままデルサルト卿が攫《さら》っていったという噂《うわさ》だった。

「そんな急に……おかしくないでしょうか」

「ベルゼ国王からの、強い希望だそうですよ。今日になって、本国から使節団へ手紙が届いたらしく……そうなると殿下から強く出ることはできないでしょうね。ベルゼとしては国同士の交渉にすぎず、誰が窓口となるかは、あくまでもこちら側の事情でしかありません」

「それはそうですけど……」

「コレットさんのお気持ちは分かりますが、殿下のことですから、強く出ても得られるものがないと判断され、退《ひ》かれるのではないでしょうか」

冷静なイオニアスさんの言葉には、少しも反論の余地はない。確かに、交渉は誰がしたとしても結果として良いものになればいい。引き継いだデルサルト卿が、殿下と同じように今後のことをしっかりと考えていてくれればいいだけのこと。

けれども、私はジョエル＝デルサルト卿のことは知らない。少なくとも、殿下が王位を譲る気が起きない相手なわけで。

「会計局本院も、しばらく混乱するかもしれません。交渉を進めるために、殿下の補佐へかなり人員を割《さ》いてきました。それを急にデルサルト卿へと移ることになったら、人も、予算も、計画そのものも見直しを迫られるでしょう」

「そうですね。イオニアスさんも、殿下の公務の変更で忙しくなりますね」

するると、無表情が多いイオニアスさんにしては珍しく、苦笑いを浮かべて「何かありましたら遠慮せず、いつでもいらしてください」そう言ってくれた。

本院を出ると、さらに慌ただしい様子の行政棟を抜けて、仕事場への帰途に就く。

その途中、例の中庭に面した渡り廊下にさしかかったところで、前方から見覚えのある大きな人影を見つけてしまい、とっさに柱の陰に隠れてしまった。

条件反射というか、本能的な反応だったけれども……声が聞こえてきた時点で、自分の反射神経に感謝する。

「さすが我らのジョエル様というところだ、あの口だけが達者な殿下では、我が国が真に強い国となれる日は永遠に来ないだろう」

「グレゴリオ将軍の言う通りです。王子殿下は文官にばかり目をかけ、軍事をおろそかにしすぎでしょう。これではいつかベルゼに足元を掬《すく》われかねない。本来は我らが主導権を握り、ベルゼを従えるだけの国力差があるというのに」

「対等な関係などと、はっ！　笑わせてくれる」

笑い声とともに、大柄な軍人たちが横を歩くのを、私は息をひそめてやり過ごす。

こんな政治の中枢で、あんなことをあからさまに言うなんて、どうかしている。今回のことで、自分たちが殿下に勝ったとでも思っているのだろうか。

いったいどういった根拠で、そこまで強気になれるのか……。

「ベルゼに対しては、こちらに切り札がある。交渉権を得た時点で、ジョエル様の思う通りだろうよ。先だって寝返った連中は、首を洗って待っているがいい」

吐き捨てるように言うグレゴリオ将軍が、遠く行政棟に入っていくのを見届けるまで、私はその場を動けなかった。

仕事部屋に戻っても、もちろん殿下は留守。護衛も入り口を守る一人以外、出払っている。こういう日は珍しいというか、滅多にない。

私は仕事机に向かい、最近新しく作ったノートを開く。

びっしりと文字が書き込まれたそれは、仕事の手順を細かく書き記した、私なりの引き継ぎ資料だ。

これを見てもらえれば、いずれ殿下の私財を管理する女性に、役立ててもらえるだろうと急いで作ったものだ。

そして私は引き出しの奥から、一枚の小さなメモを取り出す。

皺《しわ》になったものを手で伸ばしておいた。

これはあの夜会の日、ワインに濡《ぬ》れた制服の、タイの結び目に押し込まれていたものだ。

小さく折りたたまれた紙には数字が並んでいる。それが日付と時間、それから場所を示すものだろうことがすぐに分かった。そしてその日付は、もう明日に迫っている。

あの夜会の日から、殿下の元を離れることを心に決めながらも、どこかその決意が揺れていた。こうして仕事を早めて、できる限りの準備をしながらも、あまりにもここが居心地良すぎて……。

でも私なりに、殿下の助けになりたかったんだと、自分のことなのに今さら気づいた。

最初は、早くここから逃げ出せるようにって、そんなことばかり思っていたのに。

そんな自分の変化に呆れつつ、もう一つの引き出しから綺麗《きれい》な便せんを出して、ペンを取った。

殿下は、死んで存在を消した私を、十年も捜し続けてくれた。逃げ出した私の安否を、心配してくれた人。

結局のうのうと生きていた私を見つけて、どうしてあんな馬鹿なことをしたのかと怒ってもいいのに、隠し事だらけの私を責めなかった。

そんな殿下だからこそ、最後の秘密を打ち明けることに決めた。

今書き留めているこれを読んだ殿下が、どう受け止めるか考えると少し怖い。黙っていたことを、今度こそ怒られるだろうか。それとも呆れはてて、私のことは放置するだろうか。

私は継母《ままはは》から渡された小さなメモをスカートのポケットに入れる。そして書き終えた手紙の方は四つに折り、その中に小さな鍵を一つ挟む。そうしてから今日使っていた帳簿の背表紙の隙間《すきま》に、差し込んで隠した。

「私もそろそろ、年貢の納め時、かな」

ため息とともに仕事道具を片付け始めると、殿下がヴィンセント様を伴って部屋に戻ってきた。

とても疲れた様子で、深く椅子に座ってため息をつく。

「さっき、会計局本院のイオニアスさんから聞きました。大変なことになりましたね」

「……正直、何がどうなっているかさっぱり分からない」

殿下が珍しく弱音を吐く。驚いてヴィンセント様を窺《うかが》うと、彼も疲れた様子で肩をすくめている。

相手は、取り付く島もないのだろうか。私は疲れ切った殿下に、側《そば》に用意してあった水を差し出す。

それを飲み干す殿下に、隠れて聞いたグレゴリオ将軍の言葉を伝えると。

「……既に、あちらはベルゼ国王と繋がっているということか。完全に出遅れていたとはな」

「諦めるんですか？　殿下らしくないですね」

そう返すと、殿下から意味ありげに睨《にら》まれる。

殿下はなにも使節団との交渉だけに時間を割かれているわけじゃない。例の行方不明の娘たちの捜査として、違法な人身売買組織の摘発も続けている。殿下に代わって指揮を執るトレーゼ侯爵も懸命に証拠集めに奔走しているが、いまだ進展が見られない。それらの報告を受けて細かい指示を出す殿下の負担は相当なものだ。

けれども、ここで諦めるのは、継承権を放棄するようなもので……。

「そうだな、諦めるのもいいかもしれない。いっそ王にならなければ、もっと自由に動けることも多いだろう」

「ええ、交渉のことだけじゃなくて、王様になることを諦めるんですか？」

まさか、ここまで弱気な言葉を聞くとは思ってもみなかった。いよいよどこか具合が悪いのかと心配になっていると、とんでもないことを言い出した。

「妃に請うたお前にも、無理だと断られたからな。こう立て続けではさすがに堪《こた》える」

「え、な……急に何を言い出すんですかっ」

背もたれに身をまかせ、天井を見上げる殿下。

いくら自暴自棄になっているとはいえ、なんてことを言うのだ、この人は。外交問題とそれを同列に語らないでよ。

でも、その表情からはいつものような自信が抜け落ちていて。

「そんな弱音、初めて聞きました」

「目前だった成果すら掴《つか》めない私に背負われる民は哀れだ、これも天の采配かもしれない」

私はその言葉に驚き、つい声を荒げてしまう。

「そんな……王様を諦めるような殿下なんて、なおさら嫌です」

そう言うと、眉《まゆ》を寄せたいつものような殿下がこちらを見る。

「なぜ、『無理』からまた『嫌』に戻る?」

「そこ？　そこは別にたいした問題じゃないじゃないですか！」

「問題あるに決まっているだろう、微妙な拒絶感が増している」

「気のせいですってば……ってか、ヴィンセント様もいるのに、深掘りしないでください、恥ずかしい！」

もうっ、慰めようとしたのが馬鹿みたい。

呆れて仕事に戻ろうとした私の腕を、殿下が掴む。

「コレット、逃げるな」

振り返る私を、殿下は探るように見上げた。

「逃げてないじゃないですか」

その眼差《まなざ》しが真剣で、息ができない。

「これ以上何も失いたくない、だから私の側から逃げないでくれ」

「逃げられませんよ……王様からは。そんな権力者から、どうやって逃げきれるというんですか」

つい、余計なことまで言ってしまった。

「……今、何と言った？」

私を見つめる琥珀《こはく》色の瞳に、生気が宿る。掴まれている腕が、自分の頬《ほお》が熱くて、つい視線を逸《そ》らしてしまう。

でも、うん。そろそろやっぱり、年貢の納め時で。

だから殿下をちゃんと見て、答えることにした。

「殿下が王様になるなら、逃げないって約束しま……ぎゃああ！」

引っ張られて、気づいたら殿下に抱きしめられている。ちょ、本当に、勘弁してください。そう訴えるものの、殿下の力に敵《かな》うわけがなく。私の頬は殿下の肩に押しつけられ、逆に私の肩には殿下の熱い息がかかる。

驚きと、恥ずかしさで、心臓が口から飛び出してしまいそう。

でもすぐに解放されて、殿下の代わりに長椅子に座らされた。

「少し時間はかかるが、待っていろコレット」

動揺したのは私だけなのだろうか、殿下はいつものような不敵な顔で執務室へと向かった。

残された私は、なんというか、後悔半分、照れくささ半分で動けずにいたのだけれど……側でずっと見ていたヴィンセント様が、にこにこと微笑《ほほえ》んでいる。

「コレット、殿下の扱いが上手《うま》くなりましたね」

「……それは、どうも」

「殿下の執念深さを、分かっているとは思うけど、それこそもう逃げられないと覚悟をしておかないとね」

「は、ははは、怖いこと言いますね」

「とはいえありがとう、心から感謝します。どうにも八方塞がりで、あの殿下が珍しく落ち込んでいたようですから」

「問題は解決したわけじゃないので、感謝される必要はないです」

「そうかもしれない、でも陛下や殿下が言うところの『執念深さ』は、僕はとても尊いと思っているのです。どのような困難に行く手を阻《はば》まれようと、何百万の民を背負ったまま、簡単に折れたり諦めたりしないという意味ですから」

そう言って、ヴィンセント様も疲れているだろうに、殿下の後を追っていった。

独り広い部屋に残された私は、薄れていく殿下の腕の熱さと、なかなか静まらない鼓動を惜しむように、自らの肩を抱く。押しつぶされそうな罪悪感とともに。


日が傾き始めた頃、私はノートを片付け、仕事場を後にした。

それから部屋で荷物をまとめて、一人だけ残っていた護衛さんに挨拶《あいさつ》をする。

「今日はもう家に帰って休みますね、アデルさんか殿下にそう伝えておいてください」

「え、ああ、でも護衛をつけるよう言われている。ちょっと待っていろ、ジェストへ伝言を出しに行くから」

「はい、ここで待っていますね」

にこやかに返事をすると、護衛官は廊下を走っていく。

その後ろ姿が見えなくなるのと同時に、私は急いで彼とは反対方向に走る。この混乱のなか、護衛官が戻ってくるには、かなり時間がかかるだろう。念のため、部屋の方に「明日も出勤しますので心配しないでください」とメモを残してある。

そうして私はいつもの帰宅を装って、城門をくぐった。脇目もふらずに城下へ続く階段を急ぎ足で下りると、そのまま町を走り抜ける。

これは、殿下からの二度目の逃亡。

もちろん、家には帰らない。

城下町の市場通りを避けて、少し離れたところにある乗り場から、経路を調べて馬車に乗る。行き先はメモの場所とは違う、郊外の料理店。

しばらく乗った先の停車場で降りると、そこは夜も賑《にぎ》わう繁華街。既に空が薄暗くなってきていて、酒を出す店がこうこうと明かりを灯《とも》している。そのなかでも、ひときわ大きな店の入り口で、案内係に声をかける。

「レリアナ＝プラントからの紹介です。彼女に連絡を取ってもらえるかしら、私の名はコレット＝レイビィよ」

それだけで通用するか不安だったけれども、どうやらレリアナから話があったようだ。案内係はすぐに「確認します」と奥へ取り次ぎに行ってくれた。

しばらく待つと、案内係よりもずっと上質な服を着た、年配の女性が出てきて私に頭を下げた。

「レリアナ様から伺っております。どうぞこちらでお待ちください、すぐに折り返し連絡をいただけるはずです」

「ありがとう、お言葉に甘えて中で待たせていただきますね」

そうして招かれるまま、私は店の大きな扉をくぐった。

私が通された個室は、貴族が宿泊できるだろうと思える豪華は部屋の、応接間だった。通されてからかれこれ一時間ほど経《た》った頃だろうか。先ほどの年配の女性から、レリアナがすぐにこちらに来ると知らせてもらった。

押し寄せる後悔や不安、畏《おそ》れから緊張していたのか、レリアナの顔を見て私はようやくほっと息をつくことができた。

「色々と忙しいのに、来てくれてありがとうレリアナ」

「なに神妙なことを言っているのよ、コレットらしくないわね。いつでも呼んでと言ったのは私よ。それより、大丈夫？」

部屋に入ってくるなり、私の側に駆け寄って、心配そうに顔を覗《のぞ》き込むレリアナ。

「そんなに、酷《ひど》い顔をしている？」

「酷いというか、疲れているように見えるわ……辛《つら》いことでもあったの？」

レリアナはそう言いながら、私の側に座った。

誰かと会食でもしていたのだろうか。夜会の時よりは大人《おとな》しいものだけれども、よそ行きのドレスを着て、肘まである長い手袋をつけていた。

「……辛いことなんて、何もなかったわ」

言葉にしてみて、改めて自分がしたことの罪深さを自覚する。

殿下の側は、辛いことなど一つもなかった。それなのに私は、自分が譲れないもののために、何も告げずに殿下の元を去った。

傷つけてしまっただろう。今度こそ、罰を受けなくちゃならないかもしれない。

でも、だからこそ必ず目的を果たさなければならない。

私は自分の頬を両手で叩《たた》き、深く息をついてから背筋を伸ばした。

「レリアナに、協力して欲しいことがあるの」

急におかしな行動をする私を見たレリアナは、目を瞬《また》かせて驚き、次に呆れたように笑った。

「ああ嫌だ、あんたがそういう顔をした時は、大抵危なっかしい話に決まっているのよ。そして絶対に、何があってもあんたは引かない……」

「そうだっけ？」

「そうよ、これまで何度、巻き込まれてきたと思っているのよ」

そんなにたくさん迷惑をかけたかしら。庶民課に配属された頃からの記憶を手繰《たぐ》り寄せる。

そういえば就職してすぐの頃、会計士とは名ばかりの雑用しか仕事をさせてもらえなかった。だから上司や同僚の妨害をはねのけ、受付のレリアナから情報を買って、無理やり仕事を奪って会計士の席を確保したんだ……それが顔見知り程度の同級生でしかなかった私たちを結び付けた最初の出来事だった。それからは二人で、女性職員たちの矢面《やおもて》に立って待遇改善の交渉をしたりと……まあ、色々あったなぁ。

「うん……まあ、そうかも」

「否定しないだけ褒めてあげるわ」

それは絶対に褒めてないよね、レリアナ？

とはいえ、今回もまた彼女が巻き込まれることは決定事項だ。なぜなら私が巻き込まなくとも、レリアナはセシウス＝ブラッドとは一蓮托生《いちれんたくしょう》だもの。

「今度も、仕方ないと思って巻き込まれてよ。協力してくれたら、レリアナにとっての最悪を回避できると思う。だからお願い！」

「私にできることがあるのなら、ね。まずは詳しく話を聞こうか？」

私はレリアナに人払いを頼み、まくしたてるように、これまでのことを語る。

殿下とデルサルト卿の王位継承権争いに、セシウス＝ブラッドもブライス伯爵を通じて関わっていること。しかも伯爵たちが女性を攫うなどの罪を犯していて、それに私も偶然巻き込まれ、殿下が証拠を掴んでいることを説明する。もしブラッド＝マーティン商会がそれに深く関与しているのなら、必ず罪に問われることになるのだ。

それらの話を聞きながら、レリアナはどんどん青ざめていく。

「ちょっと待って、どうして会計士でしかないコレットがそんな情報を？　それに……本当に、女性が攫われているの？」

「被害届から、人数も名前も、すべて殿下は把握しているわ。救出されていないのは、あと三人。そのうち二人は、リンジー＝ブライスの元にいるの」

「なんですって？」

「リンジー＝ブライス本人が、あの夜会で私に言ったの。カナリアを二羽、預かっているって」

「ちょ、ちょっとまって、あのワインをかけた時？　でもどうしてコレットに？」

レリアナが混乱するのも仕方がないことだ。だってまだ話していないのだから。

「私の本当の名前は、コレット＝ノーランドというの。リンジー＝ブライスは約五年間、父ノーランド伯爵の再婚相手で、私の継母だったわ」

レリアナは言葉を失い、大きな目をこぼれそうなくらい見開いている。

「父が事故で亡くなって、彼女は伯爵家の財産を持って生家のブライス家に戻り、私は平民として生きていくことになったの」

それだけの説明でレリアナは複雑な事情を悟り、かつての幼い私の苦労を慮《おもんぱか》ったようだ。

「攫われた女性たちの特徴は、金髪と紫の瞳。たぶん、私の身代わりだと思う。だから私は、残りの三人を助けたい。これを見て、レリアナ」

私はレリアナに皺だらけになった小さなメモを見せる。

「明日、この場所に行きたいの、殿下に知られないように」

「どうしてよ、むしろ知らせて任せたらいいじゃない！」

「うん、これも言ってなかったね。私は役所を辞めて、殿下の元で私財会計士をしていたの」

レリアナはしばらく、口を開けては閉じを繰り返し、何かを感情に乗せて言おうとしたようだったが、結局諦めたように一つ息をつく。

「……だから、あの夜会に忍び込んでいたのね？　もしかしてそれは殿下の指示なの？」

「違う、私から頼み込んだの。リンジー＝ブライスに接触したかったから」

レリアナが頭を抱えている。

「突拍子もない情報が多すぎて、一度じゃ整理がつかないわ。追々、細かいところは説明してもらうけど、とりあえずあなたは私に何をさせたいの？」

「うん、レリアナは話が早くて助かる。あのね、明日この場所に行けば、リンジーの配下の者がいるはず。そこで私をリンジーに売って欲しいの」

「はあっ?!」

「あ、売るっていうのは金銭のやり取りではなくてね、売り込んで欲しいのよ。金髪紫目の女性を見つけたから、献上しますって」

「つまり、ブライス伯爵家に入り込みたいと？」

ご明察。にっこり笑うと、レリアナの口からは今日一番の大きなため息が吐き出されたのだった。

「どうしてそんな危険を冒《おか》すのよ、人攫いに関わっているなら、いずれリンジー様も罪に問われるわ。あんたに限って、かつての継母に直接復讐《ふくしゅう》したいなんて言い出すとは思えないわ……」

レリアナもリンジー＝ブライスの悪評は知っているらしい。

「知りたいんだ、私。どうして今さら、私の身代わりを必要としているのかを。それが分かれば、殿下がデルサルト卿に横から奪われたベルゼ王国との交渉権を、再び取り戻す助けになるだろうし」

「交渉？」

「レリアナも聞いているんでしょう？　ベルゼ王国との和平に華を添えるため、硝石の交易条件を交渉しているのを」

「……まあ、少しはね」

歯切れの悪さから、セシウスがかなり関わっていることがまる分かりだよ、レリアナ。

でもこれで、殿下の元を黙って去った甲斐《かい》があるということが分かった。

「ベルゼ王国とデルサルト卿との間で、殿下が知らない密約があるみたいなの。それが原因で殿下が交渉から外されたんだと思う。だから私は、それを探りたい」

「なんで会計士のあんたがそんなことを……」

レリアナがハッとした表情を見せる。

「そういえば、殿下がご執心の女性ができたって噂よね……まさかそれ、あんたなの？」

それはわざと流した噂だけどね。

私はレリアナに、かいつまんで説明する。殿下との十年前の出会い、宝冠にまつわる不幸と、そして死んだことになった伯爵令嬢としての自分、平民として愉《たの》しく暮らしていた間の殿下の苦悩と、捜してくれていた理由を知ったこと。たくさんの嘘《うそ》をついて何食わぬ顔をして過ごしていた私を、一つも責めなかった殿下へ、私ができること。

「でも本当にいいの？　あんたがいなくなったって分かったら、殿下は……」

「大丈夫、手紙と鍵を残してきたから」

「鍵？」

「うん、そう。かつて私が継ぐはずだった父の事業を、ブライス伯爵が不当な手段で手に入れた時の証拠をいくつか残してあるの。十年前はまだ子供だったから、抵抗ひとつできなかった。ううん、抵抗する前に危険から遠ざけられて……でもそれを殿下ならうまく使ってくれる、そのために証人の確保が必要なの」

「証人？」

「うん、子供だった私の代理人、リンジー＝ブライス。私の一番、大切な人よ」

十年間封印してきた、私の本心だ。

その言葉とともに、頬に、涙がぽたりと零れる。

あの人の娘として過ごした五年間、私は本当に幸せだった。

産みの母を早く亡くし、母からの愛情を渇望する私を、娘として愛してくれた人。事故に見せかけて夫を殺害した、実の父親ブライス伯爵から私を守るため、あの闇医者を雇い書類上で死亡を偽装し、レイビィの両親に土下座までして、コリンと私のすり替えを行った張本人。それを隠し続けたままブライス家に残り、私とレスターを今まで守っていてくれた。

十年。一言で語るには、長すぎる時間。

どんな汚名を着せられても、虚勢を張り続けてくれたあの人を……自分の身に危険が及ぶにもかかわらず、あの帳簿で危険を知らせてくれた母を、私はどんなことをしてでも取り返したい。

殿下の十年と、母の十年。私たちを守ってくれた十年を、あの人を、牢獄《ろうごく》のようなブライス家から救い出せるのは今しかない。

レスター以外に初めて本心を語った。そんな震える私の手を、レリアナはぎゅっと握ったまま、話を聞いてくれていた。


その日の晩は、レリアナと会った店に泊まらせてもらった。

表向きは料理店なのだが、実はブラッド＝マーティン商会の所有する宿だという。商談を行う時に、特別な客向けの宿泊部屋もあるらしく、その一室をレリアナが用意してくれた。

そこで一泊して、翌朝レリアナに再び馬車で迎えに来てもらい、メモの場所へ向かった。

目的地に着くまでの道すがら、レリアナが真剣な顔で話しはじめる。

「コレットに聞いた話を、まだセシウスに打ち明けていないの。彼は昨日から、デルサルト卿に呼び出されていて、会えないまま」

婚約者が捕まるかもしれないのだ、不安にならない方がおかしい。

「私はセシウスを見捨てられない。もし彼が罪に手を染めていたとしても、大きな商会の跡取りでなくても、一緒にいたいと思っている」

「レリアナ……」

「彼ね、いまでこそ跡取りのような扱いだけど、旦那様の妾腹《しょうふく》なの。最初は追いやられるようにして、ベルゼ王国へ行ったみたい。だから彼も、本当は自分の商会を持って独立するつもりだったらしいのよね。それがベルゼ王国で上手くやれたからって呼び戻されて……そのお陰で私は彼に出会えたからいいわ……彼は悔しくないはずがない。でも見返せるチャンスだからやってみるって、それを私も応援したいの」

そんな事情があったんだ。

「分かった、レリアナ。あなたとセシウスさんには、極力迷惑かけないようにするから……」

「違うわよ、そういう意味で言ったんじゃないわ、早とちりね」

じゃあどういう意味？

「私が必ずセシウスを説得する。その上であんたに協力をするから、いざという時には殿下に口添えよろしくってこと！」

にんまり笑う彼女は、相変わらずのちゃっかり者だ。

「リンジー様があんたの味方ってことなら、私もそっちに付いて生き残りをかけるわ」

「さすがレリアナ、転んでもただじゃ起き上がらない」

「あんたに言われたくないわ。ところで、そろそろ指定の場所に着くけど、いったいそこで何があるの？　本当にリンジー様の手の者が来ているの？」

「たぶん、攫った残りの三人のうち、一人を解放すると思う」

驚くレリアナに、これはあくまでも予測であることを念押しする。

「カナリアを二羽預かっている。そう言ったということは、残りの一羽は逃がした。それをわざと王都で解放し、尻尾《しっぽ》を掴ませるつもりなんだと思う」

「ちょっと待って、それじゃリンジー様が罪に問われるじゃないの、まるで自殺行為よ」

「それくらい、何か事情があって切羽詰まっているのかもしれない。一刻も猶予がない、だから私は行かなきゃならないの」

私は馬車の窓から、目的地である市場通りを眺めながら、覚悟を決めた。

少し離れた所に馬車を止めさせて、私はレリアナとともに市場のある通りに入った。そこは四番通り市場と呼ばれている。交差する大通りにはそれぞれ名前がつけられていて、そのうちの一つが十番筋と呼ばれている。そこは旅館が立ち並ぶことで有名な通りだ。外から行商に来る者や、平民の旅行客などが利用する安い宿ばかり。当然ながら、夜の店もいくつかあり、女の子は両親から、あの通りには近寄らないよう教えられるものだ。

そのうちの一つの宿に入り、番台に立つ年配の女性に声をかける。

「二一番部屋に泊まる客に呼ばれた者だけど、入ってもいい？」

じろりと私を見てから、その女性は顎《あご》でクイと階段の方を示す。

「ああ聞いているよ。二階の一番奥だよ。言っておくけど、ここは連れ込み宿じゃないんだ、用が済んだらさっさと出ていってくれよ」

「ええ、もちろんです、ありがとう」

そう答えてレリアナとともに階段を上がる。そうして辿《たど》り着いた部屋で待っていたのは、見知らぬ若い男が一人と、震えながら膝をかかえている金髪で紫の瞳の女性が一人。

若い男性は、私の予想通り、リンジー＝ブライスの従者をしている者だった。彼女の指示で、密《ひそ》かにブライス家から女性を脱出させてここまで連れてきたという。そして女性は、ひどく怯《おび》えていたが、さほど衰弱した様子は見られない。

「もう、大丈夫よ。あなたは保護されて、かならず家族の元に帰れるから、安心して」

従者の彼に頼み、飲み物を持ってこさせる。私とレリアナが震える彼女の横に寄り添い、安心させる。

女性の名は、クラリスといった。ティセリウス領の領主館がある街の、貧しい家の娘だった。父親が市場で小さな露店を営んでいるが、その手伝いだけでは生活が苦しく、家計の足しになるよう商家の子守りをして働いていたという。その仕事の帰り道で何者かに襲われて、気づいたら目隠しをされたまま馬車で運ばれていたという。

「目隠しを外されたのは、粗末な家の小さな部屋でした。そこには、他に二人の女性がいました」

「……その人たちも、あなたと同じ金髪で、紫の瞳？」

私が聞くと、クラリスは改めて私を見て、そして明らかに動揺している。

「私も、ティセリウス領で攫われそうになったの。あなたと同じ色を持っていたから」

するとクラリスは涙を浮かべながら、何度も頷《うなず》く。

「そう、そうでした。でも一人は、私よりも銀に近い髪で、もう一人は青が強い瞳で……でもすぐに連れて行かれて……う、売るって、そう言っていて……助けてって泣いたのに」

聞いているだけでも辛いその経験を、彼女の口から言わせねばならないことに胸が痛む。けれども、少し離れたところで聞き耳を立てている従者が、やめさせる気配がない。

私はもう少し、攫われてからの様子を聞き出したかったが、無理強《じ》いをすることはできず。泣いている彼女の背を、ゆっくり撫《な》でることしかできなかった。

しかし、私が哀れむよりも、彼女は強かったようだ。続きを自ら口にする。

「最初は、とてもガラの悪い男たちが見張っていました。でもしばらくしたら、とても身なりの良い男性がやってきて、馬車で別の所に連れて行かれたわ」

「それは、どんな所？」

「大きな……貴族のお屋敷でした。私たちは、そこの離れで、監視を受けながら過ごしました。見たこともないくらい、綺麗な服と、豪華な食事が出されて……」

「まって、クラリス。私たちって？」

「あ、はい……そこには、私の他に二人、同じ髪と瞳の色をした女性が、閉じ込められていました。彼女たちも、同じように攫われてきたって、言っていました」

これで残る行方不明者数と、一致した。

「それで、そこではどんなことをされていたのか、教えてもらえる？」

「はい……私たちは、まるで貴族のお嬢様のように扱われました。綺麗なドレスを着せられ、食べる物も見たこともないくらいたくさん運ばれてきて、美味《おい》しくて。でも、とても怖い人が私たちを監視していました」

「怖い人？」

「黒髪の、人形のように綺麗な女の人です。その人が、私たちに文字を書かせる練習をさせて、食事のマナーや、話し方、歩き方、返事の仕方、まるで貴族令嬢にでもさせるように躾《しつけ》をしようとして……他の二人は、私よりよほど育ちがいいのか、すぐできるのに、私はいつも失敗するから、毎日恐ろしくて」

クラリスはついに涙をほろりと流す。

「どんなにお腹《なか》がいっぱいになっても、私は辛かった。気が抜けない毎日で、いつもビクビクしていて、家に帰りたくて泣いていました。そうしたら、他の二人が私を逃がしてくれて。でもすぐにその人に見つかって、ここに連れてこられたんです。やっぱり私、連れ戻されるの？」

「クラリス落ち着いて、ここは王都よ？」

「……え？」

クラリスが驚いたように目を見開き、私と遠くに離れている従者を見比べる。

「あなたは、ここから出て法務局に保護を願い出るといいわ。そこで今言ったのと同じ証言をするの、そうすれば必ず家に帰れる」

「法務局……？　そんなところにどうやって行けばいいの？」

「彼女が、役所を通じて連絡を取ってくれるわ」

私がレリアナを指差すと、黙って聞いていた彼女が驚いた様子で首を横に振る。

「待ってよ、私だって法務局になんて伝手《つて》はないわ」

「大丈夫、私が手紙を書くから。納税課の新しい課長は私がどこに仕事に行ったか知っているわ、そこから会計本院のイオニアスさんに連絡を取ってもらって。彼ならすぐに動いてくれる……町の警護所は軍とつながっているから、絶対に行っては駄目だからね」

私は鞄《かばん》から便せんとペンを取り出して、手早く保護を求める旨と、署名を入れる。

「分かったけど、あんたはどうするの」

「私は予定通り、彼とともにブライス伯爵領へ向かうわ。連れ戻された彼女の振りをして、ブライス伯爵家の屋敷に潜り込む」

その提案に、最も驚いた顔をしたのは、レリアナでもクラリスでもなく、従者の彼だった。

悩んでいる暇はない。クラリスをレリアナに託して、私は従者とともに急いで王都を出ることにした。レリアナに馬車を用意してもらい、それに乗って隣領の宿場まで行き、そこで馬車を乗り換えてブライス領へ入る計画だ。

従者は、私たちの提案に最初は驚きながらも、すぐに受け入れてくれた。最初からクラリスを逃がすつもりだった継母《リンジー》は、かなり信用のおける者を追跡者に選んだようだ。彼の主人であるリンジー＝ブライスに危害を加えるつもりがないこと、屋敷からの逃亡者を見つけて帰れば主人の立場が守られることを説明すると、同行に納得してくれたのだ。

そうして私は従者の彼とともに、宿場からブライス領に向けて出発し、丸一日かけてブライス領に入った。

一方でレリアナには、上手くセシウスに事情を説明すること、そしてクラリスを法務局へ届けることの二つを請け合ってもらった。上手くいくだろうか……ううん。婚約者の保身をはかるためでもある、きっと彼女らしく立ち回り、殿下の庇護《ひご》を得られると信じている。

問題は、私への追っ手がかかるかどうか。途中で止められてしまうと、残りの二人が別の場所に移動させられてしまうかもしれない。そうしたらもう私では追うのは無理だ。

でもきっと、殿下ならば私と同じことを考えて、私情は挟まずに対処してくれるだろう。

どこまで通用するか分からないけれど、できる限りクラリスとしてブライス家へ入り込み、時間を稼ぐ。そしてできたら、ベルゼ王国との密約の内容を知らなければ。

そうした緊張のなか、私と従者は順調にブライス領へ入ることができた。

領主の屋敷に到着する前に、私以上に緊張した面持《おもも》ちの従者に話しかける。

「あなたのご主人は、もう領に戻ってくるなって言ったんじゃない？」

従者はハッとした顔を見せ、すぐに口を引き結んで俯《うつむ》く。

「悪いことをしたわね、巻き込んでしまって」

「それはいいんです。私は元より、リンジー様の元を離れるつもりはありませんでしたから。ですがそれがご命令だったので……」

「それじゃ、一緒に叱られましょうか」

そう言って笑うと、従者は泣きそうな顔をしながら、ただ頷いていた。

リンジー＝ブライスは……自分がどう人に見られてしまうのか、それはよく知っている人だった。

幼い頃から、きつめの顔立ちのせいで、たくさん誤解されてきたという。

ブライス家は家族間も関係は冷え切っていて、彼女は幼い頃から温もりを知らずに育った。だから見た目のせいで辛い扱いを受けるリンジーを、庇《かば》ってくれる人はいなかった。

ずっと孤独を味わいながら生きてきて、でもだからこそ、人の痛みや、弱さを理解できる人だった。

私を産んだ母シャロンは、ベルゼ王国の出身だった。高貴な身分の祖父が、正妻がいるにもかかわらず平民だった祖母に手をつけて、シャロンは生まれた。だから彼女もまた、リンジーと同じように他の親族からは厭《いと》われ、国外に留学させるという体《てい》をとって、たった一人で他国に送り出されたらしい。そうして訪れたフェアリス王国の学園で出会ったのが、リンジー＝ブライスであり、彼女の婚約者だった父、ノーランド伯爵令息だった。

シャロンは、馴染《なじ》めないフェアリスでの生活のなかで、自分の居場所を作るためにも、学業に励んだようだった。それがまた貴族たちが通う学園では浮くことになり、容姿のせいで人が寄りつかないリンジーとは浮いた者同士、自然と仲良くなっていった。

無二の親友。そういう間柄だったと、実の父と育て《レイビィ》の両親、古くからいた使用人たちなど多方から聞かされている。

シャロンはリンジーを通じて父と知り合い、二人は惹《ひ》かれ合った。シャロンは当然、とても苦悩したという。そしてリンジーもまた、悩んだに違いない。親同士が決めた婚約であったけれども、父とリンジーは決して嫌い合ってはいなかった。むしろ、自然と夫婦になっていくのだろうと受け入れていたというのだから。

そんな微妙な三人の関係も、やがて崩れる日が来る。シャロンに熱烈に求婚する者が現れたらしい。

その人は高貴な身分だったけれども、それでも母の気持ちが父からその人に傾くことはなかった。それで父もようやく、真剣に母との将来を考えるようになり、求婚を決意。その恋の障害がまさか、陛下だったとは聞かされていなかったけれども……。

だが父の心変わりを知るやいなや、ブライス伯爵の動きは速かった。すぐにノーランド家からの婚約破棄であることを確認し、多額の婚約違約金を支払わせたのだ。当時、祖父の代から続く事業が好調で、ノーランド伯爵家の財産はかなりのものだったらしい。

しかも大金を得た上でリンジーを傷物扱いにしたまま、別の貴族に持参金も持たせずに嫁がせたのだ。自分の娘を、都合のいい道具かなにかと勘違いしているのだろうか。それだけじゃない、特殊な立場のシャロンがノーランド伯爵家に嫁ぎやすいように、ティセリウス伯爵に働きかけて養子にさせたのも、ブライス伯爵だというのだから、用意周到すぎる。

でもこの行動に、私はずっとひっかかっている。いくら多額の違約金目当てだとしても、母シャロンを排除した方が、リンジーを通じてノーランド家の財産を、いずれ好きにできたかもしれないのに。

「そろそろ着きます、準備はいいですか？」

従者に声を掛けられ、私は気持ちを引き締める。

「はい、なるべく黙っているので、よろしくお願いします」

馬車は屋敷の敷地に入った。

敷地内の長い道のりをそのまま馬車で進み、門をくぐる時に警護兵から私の顔を確認されたが、特に不審がられることもなく通された。そうして馬車が到着したのは、大きく聳《そび》える母屋とは別の建物だった。

屋敷は様式こそ貴族の邸宅に倣《なら》っているが、とてもこぢんまりとしたものだった。まさかあの夜会で衆目を集めたリンジーが、ここに住んでいるとは誰も思わないだろう。誰も立ってはいない玄関を従者が開けると、しばらくしてようやく執事のような男が警護の者とともにやってきた。

「ようやく、戻りましたか。リンジー様が首を長くしてお待ちになっている、早くしろ」

横柄《おうへい》にそう言うと、深くフードを被る私を見下ろし、聞こえるように舌打ちをした。

「きついお仕置きを覚悟してのことだろうな、まったく世話を焼かせやがって」

忌々《いまいま》しそうにそう言って、背を向けた。

私と従者は、そんな男の後ろを黙って歩く。エントランスには侍女もいるが、執事の男を恐れているようで、頭を下げながら視界に入らぬよう退いていく。

どうやら執事はブライス伯爵の息がかかった者で、ここの監視をしているのだろう。

連れて行かれた先は、最奥にある広い部屋。調度品がこれまでの屋敷の様子とは打って変わって、見るからに上質な調度品で揃《そろ》えられている。そこかしこに花が飾られていて、隅々まで手が行き届いていることが分かる。

その部屋の奥から、侍女を従えた女性、リンジー＝ブライスが現れる。

「このような時間に、何ごとですか」

黒髪を下ろした女主人が、気怠《けだる》そうに尋ねると、執事は一応腰を折るのだが、顔はしっかりと上げたままだ。

「逃げ出した者を連れて従者が戻りましたことを、お知らせいたします」

「……なんと」

執事の言葉を聞いて眉を寄せ、つかつかと私たちの元に歩み寄ると、従者の前で持っていた扇子《せんす》で、彼の頬を叩いた。

「わたくしをこんなに待たせるなんて、本当に役に立たない子ね」

「申し訳、ありません」

「お前が遅いから、お父様に新しい従者をねだっていたところよ、本当に愚図ね」

「こうして女を連れて戻ったのです、どうか私に免じてお許しを」

苛立《いらだ》ったような様子の女主人を諫《いさ》めたのは、執事だった。だがその顔は、殊勝なものには見えない。

「新しい者を躾《しつ》けるのもお手間でしょう、必要でしたら、私の方でこの者をきつく罰しておきますので……」

「あら珍しく殊勝なことを。この者もお前の配下、罰するならば責任者ごと仕置きをしなくてはね」

妖艶《ようえん》に微笑むリンジーを見て、すると執事は慌てて後ずさる。

「いいえ、とんでもない。リンジー様の従者に私が手を出すなど……それでは私はこれで失礼いたします、旦那様にご報告いたしませんと」

女主人の許可も得ずに、逃げるように部屋を出る執事。本当に執事だろうかと疑うほどの、とんだ態度だ。

だがそんな様子を誰も咎《とが》める様子はなく、執事の足音が遠ざかると、リンジー＝ブライスはほっと息をついた。そして従者の頬を手で撫でた。

「どうして戻ったのですか、何か急な危険でも？」

その顔はそれまでと変わらず、硬い表情のまま。だが声音は柔らかく、従者を気遣っているのが分かる。

それでいて私の方を向き、じっと様子を観察していた。

「クラリス？」

そう名前を呼ばれて、深く被ったフードの内で固まったままでいると、従者の彼が私の肩に手を添えた。

「ここにいるのは、すべて信用がおける者ばかりです、大丈夫」

そう言われ、私は被っていたフードを脱いだ。

まっすぐ見上げる先には、漆黒の瞳をこぼれそうなほど見開く、母がいた。

手を伸ばせば、届く距離。

十年、一時も忘れることなく求めた人が、目の前にいる。それなのに、私は手を伸ばすのが精一杯で、声がかすれて。

「……か、あ、さま」

「コレット」

そんな私を、両手を広げて受け止めてくれた。

「おかあさまっ、お母様……会いたかった、ずっと」

「コレット、どうしてここに……ああでも嬉《うれ》しい……可愛《かわい》いコレット、わたくしの大切な娘」

繰り返し呼ばれる名が、今度こそ私のものなのが嬉しくて、いよいよ何も言えなくなる。代わりに出るのは涙と嗚咽《おえつ》だけ。求めた人の胸にそれもすべて消えて、ただ幼子のように母にしがみつく。

わんわんと子供のように泣いたのは、いつぶりくらいだろう。

しばらく泣いて、側にいた侍女に促されてお母様とともに長椅子に座る。そしてハンカチで顔を拭かれていると、温かいミルクを用意されてしまった。

それを照れながら飲み干し、話し始める。

「お母様が逃がしてくれたクラリスは、レリアナが法務局へ連れて行き、保護してもらえているはずです」

「無事に王都まで着けましたか……お前も、危険を承知でよくやってくれました」

母が従者を労《いたわ》る。けれどもすぐに厳しい顔つきで、私の方へ向き直る。

「それにしても、どうしてあなたまでがここに来たのですか、最も安全な殿下の側にいると思って安心していましたのに」

「だって、私の身代わりになった二人を、助け出さなくちゃ。お母様が身を挺《てい》して、匿《かくま》っているのでしょう？」

「彼女たちを逃がす算段は、できているのです。あなたが危険を冒す必要など」

「当事者なのに？　こうやってお母様に守られているうちに、私はもう成人しました。助けられるばかりじゃなくて、私も役に立ちたいんです」

「コレット……」

白く細い指が、私の髪を梳《す》く。

「そうね、大きくなったわね。本当に、シャロンによく似てきて……誇らしいわ」

「中身も似たみたい、殿下の求婚を断ったから」

今度は目を見開くだけでなく、口もあんぐりと開いたまま固まるお母様を見て、ふふっと笑う。

「陛下から直接、教えてもらいました、昔のことを」

「そうですか……陛下があなたに真実を」

お詫《わ》びとして、私には宝冠の徴による婚姻を強制しないと、約束してくれたことを告げる。

「歴史は繰り返すというけれど、本当にあなたはシャロンと同じ道を……」

「同じではありません、お母様。陛下はシャロン母様を好きになったと言っていたけど、殿下は宝冠の徴のために仕方なくだから」

母が首を傾げる。

「徴に縛られる必要がないことは、殿下も承知の上でしょう？　それでも求められたのなら、それは殿下の望みだと思いますが……」

今度は私が首を傾げる。

「徴に縛られる必要がない？」

「陛下は、徴を無視して王妃陛下とご成婚なされたのですもの」

「……え？」

「陛下のための徴は、シャロンの死とともに消えているはず。それを再びあなたと殿下が顕在させた。違うのですか？」

ちょ、ちょょっと待って。

思考が追いつかなくて固まっていると、お母様が困ったような顔をする。

「コレットが教えていただいた昔のこととは、陛下とシャロンが顕《あらわ》した宝冠の徴の件、なのですよね？」

き、きき、聞いていませんけどもぉーーー!!

「お、おお、お母様、それってどういう……」

「落ち着いて、コレット」

咳《せ》き込む私の背を撫でながら、お母様が侍女にお水を用意させる。

それを飲み干してから私が落ち着くのを見計らい、改めてお母様が教えてくれたのは、陛下がシャロン母様にしつこく求婚した理由。

それは陛下が顕した徴の相手が、シャロン母様だったから。

けれども陛下は、現在の王妃様と結婚された。王妃様と二人で徴が顕在化したというのは、私も含めて国民には周知の事実。

「そうなると宝冠の徴は一度きりじゃないってことよね……だったら殿下も私に縛られる必要がない？」

それは殿下にとっては願ってもないことだ。私よりも相応《ふさわ》しい人を、妃にできるのだから……でもなんだろう、どこかスッキリとしないのは。

「コレット、それは違います、先ほども言った通り陛下は……」

お母様が言いかけたところで、一人の侍女が慌てた様子で駆け寄ってきた。

「旦那様がこちらにおいでになられるようです」

それを聞くと周囲に緊張が走る。お母様は私にフードを被せてから、すっと立ち上がる。

「コレット……いいえ、クラリスと呼びます。あなたは黙って控えているように」

お母様の声音が、表情が、夜会の華リンジー＝ブライスへと変わる。それと同時に、勢いよく扉が開いた。

「リンジー、ラディス＝ロイド王子が動いた。早急にベルゼ国王へ身代わりを送らねばならない、それなのに女の一人を逃がしていたとはどういうことだ！」

どうやらあの執事は、クラリスを逃がした失態を、伯爵に報告していなかったようだ。

ブライス伯爵は鬼のような形相《ぎょうそう》で娘であるお母様に詰め寄る。だがお母様は顎を上げて父親を見据えたまま、動じずにいる。

「娘は連れ戻しましたわ、ご心配なさらず。残りの娘たちも、失敗すれば命がないことを、充分理解させましてよ。上手く身代わりを務めるでしょう」

「信用してもいいのだろうな？　失敗すれば、お前が死罪となるのだぞ」

「わたくしは、不名誉な死を賜るつもりはございませんことよ、お父様。それより、せっかく交渉権を得たのですから、王都を離れてしまっては元も子もありませんわよ。すぐに王都へお戻りになった方がよろしいのでは」

「分かっている！　だがトレーゼ侯爵の……法務局の動きがおかしいのだ。ティセリウスの奴があのような失態をしたせいで急遽《きゅうきょ》戻る羽目になったのだ……」

夜会では悠然としていたブライス伯爵の威厳は、いったいどこにいったかと思うほどの狼狽《ろうばい》ぶりだった。

「硝石に限らず売買の痕跡は、王都にはないのですから、むしろここより安全ですわ。女たちも路頭に迷っていたところを保護し、滞在させているのは行儀見習い。いくらでも取り繕えます。そのように取り乱されるなど、お父様らしくない」

「分かっている！」

苛立ち、お母様に怒鳴りながらも、不安からか目の前を行ったり来たりと落ち着かない様子だった。

「とにかく、早急に娘を確認したいとベルゼ国王から手紙が来ている。面会はこの館で秘密裏に行う手筈《てはず》だ。そのためにジョエル様がこちらに向かっていて、明日には到着される。入れ替わりに私が王都へ戻り、使節団との交渉をする。いいかリンジー、二度と失敗は許されぬ。おまえがノーランドの娘を死なせたからこんなことになっているのだ。今度こそ私の役に立たねばレスター共々、日の光が届かぬ地下牢へ幽閉するからな！」

動揺すら見せないお母様に、捨て台詞《ゼリフ》のような言葉を投げつけ、来た時と同様に乱暴に部屋を出ていくブライス伯爵。夜会で見せた冷静な姿とは、まるで様子が違う。やはり親子なのか、お母様とはまた違う意味で、外面《そとづら》と本性に違いがあるのかもしれない。

でも……相変わらずの彼の非道さに、私は俯いたまま唇を噛《か》む。

レスターを手元に戻したのは、彼を認めたからではなかった。お母様に、言うことを聞かせる足枷《あしかせ》にするためだったんだ……。

伯爵が悪魔のような人間なのは分かっていた。やっぱりと思う反面、それでも傷つくであろうレスターを思うと、言いようのない怒りがこみ上げてくる。

「早々に立ち去ってもらえて、助かりました」

ホッとした様子で戻ってきたお母様が、関節が白くなるまで握りしめた私の拳《こぶし》をそっと撫でてくれた。

悔しいのは私だけじゃない、そう思えるだけで力が湧く。それに俯いているだけなら、危険を承知でここに来た意味がない。

「お母様、ブライス伯爵が出立したら、なるべく多くの証拠を集めておきたいです。殿下は必ずブライス伯爵領へ捜査に入るはずですから」

それが明日なのか、一週間後なのかは分からない。

もしかしたら間に合わないかもしれない。でもどれほど時間がかかろうとも、殿下は必ずブライス伯爵を追及してくれるだろう。

お母様は侍女に声をかけて、何かを取りに行かせる。

そして差し出されたのは、四隅が焦げた、煤《すす》だらけの古い帳簿だった。

「お母様、これは？」

「あなたのお父様が命がけで残してくださったものです。かつてブライス家はブラッド＝マーティン商会に領地の穀物を買い取らせていました。しかし何らかの方法で偽造し、穀物ではなく武器で、しかもそれを隣国へ輸送したと聞いています。これがその証拠であると信じて、ずっと隠し持っていました」

帳簿を開くと、確かに穀物の売買に関するものに見える。帳簿にある刻印は、ノーランド伯爵家ではなく、ブラッド＝マーティン商会とある。

「武器を……十年前に？　でもどうやってお父様が他家の帳簿を……」

「どうしてそのようなものを手に入れられたのかは、分かりません。ですがわたくしの父に……ブライス伯爵から片棒を担ぐよう誘われて断り、そのすぐ後に事故にあい亡くなったのです。その時の遺体の服の下から、これを見つけました」

手がけていた事業の商談で向かった領地からの帰りに、馬車が崖から転落して父は亡くなった。原因は、車輪の不具合だった。

あまりに突然のことで、当時の幼い私には何が起きたのか分からなかった。

だが葬儀にやってきたブライス伯爵が、棺に収まった父の遺体を覗き込み「素直にならないからこうなるのだ、後のことは任せたまえ」と小さく告げながら微笑むのを、私は見てしまった。

幼いながらに浴びた悪意は、父を亡くしたショックと相まって、私を恐怖に陥れた。処理しきれない感情に、幼い私は抱えきれずに寝込むようになり……。

その間にブライス伯爵は、用意周到に親族たちを抑え込み、お母様に事業のすべてを移譲させ、古くからいた使用人を次々に解雇していった。待っていましたとばかりに家に入り込んできたのは、ブライス家の者たち。

気づいた時には、危険を察知したお母様によって、離れの塔に閉じ込められていて。

どんなに幼くて愚かでも、理解せざるを得なかった。

あいつが、ブライス伯爵が、私の父を殺したに違いないと。

「わたくしがこの帳簿を見ても、どこがどう重要なものか分かりません。でもあの人がわざわざ服の下に隠していたものが、何もないわけがない。これ一つで罪を問えなくとも、これを使って他の帳簿の不正が暴《あば》けるかもしれない。今もブライス家は、お父様は何一つ変わっていないのです」

私は父の遺《のこ》した帳簿を受け取り、胸に抱く。

「今も、伯爵が武器を他国に流しているのは間違いないんですか？」

「ええ、一時は途絶えたこともあるようですが、商才がない父ではノーランド家の事業を維持できず、財政が悪くなって再開させたようです。しかし武器は足がつきやすいので、ベルゼからの依頼をいいことに、硝石へ方針転換したいのでしょう」

「武器では、製造に人手がかかるし、隠しにくいから……？」

「その通りです。しかしそのためには、王家ではなくデルサルト公爵家がベルゼ王侯との交易権を得る必要がありました。ですがデルサルト卿がベルゼに使者を送ったところ、新たに即位された国王から条件が提示されたのです」

すべてがそこに帰結する。私はその答えに、既に辿《たど》り着いていた。

「シャロン……ベルゼ先王の庶子、シャロン王女と王女が産んだはずの娘の消息。それが先年新たに王となったベルゼ王国からの条件。これが満たされれば、交渉相手をあちらから指名してもよいと、返事があったのです」

突然必要になった、私の存在。

だが私、ノーランド伯爵令嬢は既に亡くなっている。生存を知っているのは、お母様に雇われて偽装を手伝ったサイラス以外では、レスターとレイビィの両親のみ。

当然、ブライス伯爵は私が死んだと思っているのだから、条件を知った時の彼の狼狽は、想像に難《かた》くない。彼の中の現実では、ノーランド家から財産を奪うために嫁がせた娘《リンジー》が、王女の忘れ形見を苛《いじ》め倒して死なせていたという、最悪の状況。

まあ実際にはそれは偽りであり、継母と義理の娘は仲睦《なかむつ》まじく過ごしていたのだけどね。だいたい、お母様が毒婦という噂が偽りであり、あえてそれを利用して生き延びたのだから、知らないのも当然。

だが彼には、知る機会はいくらでもあった。娘を権力の道具として扱わず、ほんの少しでも情を傾けさえすれば、私たちがどのように過ごしていたかなど、簡単に知れる立場だったのだから。

「ブライス伯爵は、私を虐待して死なせたのでは体裁が悪いから、身代わりを立てて、やり過ごそうとしたのね」

「ええ、既にデルサルト卿の方でも交易権獲得を追い風に、王位を奪うつもりで動き始めていたため、後に引けなくなったのです」

「じゃあ、デルサルト卿は、人攫いに関わってはいない？」

「あの方は……頭の良い人だから」

お母様の含み方に、デルサルト卿への印象があまり良くないことが分かる。彼のことは私もよく知らないのだけれど、明日にはブライス伯爵家にやって来るのである、警戒しないと。

だがこの時は既に夜だったため、旅の疲れもあるからしっかり休むようにと、話を切り上げられてしまった。

私に与えられたのはクラリスが過ごしていた部屋だ。そこには残る二人の攫われた女性たちがいて、無事に過ごしていたことに私は心底安堵《あんど》した。

彼女たちはクラリスをとても心配していた。クラリスは貧しい家の育ちだからか、何度もお母様が保護して匿っていると説明しても、納得できずにいたのだという。ここでの暮らしにも馴染めず、苦慮の末に逃亡させてもらったのだという。

だから今頃は保護されていると告げると、二人は肩を抱き合って喜んでいた。


翌日、日が昇りきらないうちに起き出して、お父様の遺した帳簿を読み込む。

この中で取り引きされているのは主に穀物だった。帳簿の最初の記述では、十二年前の日付で、ブライス領での余剰生産となった穀物の、取引物量と価格が細かく書かれてある。

二年弱ほどの短い間の記録ではあるけれど、国に保管されているブライス領の生産記録と照らし合わせてみれば、それが適正なものなのか、実際に穀物が余剰としてあったのか確認できるだろう。だがそれは王都に戻らなければ、正式な記録は見られない……でも、この領主館にあるものでも、照らし合わせはできるはずだ。なにも秘密の帳簿を探す必要はない、会計局に報告した公式記録と違っていることが分かれば良いのだ。

私は離れを出て、本館へ忍び込むことを決意した。

デルサルト卿が到着して、伯爵が王都へ出発するその短い間なら、可能かもしれないと考えたのだ。

でもそれを実行するには、私の力だけでは無理。屋敷の間取りどころか、帳簿の場所も分からないのだから。

「そのようなことをさせるつもりはありません、駄目ですよコレット」

お母様には取り付く島もなく、反対されてしまった。

でもそこで退くわけにはいかない。

「ではこのまま何もせずに、ベルゼ国王に引き渡されるのを待てというのですか？　証拠があれば、交渉ができるんです」

「あなたが誰と交渉するというのですか」

「デルサルト卿です、交渉は責任者とするものですよ、お母様。デルサルト卿を推すために、伯爵は罪を犯しているんです。ならばその責任を問われるのはデルサルト卿です。それって弱みになるじゃないですか」

「コレット……」

悩ましげに眉間《みけん》に指を添える姿も、お母様は色っぽい。

「よく考えてもみてください、私のことをベルゼ国王はどう見ていると思います？」

お母様の顔が厳しいものに変わる。私のことを大切に思っているお母様なら、そこに考えが至らないわけがない。

「あちらにしてみたら、私は会ったこともない姪《めい》ですが、まがりなりにも王族の血を引く存在です。下手《へた》な争いが起きる種になると懸念するのならば、私は排除されるでしょうね」

「そんなことは、わたくしが絶対にさせません。この命に代えてでも……」

お母様はハッとして口元を扇で隠す。

だからお母様は、わざと私にあらゆる形でサインを送り、危機を知らせようとしたのだ。

でも私にそれが通用しないどころか、かえって近くに来ると思わなかったのは、十年の月日があまりにも長かったせいだろうか。

「うん、立場が逆ならば、私も同じことを考えたと思う。でもね、お母様。こうして側に来てしまったら、もう絶対にお母様の側から離れたくない。だから決して無理はしないと約束します。それに殿下が、ブライス伯爵を罪に問うための手伝いをしないと。せっかくここにいるのですし」

「コレットは、殿下が必ず来ると信じているのですね」

私はそう言われて改めて、陛下、それと殿下自身が「執念深い」と言った時のことを思い出す。追われていると知った時は、とんでもない性格だと思ったのに、今はそれが頼りになるとは。

強張《こわば》っていた頬が、自然と緩む。

「殿下ですから、当然です」

そんな私を見てお母様はため息交じりに「仕方ないですね」と、諦めたように従者を呼んだのだった。

案内役の従者に本館の裏口まで誘導してもらうことができたのは、昼を過ぎた頃だった。

隠れながら窺う屋敷の使用人たちは、忙しそうに行き来していて、どことなく緊張感も漂っていた。

ブライス伯爵家といえども、次期国王となるかもしれない公爵令息を迎えるのは、そう度々あることではないのだろう。しかも屋敷の主は賓客と入れ違いに、王都へ戻り不在だ。伯爵家の跡取りである長男はしばらく王都から戻っていないようで、デルサルト卿を出迎える役目は、普段は離れの屋敷に引きこもって静かにしているお母様となる。

そうしてデルサルト卿への対応と、人を振り回すことに長《た》けたお母様の外面のお陰で、私は目的の部屋に入り込むことができた。

そこは、当主であるブライス伯爵の執務室だった。

あらかじめ従者が開錠しておいてくれたので素早く入り、中からそっと扉を閉める。

そして急いで書類の収められた机や棚を見て回った。大きな書棚はきちんと整理されていて、そこに過去の出納《すいとう》帳らしきものを発見し、開いて数字を目で追う。

ブライス伯爵領は、王都より北部の広大な土地を有しており、かつては森だったところを二代前の領主が開拓して、穀物を栽培している。その作付け面積はかなりのもので、豊作の年は非常に潤うようだった。だが時に天候から飢饉《ききん》に陥ることもある。

私は十年前の帳簿を見つけて、そこから穀物の収穫高とそれに対する翌年の納めた税額を、遡《さかのぼ》りながら記憶していく。見ていくと、ちょうど十二年前に収穫がかなり落ちている。その前年までは豊作が続いていたようだから、収穫が落ちたこの年に税金として納めるお金が足りない可能性がある。もしそうならば父が遺したブラッド＝マーティン商会の帳簿にあるような、余剰穀物があるはずがない。もしかしてこの年の不作をきっかけに、武器の売買に手を染めて味をしめたのだろうか。

そもそも森を開拓する前までは、ブライス伯爵領は狩猟が盛んだった。そのために矢じりと剣の鋳《ちゅう》造《ぞう》などの、武器製造にも長けていた歴史もある。

違法な武器売買で得たお金は、恐らく最初は納税にあてられたと考えるのが自然だ。だがその翌年も続けて売買で利益が出ていたとしたら、その金はいったいどこに消えているのだろう。

私は記録を辿って、十年前までページをめくる。その年には、ブライス伯爵家の資産が一気に膨れ上がっている。これはノーランド伯爵から引き継いだ事業の収益のせいだ。

「……ん？」

ノーランド伯爵家から奪うようにして買い取った事業の金額が、私が修道院に隠しておいて殿下に託した帳簿の金額よりもかなり高い……いいや、高いなんてものじゃない。どれも二倍以上のお金が支払われたことになっている。

かつて高い収益を上げていた事業だから、この帳簿にあるほどのお金で取り引きされていたなら、妥当ではある。だが実際にはそうはならなかった。

それなのに、翌年にその好調だったはずの事業から、収益が驚くほど減っている。これは絶対に不正の予感がする……。

そうだとしたら、代わりに支出が増えている項目があるはずだと、ページを行ったり来たりさせながら、細かい数字の羅列に目をこらす。

「見つけた」

燃料の買い入れ金額が倍増している。再びの大規模森林伐採のための人件費の急増もある。念のために翌年の収穫を確かめると、資金を投入してまで耕作地を増やしているにもかかわらず、相変わらずの不作。

怪しい。すっごく怪しい。

人手と資金、そして燃料。

「この帳簿を精査して、定期的に燃料が運び入れられている場所を特定すれば、そこに武器製造工場が見つかるかも……」

でもこの公式記録だけじゃ、不正を理由に捜査はできない。父が遺したブラッド＝マーティン商会の帳簿、それと修道院に隠しておいたノーランド家事業の帳簿、この三つを合わせればブライス伯爵領で出所不明のお金があったことを証明できる。

やっぱり、父はあのブラッド＝マーティン商会の帳簿を、命がけで遺したんだ。確実にあの帳簿を、殿下に渡さないと。そう思って立ち上がった時だった。

部屋の外がにわかに騒がしくなる。私は慌てて出していた帳簿を片付け、隠れる場所を探す。

本棚が並ぶ間に逃げ込むと、ちょうど廃棄のために積み重なった書類と椅子、箱が並ぶ一角の陰に身を隠した。そのすぐ後に、執務室の鍵が外されて誰かが入ってきた。

間一髪だったと息をついていると、声が聞こえてくる。

「躊躇《ちゅうちょ》している暇はありません、ジョエル様。ラディス王子らは、会計局の顧問を伴ってこちらに向かっているそうですぞ」

息巻いているその声は、聞き覚えがある。

どうやらデルサルト卿とともに、ロザン＝グレゴリオ将軍までこのブライス領へ来ていたらしい。

「そう騒ぐな、ロザン。こんなところまでのこのこやって来て、帳簿をひっくり返そうとも、ブライスの失態が少々出るだけだ。私の優位は何も変わらぬ」

「ですがティセリウス伯のようにこの地まで失っては面倒です。早急にベルゼ国王とジョエル様が会うのが一番でしょう」

「ああ、明後日にでもここに着けるよう、使者を遣わせたと聞いている」

「この期に及んでまだ使者ですか、直接対談はいつになることやら。それもこれもラディス王子が、余計な邪魔ばかりしたせいでしょうな」

よほど殿下の存在が邪魔なのか、グレゴリオ将軍はぶつぶつと繰り返す。

本の陰から様子を窺っていると、デルサルト卿らしき足が、こちらに向かって歩いて来る。だが寸前の書棚の前で足が止まり、どうやらその棚の本を手に取っているようだった。

ほっと息をつきながらも、聞き耳をたてる。

「ロザン、そなたまでここで書類を見ていても仕方ないだろう、ブライス伯爵家に代わり、従弟《いとこ》殿を迎える準備を手伝ってやるといい」

「そうですな、歓迎をしてさしあげねば」

気怠そうに言うデルサルト卿とは打って変わって、将軍は急に機嫌の良さそうな声を出す。そして踵《きびす》を返したようだ。それと入れ替わりのように、お母様がやってきた。

「ジョエル様、歓迎の席をご案内するよう申しつけた侍女を置いて、このような場所においででしたのね。お捜しいたしましたわ」

「これはこれは、再びお会いできて光栄だ、マダム・リンジー」

デルサルト卿はお母様の手を取り、その甲に唇を寄せて挨拶を交わす。

どうやら対応するはずの女主人に会う前に、ここにやって来たようだ。

「このようなつまらない場所でのご挨拶は、無粋というもの。宴席へいらしてください、移動でお疲れでしょう、お食事の用意をさせておりますわ」

「ああそれはいい、グレゴリオが兵の配置指示をしに行っている。彼が戻り次第、歓迎を受けよう。それより、例の娘に会わせてもらおうか」

例の娘とは、私のことだろう。お母様が匿っている女性のうち、どちらかが身代わりになるはずだったが、今は本人がいる。

「まだ躾がなっておりませんの。本当に粗野でつまらない娘で、わたくしも苦労しておりますの」

「生きてさえいればいい、どうせ渡せば首を刎《は》ねられるためだけの存在だ」

「あらまあ、ジョエル様は手厳しいこと。ベルゼの王様が生かすつもりなら、貴方にとってもよい駒となりますのに。でもそうね……よろしくてよ、娘の口をきけなくしてしまいましょうか」

「好きにするがいい。上手くいかねばブライス家、そなたが代わりに首を差し出すだけだ、養母としてな」

恐ろしいことを口にしているはずなのに、デルサルト卿の口調は先ほどから何も変化すらない。冗談を言っているのでもなく、激高しているのでもない。ただ煩《わずら》わしいことに興味がない、そういう印象すら抱いてしまう。

そういえば夜会でも、自分を慕うグレゴリオ将軍が騒ぎを起こしていたにもかかわらず、我関せずだった。諌めるどころか、庇う素振りすらしなかった。

「だが駒としては、確かに良いかもしれぬ。金と紫ならば血統、容姿に劣るラディスよりよほど使える」

「あら、それは黒しか持たないわたくしに対する、あてつけかしら」

「マダムは王家の者ではないから、色に関してなんら問題はない。だが王になる者は、精霊王の血筋を、民衆に示す必要があるのだ。そして剣を以《もっ》て国を得たこのフェアリスでは、勇敢であることも重要」

「あら、それでは陛下をも侮辱なされることになりますわ、恐ろしいこと」

お母様の言うことはもっともだ。ベルゼ王国との休戦が成り立ち、国王陛下は軍事での重要な位置を弟であるデルサルト公爵に任せている。平和になったことで役割を分担し、デルサルト公爵を立てることでバランスを取ってきたともいえる。ジョエル様の父である現公爵も、陛下の臣下として立ち振る舞ってきたのは、国を思ってのことなはず。なのに……。

「私がそう言っているのではない、私と国を支える臣下の総意である。彼らは自ら率先して私を王にと推すが、私はむしろ彼らをよく抑制している方だ。有能な部下を立て、仕事を与え、忠誠を誓わせる存在であり続けることが王の務め。それをよく理解せず、貴族どもを押しのけて些事《さじ》に口を出し、視察にまで出かけて顔を売るような卑しい男を、王の息子とはいえこれまで立ててやってきたのだ。そろそろ潮時を教えてやらねばな」

「……あらまあ、素晴らしいお人柄ですわね」

お母様はふふふと笑う。

私もまた、心の中で笑うしかなかった。

彼は、ジョエル＝デルサルトという人は、私の首を使ってベルゼ王国と交渉を得るが、失敗したらお母様に責任を押し付けると言った。そんな自分を推すのは臣下の自主的な行動であり、そこに純然とあるのはただ血筋と容姿。殿下がどんなに忙しくても重ねてきた視察を、各行政局との話し合いを、卑しいと一言で片付けてしまう人だったとは。

彼は、殿下の何を見たというのだろうか。ただ部下を動かすことだけが仕事とでもいい、それでいて何一つ責任を負うつもりがないなんて。

こんな人に、殿下が背負ってきたものを渡していいはずがない。

お母様に宥《なだ》められながら、執務室を後にするデルサルト卿の足音を聞きながら、私はしばらくその場を動けなかった。

見つからずに済んだ。けれどもがっくりと体の力が抜けてしまったのは安心したのだけが理由じゃない。デルサルト卿の本質を、知ってしまったからだ。

殿下だったら絶対に言わないのにとか、殿下なら……そんな風に思い出して比べてしまう。

ブライス領へ向かっているという殿下。きっと会ったら、勝手をしたことをめちゃくちゃ叱られるに決まっている。それなのにどうしてか、無性に会いたいような気がしてきて。

……私、いよいよマゾっ気が育ってきたのかしら。


それから無事に執務室を脱出して離れの屋敷に戻ると、ほどなくしてお母様も疲れた顔をして帰ってきた。

話を聞くと、殿下を迎えるために武装させた領兵を配置したそうだ。そんなことをしたら反逆にならないのかと思うのだが、ブライス伯の潔白を信じるデルサルト卿を擁しているかぎり、正義は我にありというのがグレゴリオ将軍の言い分だそう。ただし実際にはデルサルト卿の指示がない限り、手は出せないということで、挑発の意味もあるのではというのがお母様の予想だった。

「そんなことよりも、デルサルト卿の前にあなたが出ることは、わたくしは許しません」

お母様はドレスに着替える私に、厳しい口調で訴える。

だが執務室での様子から、私が出なければデルサルト卿はお母様をどう扱うか、予想がつく。それだけは避けねばならないと、お母様の侍女を説得して、身代わりの女性たちにあつらえてあったコルセットを借りて、既に着けている。

私が表に立てば、それこそベルゼ王国へ引き渡すまでは時間稼ぎができると思う。その後にどう扱われるか分からない状況で、まさか身代わりを立てることなどできるはずもなく、ましてやお母様をこれ以上危険な目に遭わせたくはない。

ということで、少しゆるめなドレスを調節しながら、なんとか着こなす。

「あなたは既に二度も、デルサルト卿と会っているのですよ。殿下の側にいた会計士と同一人物なのが、すぐに気づかれてしまいます。そうなったら……」

「危ないのは承知です。でも隠れていたら、殿下に情報を伝えるのが遅れてしまいます」

「情報？」

「はい、せっかく父が帳簿を残してくれたのに、隠し持っているだけじゃ、証拠として役立てられません。私はただの会計士だから、数字は読めても、実際の領地のことを知らないし、過去の事象、統計、政治、全部揃ってこそ、確かな証拠になる。きっと殿下はそれを分かっているから、会計局の者を伴って……その場であらゆる指示を出せるように、万全の準備をして向かって来ているはずです。だからすぐに渡せるよう、隠れていたら駄目なんです」

私はレースをふんだんに使ったドレスの、コルセットに絞られた体に手を添える。

「いいえ、デルサルト卿は武人です、彼があなたを害そうという気になったら、ただでは済まないのですよ」

「それについてなんですが……もしかしてデルサルト卿って」

言いかけたところで、部屋に執事が入ってきた。

ろくに声もかけず、不躾にずかずかと入り込むその男が、どれほどお母様を蔑《ないがし》ろにしているのかと思うと怒りがこみあげる。

「用意が整っているようでしたら、急ぎ宴の間へお越しください。デルサルト卿がお待ちです」

私たちはそれ以上、会話を続けることはできなくなり口を閉ざす。必死に止めようとしていたお母様も、こうなったらもう私を連れて行くしかない。

執事は私を一瞥《いちべつ》してから、背を向けて先を行く。

宴席に着くと、殿下が到着したかも確認することはできない。まあ、確認できたところで、自分にできることなどないのだけれど。

「ジョエル様、ご希望の娘を連れて参りましてよ」

どう見てもブライス領の者ではなさそうな物々しい兵士が配置された、宴の間に着く。ただ一人、くつろいでいるジョエル＝デルサルト卿へ、お母様が率先して挨拶に向かった。私はその後ろに控え、黙って頭を下げている。

「顔を上げて見せよ」

デルサルト卿の言葉を受け、私はまっすぐ顔を上げた。そしてスカートをつまみ、小さく膝を折る。

「コレット＝ノーランドでございます」

化粧を施してもらっているとはいえ、そうそう顔つきが変わるわけではない。忘れていてくれればいいけれど。そう願っていたが、さすがに殿下がらみの私を忘れるほど、彼は愚かではないようだ。

驚きに目を見開き、そして静かに笑ったのだった。

「ふ……、なるほど、確かにお前もその色だったな。これは誰の差し金だ？　それとも偶然か？」

デルサルト卿は鋭い目を私に向けながら、つかつかと歩み寄り、私の腕を掴んだ。

「わざわざ兎が飛び込んでくるとはな。まさかラディス自ら、お前を密偵に使ったのか？」

「殿下は関係ありません、私はこの十年、平民として生きてまいりました。ですが先日、継母の使いから、ここに来れば確かな身分と贅沢《ぜいたく》な暮らしを約束してもらえると聞いて、自ら殿下の元を離れました」

整った顔に凄《すご》みをきかせられると、やはり彼もまた王族なのだと改めて思う。

冷たく澄んだ緑の瞳に睨まれると、身がすくみ背中にいやな汗をかく。怖《お》じ気《け》づかないよう気を張るが、微《かす》かに声が震える。

「では本当に、お前がノーランド伯爵家の生き残りなのか」

「間違いありません」

「なるほど。それでレスター＝バウアーがお前を気に掛けていたのだな」

「義理とはいえ、弟でございますので」

そう答えると、ようやくきつく掴まれていた腕を解放される。けれどもホッとするのも束の間、デルサルト卿が兵士に指示して私を拘束させたのだった。

抵抗する間もなく両手首を合わせられて、縛られてしまった。

「何をいたしますの、拘束などせずとも非力な女にこのような……」

お母様が抗議するも、デルサルト卿は鼻で笑う。

「この者は私の前で、腰丈以上の高さの塀を、一飛びで乗り越えたのだぞ。継子がとんでもないじゃじゃ馬であることを、マダムは知らないのか？」

それを聞いて、今度はお母様が驚いたように私を凝視する。

いや、うん。確かにやった、スカートで塀を跳び越えたのは事実。でも仕方がなかったのよ、お母様。人助けで一刻を争う時だったし、まさかそれが今日ここで効いてくるとは思いもよらなかったんだから。

睨むような目を向けられているけれど、お母様のあれは、心配と呆れが混ざる目だ。

「たとえそうであっても、傷をつけるのは得策ではありませんわ」

「ああ、承知している。だがラディスを追い払うまでは、このままだ。足を縛られないだけでも、良しと思え」

そう言うとデルサルト卿はまるでこの屋敷の主のように振る舞う。使用人たちに指示を出して、料理を運ばせる。自らは酒を手にして、お母様を隣に、そして私は少し離れた席に座らされた。部屋の隅に立つ兵士たちに目をやるが、彼らの表情は変わった様子がない。普通、貴族令嬢を縛る上司を、諫めるのではないのかしら。

豪華な食事が運ばれてくるなか、それらの給仕を押しのけるようにして、グレゴリオ将軍が戻ってきた。将軍はすぐにデルサルト卿の元へ行き、領主館への入り口を兵士で固め、城壁のような高い塀と櫓《やぐら》で、殿下の襲来を警戒していると息巻いている。

いやいや、仮にも施政者である殿下が襲来って、どういう感覚なのかと呆れていると、私たちの方に気づいたようだ。視線を感じ、とっさに顔を背けていると。

「ああ、あれが例のノーランド伯爵家の娘、コレット＝ノーランドだ。ラディスへの揺さぶりに使おうかと思うが、少々跳ねっ返りのようだから縛っておいた」

「ラディス王子への揺さぶり、ですか？」

デルサルト卿が余計なことを言ったせいか、興味を持った将軍がこちらにやって来る。私はそっぽを向いていたが、彼は簡単に回り込んで私の顔を覗き見て、そして驚いた様子だった。

「この娘は、確か……」

「ああ、ラディスが雇っている私財会計士だ。面白《おもしろ》いことに、ノーランド伯爵令嬢は平民として名を偽り、暮らしていたようだ」

「それは、本当ですか」

グレゴリオ将軍は、すぐに鬼のような形相でお母様を睨みつけた。

「娘を死なせたとブライス伯が言っていたはずだ、我らを偽っていたのか！」

お母様はいつもの様子で、つんと顎を高くして黙っている。

「ロザン、声を荒げるな。ブライス伯爵は、本物が生きていることを知らずに王都へ向かった。謀《はか》ったのは、マダムだろう」

「貴様、どういうつもりだったのだ！」

お母様に掴みかかろうとするグレゴリオ将軍。あの野太い腕で締め上げられたことのある私が保証する、このままではお母様がタダで済むはずがない。

手を縛られていることも忘れ、私は将軍に体当たりをする。

「んあ？　小娘が、小賢《こざか》しい真似《まね》をするな！」

びくともしない将軍が、私を払いのけた。ふらりと床に落ちる私に、お母様が「コレット！」と叫んだのと同時だった。

「失礼いたします、南方にラディス王子殿下一行の姿を確認いたしました！」

部屋に飛び込んできた兵士の声に、デルサルト卿は口にしていたワインのグラスを置き、そしてグレゴリオ将軍は歓喜の表情を浮かべた。

「ぜひとも、長旅を労って差し上げましょうぞジョエル様。こちらには二十名の精鋭を配備し、出迎えの準備は万端」

将軍の言葉に頷くデルサルト卿。だが伝令は続ける。

「目視できるだけで、騎兵の数、およそ二百、旗印は国軍のうち国王陛下直下部隊の黄色、そして近衛《この》え王室警護隊を示す赤の二色です」

意気揚々だった将軍が言葉を失う。

だが畳みかけるように、もう一人の兵士が慌てた様子で入ってきて叫んだ。

「将軍閣下、北方より所属不明の一団が、こちらに向かって進行中！」

「今度はなんだ、旗印は？」

将軍の怒声に兵士は気圧《けお》されながらも、危機的状況が分かるのだろう。声を震わせながら続ける。

「武装した様子は見られませんが、多数の馬車と騎馬を引き連れております。馬車の形状、騎馬の並び方から、ベルゼ王国のものではないかと……」

「ベルゼの使者だと？　なんという間の悪さだ……どこまでもジョエル様の妨害をする行動ばかりだ、ラディス王子め！」

苛つくグレゴリオ将軍を手で制すると、デルサルト卿が立ち上がった。

「見苦しく慌てるな、ロザン。国軍を束ねるのは我が父デルサルト公爵、そして近衛騎士団は私の指揮下にある。どのような手を使って兵を引き連れてきたかは知らぬが、いざという時に足を掬われるのはラディスの方だ。それとも貴様は、簡単に寝返るような兵士しか育てられなかったとでも言うのか？」

「いいえ……確かにおっしゃる通りです、軍と近衛の指揮系統は、我らにあります」

冷静さを取り戻した将軍に頷くと、デルサルト卿は座り込んでいた私に手を伸ばし、腕を掴んで引き上げた。

「来い、浮き足だったラディスを、こちらから出迎えてやろうではないか」

声も、言葉も、これまで通り激高する様子もなく、いたって穏やかに聞こえるデルサルト卿。けれども、私を引きずるようにして歩く彼の横顔からは表情が消え、そして掴む手に苛立ちがこもる。

その顔立ちに似つかわしい細く長い指が、腕に冷たく食い込むのだった。

幕間　その二　王子からの親書

コレットがしばらくぶりに城下の家へ戻った。ラディス＝ロイド王子が護衛兵から知らされたのは、すっかり夜が更けてからのことだった。

城下へ赴《おもむ》くことを禁じてはいなかった。だが護衛にジェストを付けるから待てという護衛の言葉を聞かずコレットが姿を消した。ラディスは嫌な予感がして、すぐに護衛を彼女の家へ向かわせた。

それと同時にラディスは、コレットの部屋と仕事机をひっくり返す勢いで調べて回った。

そんなラディスの様子を見て、側近ヴィンセントがいささか大げさではないかと諫《いさ》めてくる。

「いくらコレットといえども、この夜中に無茶な行動をするでしょうか。すぐに護衛が本人を確認して戻るはずです、殿下もお疲れなのですから少し休憩を……」

「ヴィンセント、コレットを常識《あれ》で測ることはできない。これを見ろ」

ラディスは棚に並べてあった最新の帳簿を取り出して、隅々まで調べていたのだが、その背表紙に手を這《は》わせると異変を感じる。ヴィンセントに見せながら、違和感のある背表紙の隙間《すきま》に指を入れて探ると、一枚の紙切れと鍵を取り出した。

「殿下、それはいったい？」

「今日、コレットが使っていた帳簿だ……やはり確信犯以外の何物でもない」

置き手紙らしきものを見せると、ヴィンセントは肩をすくめる。

ラディスは出てきた手紙を開き、文字を目で追う。だがその文字が進むほどに、表情が険しくなる。

そんなラディスを見るヴィンセントは、すっかり反論する気が失せた様子だった。

「くそっ、ジェストはいるか?!」

呼ばれてすぐに姿を現すのは、王子の私設護衛頭のジェスト＝エルダンだ。

ラディスは彼へ、手紙と一緒にあった小さな鍵を投げて渡す。

「コレットが大事な金庫を隠すなら、どこだと思う？　自宅か……友人、それとも」

「恐らく修道院でしょう、院長とは長年懇意にしているようですし、何よりご両親の墓がありますす」

「分かった、ではジェストは急ぎ修道院へ行き、この鍵で隠されているものを探して持ち帰れ」

「今すぐですか？」

「至急だ。そしてジェストは戻り次第、近衛《このえ》へ異動させる」

その言葉に、ジェストとヴィンセントが揃《そろ》って顔色を変える。

「ヴィンセントは、私とともに今から陛下の元へ。その後はベルゼに向かわせる、早馬の手配をしておくように」

「殿下……私が、ベルゼ王国にですか？」

「陛下の許可を得て、私からの親書を持たせる」

ヴィンセントが難色を示すのも尤《もっと》もだった。先日、ベルゼ国王の意思でもって、交渉相手をジョエルに交替させられた矢先だ。そこに改めてラディス王子からの親書を送るということは、下手《したて》に出たと取られかねない。

だがヴィンセントの心配をよそに、ラディスの口から続く言葉は、側近たちをさらに絶句させるものだった。

「ベルゼ前国王の庶子である現国王の姉、シャロン姫の娘をわが妃《きさき》に迎え入れる旨を、陛下と次期継承者である私の連名で正式に要請する」


コレットが姿を消したと知ったラディスの行動は、素早かった。

夜のうちに父である国王へ面会を取り付け、王子妃としてベルゼ現国王の姪《めい》を妃に請う許しを取り付けることに成功した。むしろ国王は、息子がいつそれを言い出すのかと、待っていたかのような素振りすら見られたのだ。

疑問に思ったラディスが、コレットの置き手紙に、彼女を産んだ母親の出自が綴《つづ》られていたことを伝えると、父王は「そうか」と笑うのみ。まるで父の掌《てのひら》の上で踊らされていたかのような感覚に、ラディスは心の中で舌打ちする。なぜそのような重要なことを知っていながら、黙っていたのかと問い詰めたかったが、一刻も争う事態であり、そんな暇はなかった。

すぐに国王と王子の連名でしたためた親書を持たせて、ヴィンセントを早馬に乗せて、早朝にはベルゼ王国に向けて出発させる。

同時刻には、コレットの所在を確認しに行っていた護衛が戻り、予想通り彼女が自宅には一度も戻ってはおらず、行方不明であることが確定した。

二度目の、逃亡である。

そうだろうと予想はしていたものの、この事実はラディスに思った以上の痛手を与えた。

だが同時に、修道院から戻ったジェストが持ち帰った帳簿を見て、ラディスの執念が再び燃え上がる。

過去にブライス伯爵がノーランド家の財産を不当な値で奪った証拠が、帳簿によってもたらされたのだ。すぐにバギンズ子爵へと連絡を取り、過去の記録との照合作業に入らせた頃《ころ》には、すっかり日が昇っていた。

だがその後も、ラディスの予想を超えて、事態は刻一刻と変化してゆく。

コレットの置き土産《みやげ》は、修道院の帳簿だけではなかったのだ。

翌昼を過ぎた頃には、会計局本院のイオニアス経由で、法務局に思いもよらない人物が、渡りをつけてきたのだ。

法務局を統括するトレーゼ侯爵から連絡を受けて、駆けつけたラディスが面会したのは、レリアナ＝プラント。彼女はブラッド＝マーティン商会の若頭取、セシウス＝ブラッドの婚約者だと名乗った。そしてコレットの友人でもあると。

そのレリアナが、行方不明となっていた女性を連れて来たのだから、会計局のみならず、捜査を行っていた法務局の者たちも一気に動き出す。

それだけではない。セシウス＝ブラッドが婚約者に託した情報で、ブライス伯爵の武器不正売買とそれによる違法申告、ならびに武器不正供与による国家反逆の容疑が固まった。

加えてレリアナからコレットの行き先を聞き出したラディス。逸《はや》る気持ちを抑えながら、ベルゼ王国からの追加の使節団を迎えるために、国境近いブライス伯爵領へと出立するジョエル＝デルサルトを密《ひそ》かに見送り、次いで国王に正式な謁見を求める。

父王への要求は三つ。まず一つ目はブライス伯爵の捕縛許可。ここにきて捜索ではなく捕縛に踏み切れたのは、コレットが置き土産として残した帳簿とセシウス＝ブラッドの証言などが決め手だ。

二つ目は捕縛を遂行するためにラディスへの軍と近衛の一時指揮権委譲。相手は軍や近衛と関係の深いブライス家である。明確にラディスに指揮が委譲されていないままでは、混乱が生じるだろう。

最後にジェスト＝エルダンの近衛部隊隊長復帰。ラディスが留守にする間、デルサルト派の兵を見張るには、ジェスト以上の適任者はいない。無事にブライス伯爵を排除できた暁《あかつき》には、改めて軍と近衛の再編成が必要になるのを見越してのことだ。

だが軍事の権限移譲については、条件が課された。

「そう簡単に言うことを聞かせられたら、日々重ねる訓練の意味がない。荒くれどもを納得させられるならば、一時的に許可しよう」

それが国王と、軍の全権を握るデルサルト公爵からの言葉だった。

時間が惜しい。早くジョエルを追い、できることならば彼よりも先に到着し、虎の穴に自ら入り込んでいるコレットを無事に確保したい。そんな焦《あせ》りが先立つが、ラディスはぐっと堪《こら》えて、その条件を呑《の》むしかなかった。

そして常にはヴィンセントに持たせていた剣を携え、ジェストとともに王城内で最も広大な敷地を占有する、鍛錬場へ向かう。あまり好まない方法ではあるが、知には知、力には力で示さねばならない時があることを、ラディスは知っていた。

日頃、帯刀すらしなかったラディスの姿に何事かと戸惑う兵たちに向かって、ラディスは軍と近衛の指揮権移譲を宣言する。

突然やってきた王子から、己の命令を聞けと言われて、素直に従う者などいない。

驚きよりも嘲笑を浮かべる兵士たちに向かって、ラディスは剣を抜く。

「時間が惜しい、納得できない者は、全部まとめてかかってこい。土を舐《な》めさせてやる」


その約二時間後、軍と近衛を掌握したラディスは王命を拝し、遠征軍が早急に組織されることとなった。そしてさらに五時間後の夜、総勢二百名からなる騎馬が王都を出発した。

戦でも始まるのかと人々が心配そうに見守るなか、物々しい出《い》で立《た》ちの集団が、闇夜に向けて地を揺らすように蹄《ひづめ》を響かせる。

だがその最後尾に、近衛アレン＝エルダンによって馬に乗せられ、声にならない悲鳴をあげるバギンズ子爵の姿があったが、誰も気づくことはなかった。

第四章　宝冠と約束

宴席の広間を出て、ブライス伯爵家の館を目指している殿下を出迎えるため、デルサルト卿は長い廊下を歩いた。

先導するのはグレゴリオ将軍。デルサルト卿が片手で私の腕を持ち、その後ろをお母様が渋い表情をしたまま続き、周囲を四人の兵士が囲んでいる。

しかしデルサルト卿に従って移動しているのは、彼らだけだ。ブライス伯爵家にはあの嫌味な執事をはじめとして大勢の使用人、それから雇い入れた私兵もいたはずだけれど、姿が見えない。それに屋敷の中がいやに静かな気がする。

私は覚悟を決めて、デルサルト卿に話しかける。

「逃げも隠れもしません、自分で歩きますので手を離してください。先ほども言われた通り、私はお淑《しと》やかな令嬢ではありませんので、いざとなったらあなたを盾にしますよ？」

私の腕を掴《つか》んだまま歩くデルサルト卿にそう告げると、彼は舌打ちして私を放すと、側《そば》に付き添っていた兵士へ託した。

「逃げられぬよう、しっかり捕まえていろ」

忌々《いまいま》しそうに言いながらも、デルサルト卿は私をしばらく見つめていた。

代わりの兵士の大きな手に引かれて廊下を歩くことになったが、先ほどよりはいくぶんマシになった。やっぱり、デルサルト卿は違うのだと確信する。

今、私の腕を掴んで支えながら歩く兵士や、片手で私の身体《からだ》を吊《つ》るし上げられるほどの怪力をもつグレゴリオ将軍。私を抱え上げたまま狭い階段を駆け上がったレスター、そして同じように私を抱えたまま息も切らさず移動していた殿下とも、明らかに違う。

デルサルト卿は、殿下を迎えるために正門前広場へ兵を集めるよう将軍に伝えている。その後ろ姿を見ながら、かつてデルサルト卿が口にした言葉を思い出す。

『有能な部下を立て、仕事を与え、忠誠を誓わせる存在であり続けることが王の務め』

デルサルト卿がどうしてあのような粗野で考えが足りないグレゴリオ将軍を、あえて側に置いているのか不思議だった。

デルサルト卿を盾にすると言った私を、放した。私なんて何もできないと馬鹿《ばか》にできなかったのだ。だって彼の手は、指は、大きさこそ男性らしいが、傷一つないだけでなく、柔らかく繊細だった。

軍事に長《た》けた貴族を派閥として従えていても、近衛最高顧問という役職に就こうとも、殿下のように泥と汗にまみれながら、その身を鍛えて研ぎ澄ますことはなかったのだ。

どこまでいっても、正反対な二人。

どちらが正しいのかは私には分からない。もしかしたら、王様の姿としてはデルサルト卿のように、部下にそれぞれの役目を与えることが正しいのかもしれない。殿下は、何もかも自分で確かめて、自分で行動して、すべてを決めてしまう。それでは万が一、王様が間違った時に、どうやって道を正していけばいいのか分からないもの。

でも……思い出すのは、十年も前に負った傷跡を撫《な》でる殿下で。

鍛錬を隠す理由を口にした時に見せた自嘲は、驚くほど優しくて……。

殿下は、デルサルト卿を排除するつもりはなかった。

だから噂《うわさ》を憎らしく感じながらも、彼らの領域には手をつけなかった。ただ、残念に思っていただけなのに。

そうして歩かされて辿《たど》り着いたのは、館の正面玄関ホールだった。

広く開け放たれた扉の先には重厚な石の階段が続き、正門前広場。デルサルト卿の後ろにいた私からも、広場には多くの武装をした兵士が確認できる。彼らは松明《たいまつ》を掲げて、堅く閉ざされた大きな正門の前を固めている。

それらを満足げに確認しながら、デルサルト卿が私に言った。

「ラディスは王位に就けぬと悟り、苦し紛れにお前を使って交渉を破談させるつもりだったのだろうが、残念だったな、ベルゼとの交渉は既に我らが勝ち取っている」

「だからさっきも言いましたが、殿下は一介の会計士にそんなことをさせる人ではありません！」

思わず反論してしまってから慌てて口を閉じるが、デルサルト卿は私を訝《いぶか》しむ。

「……お前、あのラディスを慕っているのか？」

「慕っ……そんなわけありません、私は……高い給金に惹《ひ》かれて雇われているだけの、お金にがめつい会計士にすぎませんので」

努めて冷静を装い誤魔化《ごまか》そうとするのだが、逆に怪しまれそうな気がしてきて脂汗が滲《にじ》む。

デルサルト卿は鼻で笑い、私を掴んでいる兵士に目配せをする。

すると私は背中を押されるようにして、デルサルト卿の隣に立たされたのだった。

「私の横で、ラディスの顔色がどう変わるのか眺めさせてやる。それでお前が本当にラディスの指示で動いていたかどうかを判断するとしよう」

そうして数歩前に出ると、広場が一望できた。

「ジョエル様、準備が整いましてございます」

グレゴリオ将軍が階段下から、卿へ指示を仰ぐ。

「正門を開けさせろ」

その言葉を受けて、兵士たちが動き出す。将軍が号令をかけると、正門前を固めていた兵士たちに緊張が走るのが分かる。

ブライス伯爵家の館は、広い敷地を囲むように水路が作られていて、正面の大門からしか馬での出入りができない、要塞のような構造になっている。

その大門にかかる太い閂《かんぬき》を外すために、兵士たちが力を合わせていた。

門の向こうには、殿下が来ている。このままデルサルト卿に捕まったままでいたら、殿下が思うように行動できない。どうしよう……。

腕を縛られてはいるが足は自由だ、自分だけなら走ることはできる。けれども護衛の兵士は周囲に四人、お母様を守りながら逃げるのは難しそう。必死に考えを巡らせていた私に、デルサルト卿が追い打ちをかける。

「もしラディスがお前を庇《かば》うようならば、噂にあった通りの関係と判断して、相応の役割を与える。今ここでお前の命を握っているのが私だということを忘れぬことだ」

「殿下に対する尾ひれがついた悪質な噂は今に始まったことではないのに、そっちの噂は信じているんですか。単に面倒で放置していただけかもしれないのに！」

デルサルト卿は何かを探るかのように私をじっと見下ろす。そしてお母様の方へ視線を移し、次いで今開かれようとしている正門にも顔を向けた。

何を考えているのか分からない卿の行動に、なんだか嫌な予感がよぎる。

大きな扉がゆっくりと押し開かれると、その先にはずらりと立ち並ぶ騎馬の集団。

戦でも始まるのではないかという緊張感のなか、騎馬の中央から二頭が先んじて出る。赤い鎧《よろい》を纏《まと》った騎士が、松明を掲げて先導するその後ろに、炎に照らされて、燃えるような赤い髪の殿下がいた。

殿下は先導していた騎士を下がらせ、一騎で門をくぐると、凜《りん》とした声で告げる。

「私はラディス＝ロイド＝クラウザー。ブライス伯爵を反逆罪の嫌疑で拘束するために、陛下の命《めい》を受けている。ブライス領はこれより一時的に陛下直轄地となり、強制捜査に入る。よって今現在、伯爵家に残る者は関係者として一人残らず聴取する。一切の例外は許さない、速やかに指示に従って投降せよ」

淡々と告げる言葉に、デルサルト卿を囲む兵たちに動揺が走った。

視線を泳がせながら「どういうことだ？」と呟《つぶや》き、上官でもあるはずのデルサルト卿とグレゴリオ将軍を窺《うかが》っている。

だがグレゴリオ将軍は怯《ひる》む様子もなく、周囲に動くなと命令する。

「王子殿下、いったいどのような権限で、それらの兵と近衛を動かしておいでかご説明いただけますか」

慇懃丁寧《いんぎんていねい》でありながら侮蔑《ぶべつ》を含むグレゴリオ将軍の声は、分かりやすい挑発だろうか。

苛《いら》つく私とは裏腹に、殿下は表情を崩すことなく淡々と後ろに控えていた近衛に指示を出す。すると近衛兵が殿下の横で、国王陛下の御璽《ぎょじ》が入った書を広げて見せた。

「本日をもって、フェアリス王国軍は元帥デルサルト公爵の全権を、ラディス＝ロイド＝クラウザーへ委譲。加えて近衛王室警護隊は、新たにジェスト＝エルダンを隊長として私の支配下に置かれたことを、陛下の御名において宣言する。これをもってロザン＝グレゴリオ将軍以下、すべての兵は私の指揮下に置かれた」

「はっ、信じられませぬな、そのような戯言《ざれごと》は」

グレゴリオ将軍の言葉に、正気を疑う。けれども、自信満々の態度には理由があったようだ。

「殿下はご存知ないかもしれませんが、いくら陛下のご命令であっても、元帥の交替は将軍職に就く五人すべての承認が必要となっております。他の者は金や口車でそそのかしたのかは知りませんが、私が承認せねばその御璽があろうと、権限の委譲など無効」

グレゴリオ将軍は、殿下の後ろに控える兵たちを睨《にら》みつける。頭が悪そうな人だなと、少し馬鹿にしていたけれども、さすが将軍職に就くだけはある迫力だった。それだけで周囲の空気がぴりぴりとした緊張感に包まれている。

しかし殿下も負けてはいなかった。グレゴリオ将軍を正面から見据えて答えた。

「いいだろう。良い方法だとは到底思わないが、四人も五人も同じく、叩《たた》き伏せるまで」

そう言うと殿下は馬を下りて将軍の元へ歩み寄った。

それを受けて、グレゴリオ将軍もまた腰に帯びている長剣を抜きながら、足早に殿下へと向かう。

そして互いに剣を構えたではないか。

ちょっと待って、何をする気なの？

驚き、前のめりになる体を引かれて振り向くと、お母様が私を抱き留めるようにしていた。

「あなたは行ってはなりません、コレット」

「でも、殿下が……」

殿下は剣を構えたまま、デルサルト卿を仰ぎ見る。

「好きにするがいい」

その言葉を合図に、金属のぶつかり合う音が広場に響いた。

どうしていきなり、なぜ殿下が将軍と剣を交えなければならないのだ。

相手は、体格が殿下より一回りも大きい、国軍の現役頂点のうちの一人。そんな相手に、いくらかつては騎士だったジェストさんが教え込んだとはいえ、相手にするのは無謀ではないのだろうか。

耳に痛いほどの金属音が鳴り響くたびに、私の心臓がぎゅっと絞られるかのように痛い。

平民として、しかも治安のいい城下で育った私が、初めて目にする真剣での勝負。どちらが優位かなんてさっぱり分からない。少しでもあの大剣が殿下の体をかすめたら、ただでは済まないだろうと思うと、目を覆いたくなるほどの恐怖が襲う。

恐ろしくて、息が、できない。

そんな永遠に感じられるような時間は、しばらくの打ち合いの果てに終わりを告げた。

殿下の振り下ろした剣をいなしきれないまま、グレゴリオ将軍が後方に崩れ落ちたのだ。それを殿下は畳みかけるように踏み込み、将軍の喉元へ剣を当て、動きを封じた。

勝負が、ついたのだろうか。静寂が不安をかきたてる。

けれども、すぐに周囲の反応から、殿下が将軍を圧倒したことを知る。デルサルト卿を囲んでいた兵士たちが動揺からか、挙動不審となっている。

「ば、馬鹿な、この私がラディス王子ごときに、負けるなど……」

当人は、この勝敗に納得がいかないようだ。

剣先を喉に突きつけられたままで、負け惜しみを口にしている。けれども殿下はグレゴリオ将軍をそのままに、こちらを……デルサルト卿を見据える。

「これ以上、戯言を聞くつもりはない。ジョエル、コレットを解放し兵を投降させろ！」

私のすぐ前に立つデルサルト卿の背中が、強く握りしめたままの拳《こぶし》が、微《かす》かに震えている。

彼にとって、殿下の行動、将軍との剣での勝敗、すべてが想定外のことだったに違いない。私からは見えないが、言葉を発しない彼がどんな表情でいるのかは、想像に難《かた》くない。

この隙《すき》に離れなければ。そう考えて半歩後ろに退《ひ》いたのに、デルサルト卿の手が伸びて逆に引き寄せられた。

両手首を縄で縛られていたのもあってか、よろめいてしまう。

「ジョエル！」

強い口調で殿下は卿の名を呼び、そして一度は鞘《さや》に収めたはずの剣に手をかける。

「悪あがきはやめてコレットを放せ！」

殿下の声音に確信を得たのか、デルサルト卿は私に向かって勝ち誇る。

「やはりお前は、有効な盾となるようだ」

「そんなのっ……あなたに呆《あき》れているだけよ、放して！」

思い切り彼の足を踏む。

「何をする、無礼者」

華奢《きゃしゃ》ではあるが、やはり男性。背の低い私程度なら、締め上げることができるようだ。

引き上げられた腕に縄が食い込む。痛みに耐えながら身を捩《よじ》って逃げようとするが、しっかり掴まれていたために、それも上手《うま》くいかなかった。

「大人《おとな》しくしていろ、このじゃじゃ馬が……ラディスはこのような猿のごとき女の、いったいどこを気に入ったのか、まるで小童《こわっぱ》ではないか。まことに趣味が悪い」

「女らしくなくてすみませんでしたね、そういうのは聞き飽きて……っつ！」

後ろから髪の毛を掴まれてしまう。抵抗しようと目線を向けると、デルサルト卿が私を凝視していた。

「お前、その顔……あの時の給仕に似て……」

しまった、と思った時には既に遅く、髪の毛を掴んだ手で振り向かせられてしまう。

「あの時は少年だと思っていたが、そうかお前だったか……」

そこまで言って、彼は息を呑む。

嫌な予感に身を捩るが、掴まれた指が腕に食い込む。ギリギリと力が入るのと同時に、デルサルト卿が唸《うな》るように告げた。

「ラディスとともに徴《しるし》を顕《あらわ》した少年……まさか、お前ではあるまいな!?」

デルサルト卿の眼が鋭く、私と、そして殿下へと移る。

知られてはならない人に、悟られてしまった。

「そうか……そういうことだったのか！」

デルサルト卿はくっくと笑いだす。

こうなってしまったら、悔しいがデルサルト卿の言う通り、私は人質として成り立ってしまう。実際に、殿下は動きを止めたままだ。

「ラディス、兵を率いてここまで来たお前の執念は褒めてやる。だが私を蹴落とし、隣国との交渉を阻《はば》む者に、国を任せるわけにはいかない。ベルゼとの交渉は私がする、兵を連れて王都へ帰るがいい」

デルサルト卿の言葉に、殿下は落胆したのか、小さく頭を振る。

そして左手を上げた。

すると正門の辺りで控えていた騎馬が一斉に動こうとしたところに、デルサルト卿が「動くな」と叫ぶ。

馬が足踏みをしながら、止まる。

しんと静まり返るなか、デルサルト卿が殿下に告げる。

「この者を返して欲しくば、兵を引けラディス」

私を盾にするデルサルト卿に、殿下は厳しい目を向ける。

一方で、私を拘束し盾にしながら、彼はやはり剣を抜く余裕はない。それほどまでに、彼の腰にある剣は飾りなのだ。

加えて幸いなことに、デルサルト卿に付き従ってきたはずの兵士たちは、殿下の鋭い睨みに圧倒されたか、あるいは引き連れて来た兵の数に勝機がないことを悟ったのか、卿に加勢することはなかった。

「これ以上、失望させるな、ジョエル」

その言葉に、デルサルト卿は唇を噛《か》む。

こうして人質を取ろうとも、殿下のように自ら行動を起こせる「力」がないデルサルト卿には、結局何もできないのだ。

そして再び殿下は手を上げ、近衛兵たちに指示を出した。

騎乗したままの兵が領主館の敷地になだれ込み、一部は馬を下りて館へ入っていく。残りはデルサルト卿を取り囲んで、彼の護衛兵たちを投降させることに成功。

同時に殿下が卿に剣を向けて牽制《けんせい》し、私はあっさり引き離される。助けてくれたのは、見慣れた殿下の護衛官たちだった。

いつもジェストさんとともに柔和な笑みを浮かべているオジサマたちが、今日は凜々《りり》しく頼もしい。

彼らは私を背に庇いながら、殿下とともにデルサルト卿へ武器を向けている。

「やめろ貴様ら、そのお方には手を出すな！」

グレゴリオ将軍が唯一《ゆいいつ》抵抗していたが、結局は三人がかりで拘束されて、膝を折ることになった。

完全に広場を制圧したのを確認した殿下が、心配そうな顔で私の下に駆けつけると。

「コレット、怪我《けが》はないか？」

「はい、私は特には……」

見ると、デルサルト卿は近衛兵たちに周囲を固められ、見張られている。そして味方の兵が武器を奪われ、頼みのグレゴリオ将軍が押さえられているためか、不機嫌に顔を歪《ゆが》めながらも抵抗する気配はなさそうだ。

とりあえず、これで一安心かな。

そう思った矢先に、館へ入っていった兵が慌てた様子で戻ってきた。

「館はもぬけの殻です、殿下。私兵どころか伯爵の姿が見当たりません」

するとそれに返したのは、デルサルト卿だった。

「あてが外れたか、ラディス。やはりお前は無能だな。ブライスはどこにいる？　あいつは王都へ戻ると言ってここを出たはずだが、街道で会えなかったのか？」

王族でもあるデルサルト卿は拘束されてはいないが、兵によって取り囲まれて既に自由を制限されたも同然。そんな状況下なのに、どこか他人事のようだった。

殿下は厳しい顔を浮かべたまま、デルサルト卿へと近づく。

「ジョエル、ブライス伯爵の居場所を知っているのか？」

「なぜ私に問う？　ブライスの最も近しい人間がそこにいるだろう、彼女を拷問にでもかけた方が早いぞ」

デルサルト卿が振り返る。

視線は私を支えるように寄り添う、お母様に向けられていた。

周囲の、殿下の視線もお母様へと集中する。

私は慌ててお母様の前に立ち、首を大きく横に振って懇願する。

「違うの殿下、この人とブライス伯爵は、関係ないんです！」

殿下は、まっすぐ私の元に歩み寄ると、抜き身の剣を持ち上げた。

「殿下、ダメ……」

はらりと、手首を拘束していた縄がほどけた。

驚いて見上げると、殿下はどこかほっとしたような、それでいて何か言いたげな顔で。

「わっ……」

放たれた腕を引き寄せられ、すっぽりと殿下の胸に抱き込まれていた。

「無事で、良かった」

「……殿下」

殿下の右手には、いまだ剣が握られたまま。左腕一本で囲われたこの狭い世界が、どこよりも安心できる気がして、それが不思議だった。

けれども、そうしたまま、殿下が剣を再び持ち上げた。それもお母様に対して。

「やめて、殿下、違うの、話を聞いて」

「何が違う。コレットの友人を名乗る者が、攫《さら》われた女を保護したとトレーゼに渡りをつけてきた。その被害者は、残りの二人もリンジー＝ブライスに囚《とら》われていると証言したのだ」

ああ、そうだった。クラリスはお母様が匿《かくま》っていたことを理解できず、最後までこの館で保護するよりも、無理をして帰すべきと判断されたのだ。

「だから、彼女たちを攫わせたのはブライス伯爵で、お母様は守ってくれていたんです」

「……どういうことだ、コレット？　お前の望みは、彼女を排除することではないのか？」

あえて誤解を解くことをしなかったのは、お母様を護《まも》るためだった。それが、こんな面倒なことになるとは。

どう説明すべきか迷っていた時だった。一頭の馬が駆けてきたのだ。

「殿下、大変でございます！」

馬を走らせてきたのは陛下の身辺護衛をしていたアレンさん。その馬に同乗して汗をハンカチで拭きながら急を告げたのは、なんとバギンズ子爵だった。

どうして文官である会計局顧問の、しかもご老体である彼が騎馬隊のなかに交ざって、ここまで来ているのか。そんな疑問がもたげたが、それすら問う暇もなかった。

「あれをご覧ください、下町の外れで大きな火災が発生し、民が混乱しております」

そう言われて初めて、領主館の高い塀の向こう、真っ暗なはずの空に赤い光が広がり、白い煙がのぼっているのが見えた。

唖然《あぜん》と見上げる間に、もう一騎が走り込んできた。その馬上にいたのは、ブライス伯爵とともにいると聞いていた弟、レスターだった。

かなり急いで馬を走らせてきたようで、肩で息をしている。

「殿下、ブライス伯爵が武器庫と製造工場に火をつけさせて逃げました！　まだ他にも武器庫があるはずですが、場所が分かりません」

それを受けて、殿下が声を張りあげる。

「近衛隊を消火活動と民の避難に向かわせろ！　残りはブライス伯爵を追え」

けれどもブライス伯爵が向かった先が分からない。

バギンズ子爵が、殿下に向かって言う。

「殿下、武器庫を調べて向かわせるべきです。恐らく、武器だけでなく逃走資金など準備を整えているはずです、逃してはなりませんぞ」

「分かっている、だが場所どころか、いくつあるのかも……」

私はハッとする。今こそ、十年前のブラッド＝マーティン商会の裏帳簿が役立つかもしれない。

「殿下、武器製造をしていた場所が、分かるかもしれません！」

「……コレット？」

「私が帳簿を持っています、今出しますから……」

ごそごそとドレスの胸元に手を入れようとしたところで、殿下の肩越しに恐ろしい形相《ぎょうそう》をしたグレゴリオ将軍が目に入る。

そこからは、まるでコマ送りのようだった。

彼は自分を拘束している兵たちを振り払い、鎧の隙間から小剣を抜いたのだ。

私と目が合ったのは、ほんの一瞬。

将軍の視線が、殿下の背中に定まっている。

気がつけば、私は思い切り殿下を突き飛ばし、殿下に向けられた刃《やいば》の前に立ち塞がっていた。

「コレット!!」

小剣が振り下ろされるのと同時に、私の胸に衝撃と痛みが襲う。

声も出せず見下ろした胸には、グレゴリオ将軍が振り下ろした小剣が、突き刺さっていて。

私は衝撃を受け止めきれずに、そのまま後ろに投げ飛ばされるようにして、殿下の腕の中へ落ちた。

殿下の叫び声と、お母様の悲鳴。それからデルサルト卿の声が重なる。

衝撃とともに肺の中の空気がすべて吐き出されたせいか、声も出せずにいた私の目の前で、殿下の右手に握られた剣が振り下ろされていた。

野太い悲鳴とともに、鮮血が吹きあがった。

……死ぬのかな、私。

視界が砂嵐に覆われて暗くなっていくなか、私を呼び戻したのはお母様の声。

「コレット、息をして！　お願い!!」

目を開けると、涙を浮かべた悲しそうな顔。

泣かないで、お母様。

そう思った刹那《せつな》に、私の体が必死に空気を取り込もうと動き出す。全身で息を吸い、それでも足りないと悲鳴をあげるかのように喉を鳴らし、耐えきれずに激しく咳《せ》き込む。

苦しさに涙を滲ませながら顔を上げると、お母様の隣には心配そうな顔をした殿下。

倒れ込んだ私の背を、ずっと支えてくれていたのかな。私を見つめる彼の顔は青ざめていて、それは傍《かたわ》らで私の手を握り覗《のぞ》き込むお母様も同じだった。

しばらくして呼吸が落ち着いたところで、自分の胸元を見ると、そこには刺さっていたはずの小剣はなくて、ドレスには無残に穴が開いていた。だが不思議なことに、赤い血がどこにも見当たらない。

「……将軍は？」

倒れ際に見たのが自分の血でないのなら、彼のものだろう。けれども私の問いに、殿下は眉間《みけん》に皺《しわ》を寄せる。

「生きている。だがお前が心配することではない」

そういう問題じゃないです。そう思いながら横を向くと、兵士たちに押さえつけられて地面に顔を突っ伏し、うめき声をあげるグレゴリオ将軍がいた。彼の手にあった小剣は、殿下の長剣に変わり、しかもぐっさりと突き立てられている。

流れ出ている血を見てしまい、私は咄嗟《とっさ》に顔を背ける。

早く手当てをしなければ手が……剣が持てなくなるのではと心配していると。

「決して拘束を緩めず、手当てをしてやれ。これ以上抵抗するようならば、被害が出る前に昏倒させろ」

殿下が指示を出す。

私もようやく乱れていた息が元に戻り、殿下の支えを押しのけて座り直す。

「無理をしてはいけません、コレット。横になっていた方がいいわ」

「いいえ、今はそんなこと言っていられないはず、そうよねレスター？」

こちらに駆け寄ってきたレスターは、誰《だれ》よりも青ざめていて……え、ちょ、既に滝のように涙を流しているし。せめて鼻水は拭きなさいよ、いい歳《とし》なんだから。

「姉さん、どうして無茶するんだよ、殿下にならちょっとぐらい剣が刺さったって構わないのに！」

「いや、あんたも反逆罪になるから、その口閉じなさい！」

「ね……姉さん、無事だったんだね、良かったぁ」

私に抱きついて泣き崩れるレスター。いやいや、お小言で無事を確認するのはどうかと思うよ、お馬鹿弟よ。

そんなことより。

「ちょっと放してレスター、大事なものを殿下に渡さないといけないから」

押しのけても離れようとしないレスターを、殿下が引っ剥《ぱ》がしてくれた。

私はズキズキと痛む胸をまさぐり、打撲で済んだことを確認してから、背中にあるドレスのリボンを緩める。

すると慌てたのは周囲の方で。

唖然とするお母様と、口を開けたままのレスター、それから横で拘束のために将軍の背中に乗っている兵士までもが、ぎょっとした顔でこちらを見て固まっていた。

そのなかで最初に動いたのは殿下だった。

「ま、待て、何をする気だコレット。頭でも打ったのか!?」

そう言いながら、自分の上着を脱いで私にかける。

「打っていません、ちょっと待っていてくださいね」

緩くなった胸元に自分の手を突っ込む。

しかしドレスは緩めても、その下のコルセットはそのままなので、なかなか引っ張り出せない。

「んんっ、きつく締めすぎたみたい。出す時のことなんて考えてなかったのが敗因かしら……ちょっと殿下、ここを持って引っ張ってもらえます？」

「は？」

殿下が私の胸元からはみ出しているものを見て、赤くなりながら素《す》っ頓狂《とんきょう》な声を出した。

さっき受けた衝撃の影響か、指に力が入らなくて、コルセットの下から帳簿が引っ張り出せない。

「これ、お父様が十年前に隠した、ブライス伯爵とブラッド＝マーティン商会が裏取り引きをした証拠です。これと領の記録とを照らし合わせたら、武器の製造工場の場所とか分かるはずです。ちょうど良いことに、バギンズ子爵がいてくれるんだから、今すぐ確認すべきです、そうですよね？」

馬から下りて駆け寄ってきたバギンズ子爵にそう問うと、彼は大汗をかく頭をハンカチで拭きながら、頷《うなず》く。

「コレット、それは確かに、裏帳簿で間違いないですかな？」

「はい、天候不順だった年にも穀物の余剰収穫分として、大量輸送した記録がありました」

「なるほど、それは確認のしがいがある帳簿だ。殿下、大収穫ですぞ」

「だから出すのをちょっと手伝ってくださいってば、殿下。コルセットの下にあって、引っ張らないと取れそうにありません」

そう願うと、殿下は一層眉《まゆ》を寄せてから、周囲に目配せをする。

するとこちらを窺っていた兵士たちが、一斉に反対方向を向く。それを確認してから殿下は、私にかけた上着を寄せ、胸元にある帳簿の端に指を伸ばした。

「せーの、で引っ張ってください。できるかぎり隙間が空くように息を吐きますので」

そう言うと、殿下は呆れたような顔を見せて言った。

「お前には言いたいことがたくさんありすぎだ。後で覚えておけ」

「はいはい、じゃあいきますよ、せーの！」

息を吐いて胸を押し下げると、殿下が帳簿を引き抜いてくれた。その拍子に打撲を負った胸が少し痛んだが、仕方がない。

けれどもそんな微かな反応さえも、殿下には見抜かれていたようで。

「大丈夫か？」

「はい、平気ですよ。亡くなった父が、護ってくれたようなものですから」

殿下の手にあった帳簿には、鋭い剣先を受けた跡がある。殿下に早く渡すため、他の誰にも奪われないためにと隠し持っていたのだけれど、まさかこんな風に役立つとは思わなかった。

「お前のような娘を持ったら、死んでも死にきれぬだろうな。同情する」

「失礼な、その娘を嫁にすると宣言した人に、言う資格ありませんって」

殿下は、バギンズ子爵へその帳簿を渡す。私の方は、すぐにお母様が被《かぶ》せた上着の下からドレスの紐《ひも》を引き、落ちないように再び結んでくれた。

心配のあまり顔が怖いままで固まっているお母様に「心配かけてごめんなさい」と言うと、眉を下げて私の頭を何度も撫でてくれた。

「バギンズ、その帳簿は使えそうか？」

「ええ……ええ、割り出せそうです。一時間ほど時間をもらえますか？」

ページをめくりながら答える子爵に、鬼のような返事を返す殿下。

「半分で何とかしてくれ、その間に追跡隊を編成する」

その言葉にバギンズ子爵が、嫌そうな顔をする。けれども、今も上がり続けている煙を見て、子爵はため息とともに頷いた。

「なんとか、してみましょう。ただし地理に詳しい者の協力が必要です……レスター＝バウアー……今はブライス卿でしたな、貴殿がいいでしょう」

「僕、ですか？　しかし、僕はブライス家の」

「姉上を裏切る心づもりでも？」

「い、いいえ！　それはありえません」

「ならば、こちらへ」

そうしてレスターは、バギンズ子爵の帳簿の読み解きを手伝うことになった。その間に、兵士たちがブライス伯爵を追うために、準備を始めた。

そんなやり取りを眺めていたら、いつの間にか殿下は、兵に囲われて足止めされていたジョエル＝デルサルト卿の前にいた。

「ジョエル、部下のしでかしたことの責任を取ってもらうぞ。この状況でグレゴリオは、元帥代理の私に剣を突き立てたのだ、軍規上最悪の行動だ」

「私が指示をしたのではない、その者の勝手な行動をどうして私が責任を取らねばならないのだ。臨時といえど今はお前が元帥ならば、お前の責任だろう」

デルサルト卿が発した言葉に、その場が凍りついた。

いったい何を言っているのだろう、この人は。

これは私だけではなく、ここに居合わせた者みなの感想ではないだろうか。

「……ジョエル、お前は今、何と言った？」

殿下が低い声で問うとともに、デルサルト卿の胸ぐらを掴む。

「放せラディス、些細《ささい》なことでいちいち激高するな。そのように情けないから、いまだお前に王太子の位が与えられなかったのだ」

「些細なことだと？　己に従っていた部下の責任すら取らない今のお前が、本当に王に相応《ふさわ》しいと思っているのか？」

「血統、それに裏付けされる容姿、まずはそれらがあってこその王位。だから宝冠の存在が、王国の中心に据えられているのだ。それに比べれば、他はどうとでもなる」

確かに、先祖帰りと比喩されるほど、デルサルト卿は元来の王族の容姿をそなえている。

けれども私たち平民には、そんなことはどうだっていい。真面目《まじめ》に働いていけば食うに事欠かない平和な毎日と、そんな日常がずっと未来まで続いて欲しい。王様の容姿よりも、そんな願いの方が、私たちにはよっぽど切実だ。

「そう、宝冠だ。グレゴリオめ、女一人も殺せぬとは情けない」

殿下は睨みつけたまま、掴んでいたデルサルト卿を放すと、反動でよろける彼に言い捨てる。

「いっそ、哀れだなジョエル」

殿下の落胆は、とても大きいだろう。

数が少ない現在の王族の中で、殿下にとって彼は最も頼りになるはずの存在だったのだから。

「私は、国と民のために相応しい者が王になるべきだと、陛下の判断に委ねるつもりだった」

「何を殊勝なふりをする？　そもそも宝冠が正しい徴を顕せなかったと判断された時点で、素直に退いておればよかったのだ、それを……」

「本当に、退いてもいいとさえ思っていた。だが代わりになるのがジョエル、お前しかいないなら話は別だ」

「……本性を現したな、ラディス。そうだ、お前はいつだってそうだった、私の方があらゆる面で優れていたはずだ。大人しく中央行政庁で平民のように働いておればよかったのだ、それをあちこちにかけずり回って中立だった貴族を取り込み派閥をつくり、果ては軍部まで……王位を諦めようとしただと？　白々しい！　誰よりも貪欲に権力を手に入れようと画策したのだろうが！」

同じ殿下の行動を捉える目が違うだけで、こんなにも人物像が変わってしまうのか。私は驚きよりも、哀しさが募る。

「陛下と我が父までを味方につけたとしても、宝冠がお前を王とは認めないだろう、なにしろお前が徴を顕した相手が、男だったのだから笑い種《ぐさ》ではないか」

宝冠の徴について、殿下には卑下される要素はない。

グレゴリオ将軍に刺されて意識が遠のきそうになった時の、デルサルト卿が叫んだ言葉を思い出す。

「その女を殺してしまえ」

デルサルト卿は真実を悟ったからこそ、私の存在を消したかったのだ。そうすれば殿下の徴は消失するのだから。それが分かっていて、ひときわ大きな声で相手が男だと叫ぶのは、もうそれだけが殿下を攻撃できる最後の手だからだろう。

殿下が言う通り、私も彼を哀れに思う。

だからといって、手を上げてその男の子は私ですと言えないのは、私がなりかわって生きてきたせいでもあり……。

少々のバツの悪さから目線を泳がせていると、何やら再び正門辺りが騒がしいことに気づく。

避難してきた市民と兵士たちの人垣が、波が引くかのように二手に分かれていく。そしてその間を、大きな馬車が入ってきたのだ。

その馬車を先導していた馬に乗っていたのは、なんとヴィンセント様だった。

そういえば常に殿下の側にいるはずの彼が見当たらないことに、今さら気づく。

「殿下、国境近くで偶然にもこちらに向かっていた、ベルゼ王国使節団と合流することができました」

「親書は？」

「直接、お渡しいたしました」

「そうか、ご苦労だった」

殿下は掴んでいたデルサルト卿を放し、馬車へ視線を移す。

大きな馬車の正面には、月桂樹の冠を戴《いただ》く鷲《わし》を象《かたど》ったベルゼ王国の紋章。それは王国からの正式な使者が乗っていることを意味する。

いまだ拘束はされていないデルサルト卿が、周囲を押しのけて殿下よりも前へ出ようとする。

「私が使者を送り、来訪を請うたのだ。ラディスは引っ込んでいろ」

殿下はそんなデルサルト卿を止めようとはせず、私の元に来る。そして手を差し出して、立たせてくれた。スカートについた土埃《つちぼこり》を手で払い、乱れた髪を手櫛《てぐし》で梳《す》く。その仕草は場違いなくらい優しくて、私の方が戸惑ってしまう。

「あ、ありがとうございます」

「歩けるか？」

「はい、大丈夫ですけど……いったい何が起こっているんですか？」

「あの馬車には、ベルゼ王国のランバート＝シュトレェム＝ベルゼ国王が乗っている。コレットの叔父だ」

「……ええ？」

まさか、正式な祝賀よりも先に、国王がフェアリスを訪れるなど、ありえないのでは。

「噂に聞くような人物ならば、親書を送れば直接来るかもしれないとは思ったが、まさか先に行動に出たということは、こちらの状況も見透《みす》かされていたのだろう」

「親書？」

「ああ、婚姻の許可を請う親書を、ヴィンセントに持たせて早馬を走らせた。まさか国境を越える前に届くとは思わなかったが」

「こ、婚姻の、許可？　誰と誰の？」

一応、聞くでしょ普通。

なのに殿下が、ものすごく呆れたような目で私を睨む。

「コレット＝ノーランドは届けにより正式には死亡したままだが、私の妃《きさき》とするなら一度はベルゼに籍を戻した方が早い、レイビィ家に業績を積ませて爵位を与えるよりも」

そう言いながら、私の手を取って自分の腕に添えさせる。

「でも、デルサルト卿から……私の存在はベルゼ王国に余計な不和の種になるから、首を刎《は》ねるために捜しているって聞かされましたよ？」

デルサルト卿の様子を窺うと、兵に囲まれているにもかかわらず、気にした風もなく馬車から降りる人を出迎えている。

「ベルゼ国王がそのような男なら、お前の母親は自分の出自を娘に伝えることはなかったろう。それに殺すためにわざわざ姪《めい》を捜す必要はない、ましてやそれを交渉の材料にするなど、な」

「私が交渉権の鍵だって……どうやって知ったんですか、殿下」

「セシウス＝ブラッドがこちらに寝返り、知りうる情報をすべて提供した。まったく、お前の置き土産《みやげ》の多さに、寝る暇もなかった」

「よかった、レリアナは婚約者の説得に成功したんだ……」

ホッとしたついでに、殿下が上着を脱いだままだったことに気づき、上着を殿下へ返そうとする。

隣国の国王陛下の前へ、服が乱れたままで行かせられない。

けれども殿下はそれを拒否して、胸に穴が空いたドレスが見えないよう、さらに釦《ボタン》を留めて隠してしまう。

「正式に入国を許可していない他国の王族だ、服の乱れなど些細なことだ。行くぞ、いつまでもジョエルに勝手を許していたら、それこそ再び戦争になる」

殿下はそう言って小さく笑い、私の腕に手を添えた。

ブライス伯爵家の正門に立派な馬車を乗り付け、悠然と降り立った男性は、とても背が高く美麗な人だった。

私とよく似た色の長い金髪を緩くまとめ、ベルゼ王国独特の裾の長くゆったりとした白い服を着ていた。まるで伝説の森の精霊王が現れたかのようで、彼がベルゼ国王と知らされていない兵士たちも、ただ者ではないと察したのか自《おの》ずと整列して見守った。

ベルゼ王は、我先にと出迎えたジョエル＝デルサルト卿に声をかけられたが、ただ一瞥《いちべつ》しただけだった。それどころか馬車を護っていたベルゼ国の兵士や側近らしき者が、間に入って距離を取る。

「堅王との噂は、偽りではないようだ」

殿下は呟くと、私を促して歩き始める。

それと同時に、ベルゼ国王もまた、まっすぐ私たちの方を目指して歩いてきた。

ベルゼ国王は、女性と見紛《みまが》うばかりの美しい顔立ちに、強く自信に満ちた目をしていて、なんとなく殿下と通じるものがある。

「突然の訪問を許していただきたい、私は森の国を統《す》べる者とだけ申し上げる、ラディス＝ロイド殿下」

「初めてお目にかかる。私はフェアリス王国の王子、ラディス＝ロイド＝クラウザー。貴殿の来訪を心から歓迎する」

一国の王が相手国の許可を得ずに兵を伴って入国したのだ、さすがに問題ないわけがない。名を名乗らぬまま先に頭を下げることで、敵意がないことを示したのだろう。

けれどもこの国での騒乱の芽はしっかりと把握していたようで、

「行き違いと少々の誤解が生じていたようで……。お節介ながら直接こうして足を向けた次第だが、どうやら判断を誤っていなかったとお見受けする」

にっこりと笑むベルゼ王に、殿下は表情を変えはしないが、どこか複雑そうだ。

「この者こそ、貴殿が捜索を依頼していたノーランド伯爵家の令嬢、シャロン王女の娘、コレットだ」

二人のやり取りを傍観者のように見ていたところを、いきなり紹介されて慌てる。急いで膝を折って挨拶《あいさつ》をする。

「コレット＝レイビィと申します、はじめまして」

するとベルゼ王は、私を見て目を細めた。

「レイビィ？」

「ノーランド伯爵家はもうありません、私は平民であるレイビィ家の両親に育てられました」

正直にそう答えたのだけれど、大丈夫だったろうか。そう思って殿下を仰ぎ見ると、困った素振りもなく頷いてくれたので、ほっとする。

「お待ちください、ランバート陛下、その者をここに連れて来たのはラディスではなく私の手の者で……」

「ヴィンセント、ジョエルを向こうへ連れて行け」

横やりを入れてきたデルサルト卿を、殿下はようやく命じて拘束させる。

王族を拘束するには、それなりの立場の者しかできない。将軍なら可能だけど、この地にいる唯一のグレゴリオ将軍が捕らえられているので、あとは殿下が自らせねばならなくなる。しかしヴィンセント様ならば、彼の家が侯爵位であり王子の側近として与えられている特権で、それが可能だ。

だからか、ヴィンセント様がデルサルト卿を拘束するのを、兵士たちが安堵《あんど》の表情を浮かべながら補佐している。

「ランバート殿、コレットが十年もの間、平民として過ごすことになったのは貴族を統括する王族の不徳でもある」

「違います、殿下が謝ることじゃないです」

私は殿下の言葉を遮って、ベルゼ王の前に身を乗り出した。

「私は、平民として育ったことを後悔していません。レイビィの両親は私を娘として大切にしてくれましたし、平民じゃなかったら学べないたくさんのことを知りました。何より、私を育ててくれたお母様が、私を護るためにしてくれたことだから！」

後方で私たちを見守るお母様を、振り返る。

「彼女が、リンジー＝ブライスか」

ベルゼ王がその名を知っているとは思わず、驚いて再び振り向くと、彼はとても優しく笑っていた。

「私は、はじめましてではないぞ、コレット。まあ、お前がまだ物心がつくかどうかの頃《ころ》だったから、仕方がないことだが……シャロンがまだ生きていた頃に、私は一度だけノーランド家を訪れたことがある」

「王様が？」

「ああ、まだ私も十五で成人前、王太子ですらなかった。そこでシャロンから、誰よりも大切な親友がいると聞かされた。何を聞いていても、シャロンの口から出るのはリンジーという女性のことばかり。自分が亡くなった後は、娘のコレットだけでなく彼女を頼むと、何度も繰り返し懇願されたのを覚えている」

私の視界が、あふれそうな涙で歪む。

こぼしてはなるまいと、殿下の上着の袖で拭いてから、しまったと思うけど後のまつりで。

「それが理由で、ティセリウス伯とブライス伯と常に繋《つな》がりを持っておられたのか？」

殿下の問いに、王様が頷く。

「だが、わが父王の方針でフェアリスとの国交回復は進まず、知れることは僅《わず》かだった。コレットの消息が掴めず、こちらの代替わりを機にゆさぶりをかけさせてもらった」

「なるほど……国交の件については、我が父にも原因はあろうな」

殿下の憂いを含んだ言い方に、もしかしたら先代ベルゼ国王と、フェアリス国王陛下との間に、何か特別な確執があったのではとの疑念がもたげる。まさかシャロン母様が原因、ではないと思いたいけど。

「私としては、シャロンの血を引くコレットが無事であれば、それでよい。今後は私が彼女の後見として……」

「殿下、場所の特定が終わりましたぞ！」

意気揚々とバギンズ子爵が割って入ってきた。

ベルゼ国王が気になることを言いかけた気がするけど、今はブライス伯爵を追わなければならなかったのだ。大事なことを忘れてはいけない。

「こちらも今は込み入っている、ランバート殿には申し訳ないが、少々猶予をいただきたい」

殿下がそう言うと、ベルゼ国王は「承知の上」と告げて身を退いた。

「バギンズ、説明してくれ」

「はい……帳簿の流れを見ていくと、やはり理由のつかない物資輸送の痕跡がありました。それを武器製造所と見ると、場所は三ヵ所です。まず一つは今まさに燃えているところですので、この予測は間違いないかと。それで問題なのは、あと二つ……」

レスターが地面に、領主館を起点とした簡単な地図を描いて見せた。それを棒で指し示しながら、バギンズ子爵が説明を続ける。

「候補としてはまず、川の側にある山間部のこと、もう一ヵ所は街道に近い森に囲まれたこの小さな村です。山間部の方は馬で三時間ほどの距離と少々遠く、森の方は一時間半くらいだそうです。事業規模はこちらの村の方が大きいでしょう、町に出やすい街道も通っておりますので逃げやすい反面、人目につくかと」

「二ヵ所か……その距離では人員が足りないな」

「絞るなら、私はこちらの川が気になります。大きな船では下れない不便な川ですが、武器庫候補として当たりでしたら、運搬用に必ず船は常備されているでしょう。少数で逃げるつもりでしたらこちらが有利かと……」

「レスター、お前ならどう見る？」

バギンズ子爵の説明を聞いて、殿下はレスターに意見を求める。

「祖父は、部下など信用するような人間ではありません、確実に自分だけは逃れられる方を選ぶでしょう。そのためには囮《おとり》も用意するはずです」

殿下は頷くと、周囲に指示を出した。

「山間部の方を中心に、人員を配置する。闇夜に紛れてしまうと小舟は見逃しやすい。下流と逃走口になりやすい川岸へも配置。残りの武器庫も放火の可能性がある、まずは村の住人を避難させて、火の対策を施してから捜索に入れ」

すぐに兵士たちが動き出した。レスターとともに、殿下も山間部の武器製造所へ向かうという。馬の用意をさせている間、殿下はお母様を呼び寄せる。

「リンジー＝ブライス、私が帰還するまでコレットを預ける」

その言葉に、驚いた様子のお母様。

「殿下、父が逃走した今、わたくしがブライス家の名代でございます」

「だが、コレットは其方《そなた》を母と呼ぶ。私にはそれで充分だ」

ヴィンセント様が曳《ひ》いてきた馬に、殿下は飛び乗った。そして困惑するお母様に重ねて言う。

「二度も堂々と逃げられた私よりも、其方の言うことなら聞くだろう。それと、剣を受けた胸の手当てをさせてくれ、刺さってはいないが打撲を負っている」

「承知いたしました」

本人はすっかり忘れていたのに。

「コレット」

「え、はい」

「逃げるなよ」

私は何度目か分からないその言葉を受けて、ふいに顔が赤くなる。

そこには、私たちだけで交わした約束があって、私たちだけにしか分からない意味が含まれているからか。

あの短い言葉が、まるで愛の囁《ささや》きのように聞こえる私は、いよいよどうかしている。

照れながらそっぽを向き、小さな声で言った「分かっています」が、殿下へ届いたかどうかは分からない。

そうして殿下は、大勢の騎馬兵を引き連れて出発した。

これでもう、私の役目は終わったも同然だ。

ブライス伯爵は殿下に捕らえられ、悪事は白日の下にさらされることになるだろう。関わった多くの人間が調べられ、かつて事故死したノーランド伯爵の死の真相も明らかになればいい。それが無理だとしても、少なくともお母様がもう二度とブライス家に縛られることはない。

私たちが本当の家族として、誰の目を気にすることなく過ごせる日がくる。ようやく。

そう思ったら、どっと力が抜けてしまった。

その後お母様に抱きついたまま、私は深い眠りに落ちてしまった。


目が覚めたのは、夜が明けてすっかり明るくなってからのことだった。

眩《まぶ》しさの中で私を心配そうに覗き込んでいたのは、身代わりで連れて来られていた金髪の女性たちだった。彼女たちが怪我の手当てをして、眠る私の側に付き添ってくれていたらしい。

そんな彼女たちから、現状を知らされる。

ブライス伯爵が川を下って逃げようとしたところを、殿下によって捕らえられ、持ち出した大金とともに、早朝には屋敷まで連れ戻されたようだ。そしてなんと、お母様までもが自ら罪を告白して、聴取を受けていることも。

私は引き止める手を振り払い、寝かされていた離れの寝室を飛び出す。

あの騒動があったはずのブライス伯爵家が、一夜明けた今は、すっかり静まりかえっていた。

ひたひたと走る私の足音だけが廊下に響き、まるで時が止まったかのよう。

まだ早朝とはいえ、あれほど屋敷にいたはずの使用人たちが一人も歩いていない。

圧倒的人数で制圧しようと迫った騎馬、統率されていたとはいえ武装した大柄な兵士たち、それらが一切いない広い屋敷は、古さも相まって廃墟《はいきょ》のよう。

けれども本邸の方に入ると、ちらほらと兵士たちが行き交っているのが見えた。

走り抜ける私に気づき、ぎょっとしているようだったが、止められることはなかった。昨夜に殿下と並んでいたのを見られていたし、彼らもどう対処したらいいのか判断がつかないのだろう。

私はかつて忍び込んだ領主の執務室の方へ向かった。殿下がいるなら、そこに違いない。

たとえいなくとも、ヴィンセント様か少なくともバギンズ子爵のどちらかは捕まるだろう。

そうして辿り着いた執務室前には兵士が立っていて、走ってくる私を見て制止しようとしていたけれど、それをすり抜けて飛び込んだ。

すると室内にいたのは、殿下とその向かいに座るお母様とレスター、それから殿下の横にはヴィンセント様と、ベルゼ国王ランバート様まで。まさに勢揃《せいぞろ》いといった顔ぶれだった。

私が飛び込んできたせいか、みな一斉にこちらを見て驚いていた。

乱れた息を整えていると、お母様が席を立って私に近づき、自分が使っていた肩掛けのガウンを私に被せた。

「……コレット、ここまで寝間着のまま来たのですか？」

そう問われて、ハッとする。

頭から被るゆったりとしたワンピース姿から、何も履いていない素足が見えている。一斉に顔を背けてくれた男性陣を前に、少々赤くなりながらお母様が貸してくれたガウンの合わせを掴んで寄せる。

「いつまでも子供のようにしていては、なりませんよ？」

「はい、お母様」

私の手を優しく取って、お母様は自分が座っていた横に私を導く。

そこに座ると、正面には伯爵のものだっただろう重厚な執務机と威圧感いっぱいの殿下。

まるで罪人を裁く裁判官のように、私を見下ろしていた。

「殿下、お母様を罪に問わないでください。お母様は、誤解されやすいだけで、誰よりも優しい人なんです。私のことを実の娘として育ててくれたのは、他の誰でもなくお母様で……」

「コレット」

殿下が私の言葉を遮る。

けれども私にだって引けないものはある。

「私を死んだことにしたのだって、ブライス伯爵から護るためで……」

「コレット、分かっている」

「そうです、分かっているなら……え？」

殿下が呆れたような顔をして、私を見ていた。

「今、我々が話し合いをしていたのは、リンジー＝ブライスの罪を問うためではない。コレット、お前の処遇についてだ」

「……私、ですか？」

きょとんとして周囲を見ると、殿下以外の誰もが、小さく笑っている。

「でも、お母様が罪を告白しに殿下の元へ行ったと聞きました」

「本人から報告を受けたのは事実だが、コレットの死亡届を受理したことについては、こちらの確認不足もある。当時としても、ノーランド家の取り潰しは制度上の問題であり、事情が明らかになった今、悪意をもった策略とは取られない」

「……そう、なんだ」

ほっとしていると、お母様が微笑《ほほえ》みながら私の頭を撫でる。その隣にはレスターもいて、私は彼の手を握り、そしてもう一方の手をお母様の背に回す。

良かった。ようやく、私の手に大事な家族が戻ってきた。

もう絶対に離さない、失いたくない。

「だが処遇については、考慮する必要がある」

殿下の言葉には、晴れやかな達成感に水を差された気分だった。

「処遇、ですか？」

「ああ、リンジー＝ブライスが父親の悪事への加担はないとしても、これまで積み重なった悪評が、事実さえも歪めることになりかねない」

「わたくしは、悪者として生涯日陰にいるのは構わないのですが、それでは今後のブライス領の民と、レスターが困るのです」

お母様が殿下の言葉を受けて言った。

「レスターが？」

「ブライス伯爵と後継者と目されていた長男は、伯爵とともに裁判にかけられ、最低でも爵位と貴族籍を外されることになるだろう。ブライス領はティセリウス領よりはるかに広い。一時的には陛下直轄地にすることで維持管理されるだろうが、それも長期にわたれば不具合が出よう。早急に代理を立ててブライス家関係者が治めることになる。この場合、レスターが適任だろう。だがそこに母とは言え悪評高いリンジーが側にいては、他の貴族だけでなく領民とて納得しないだろう」

「……そんな、じゃあお母様はどうすれば」

そこで口を挟んだのが、ベルゼ国王だった。

「彼女は私が預かろう。シャロンの頼みもあるし、我が娘たちの指南役が欲しいと思っていたところだ」

「お母様が、ベルゼへ？」

そんな、ようやく取り戻せたと思ったのに？

そう思ったら、急に視界が歪む。どうも最近は、涙腺が壊れたみたい。お母様がからむとこんな風になってばかり。

こぼれるほどではないけれど、潤む目に気づいたお母様が、ハンカチを出して拭いてくれる。まるで子供に戻ったみたいで恥ずかしい反面、強い思いがこみあげる。

「お母様がベルゼに行くなら、私もついて行く！」

すると、真っ先にため息をもらしたのは殿下だった。

そのまま黙り込む殿下の代わりに、ヴィンセント様が続ける。

「予想通りというか、コレットらしいというか。今まさに、殿下はそのことについて話し合っていたところですよ」

だからさっき、私の処遇と言ったのか。

「コレットが選べる方法は二つです。まずは半年後……いえ、もう五ヵ月後になりますね。ベルゼ王国との和平記念式典までの間を、貴女《あなた》はリンジー様とともにベルゼで過ごすのです。その間ベルゼ国王の親族としての身分を手に入れて、王族の一人としてフェアリスに戻ってくる案。もう一つは、五カ月後の式典まではコレット＝レイビィとして今まで通り過ごし、式典後にベルゼに赴《おもむ》きしばらく過ごしてベルゼ国王の親族としての地位を得てから、こちらに戻る」

ヴィンセント様の言葉を、頭の中で整理する。

整理するのだけれども、整理しきれないことがあるんですけど。

「あの……どちらにしても私は、コレット＝レイビィではなくなる？」

あ、ヴィンセント様がちょっと困った時によく見せる笑みを浮かべた。

「殿下は立太子されます、その殿下が望む相手が、平民のままでは騒乱の元になります。今回のことで、貴族たちの勢力図は決定的に殿下へと傾くでしょう。しかし劇的な変化は危うさも呼び込みます。少しでも騒乱の元となることは、極力避けるべきです。しかも貴女でしたら、その出自を偽る必要はなく、回復させるだけでいいのです」

ヴィンセント様の言いたいことくらい、私だってよく分かる。でも釈然としないのは、そんなことじゃなくて。

すると黙り込んだ私に、レスターが提案してくる。

「なんなら、姉さんもブライス家へ養子に入ったらいいんだよ。そうしたら身分もしっかりするし、隣国へしばらく行く必要もないじゃないか」

どこか勝ち誇ったように言うレスターが、相変わらず可愛《かわい》い。

「そうね、レスターとはまた正式に姉弟になるのも悪くないわ。でもそんな戸籍上のことがなくても、姉さんはずっとレスターを愛しているわ。それに、お母様とまた離ればなれは嫌よ」

そう言うと、なぜかレスターが悲しそうな顔をする。だがそんなレスターに、殿下が。

「我が国の貴族の婚姻は、当主の了承が必須だったな、いい度胸だレスター？　腐ってもブライス伯爵の孫ということか」

そう言いながら殿下がレスターを睨み、レスターもなぜかそれを受けて視線を返している。いやいや、どうしてそこで喧嘩《けんか》みたいになるの。

「とにかく、私が式典までベルゼ王国に行くか、式典以降にするか、どっちがいいかって話なんですね？」

まとまらない話をまとめると、そういうことだろう。

するとヴィンセント様が安堵したような顔だ。

「殿下の希望としては、前者だそうですよ」

「でもそんな急に私まで押しかけてしまったら……陛下にご迷惑じゃありませんか？」

ベルゼ国王にそう問うと、彼は微笑みながら首を横に振った。

「元より、其方を捜させたのは私だ。コレットも、リンジーも、いつでも私の庇護《ひご》下に迎える準備はできている。だから気にせず好きに選びなさい」

優しくそう言ってくれた。

私は、どうしたらいいのだろう。

考え込む私の手を、寄り添うお母様がそっと握ってくれる。

お母様とはもう、一刻だって離れたくない。でも殿下は……。

じっと私を見つめながら、決断を待ってくれている殿下を見る。

もう彼から逃げないと誓ったあの約束。逃げないでくれと、請われたからだけど、でもそれって今も変わらないのだろうか……。

「殿下と、ちゃんと話をしてからじゃないと、決められないです」

そう言うと、待ち構えていたかのように、すっと立ち上がるお母様。

「そうね、少し急なお話ですもの、考える時間が必要ですわね。せっかくですから、ランバート様にはわたくしの庭園をご案内いたします。昨日は殺伐とした景色をお見せしてしまい、心苦しい思いをいたしておりましたの」

微笑むお母様に続いて、ヴィンセント様も立ち上がる。

「ああ、私もバギンズ子爵を見舞いに行かねば。殿下の強行軍に同行したせいで、持病のぎっくり腰を再発させてしまったそうです。ほら、レスター卿も一緒に」

「え、僕はまだ姉さんと……」

「いいから、きみも部屋を出る！」

にこやかに案内されるベルゼ国王とは違い、引っ張られて渋々退室していくレスター。

そんな賑《にぎ》やかなやり取りの後、部屋に残された私たちは、しばらく黙ったまま。

話をしたいと言ったのは私で、私から何かを言うべきなのは分かるけど、でも何を言いたかったのかもよく分からなくなって……。

悶々《もんもん》としていた私の元へ、殿下の方からやってきて。

空いた長椅子《ながいす》の隣に、足を組んで座った。

こうして落ち着いて側にいるのは、なんだか久しぶりかもしれない。そんな風に考えていると、彼の目元に色濃く残るくまに気づく。

「殿下、昨夜はお休みになったんですか？」

「……今、ようやく一段落したところだ」

「まさか、寝てないんですか？　いつから？」

「お前が出て行った晩から」

えええええ、ちょ、ちょっと待って。

指を折って数えてから、冷や汗が噴き出る。あれからっていうと、三晩も？

あわあわと慌てていると、殿下が「仮眠は取っている」と笑った。

「笑い事じゃないです、私が言うのもどうかと思いますが……」

「少しでも目を離せば、また秘密を作って消える気がしたからな」

殿下が疲れたように背もたれに身を委ね、少しだけ天井を眺めながら息を吐くように呟いた。それは、これまでも仕事部屋となった殿下の私室で何度も見た、疲れた姿。

でもそれは、こうして二人きりになるまで見せることはなかった姿で。

殿下がこんな風に気を抜く瞬間を、これまでもたかが私財会計士だった私が、いったい何度見てきたことだろう。

私は大きく息を吸って、思い切り吐く。自分で思っていたよりも、まだ気を張っていたみたい。

そうして力を抜くと、自然と言葉が出た。

「殿下にとって、私って、何なんでしょう？」

殿下は驚いたように、私に琥珀《こはく》色の目を向ける。

やっぱり、ちゃんと聞きたい。そう願うことは贅沢《ぜいたく》だろうか。

「宝冠が反応したから、義務ですか。それとも十年間費やした時間への代償ですか？」

「コレット、違う」

「殿下の継承権を脅かした責任を取らせたいんですよね」

「違う、そうじゃない」

殿下が慌てて姿勢を正し、私の方に向き直った。

そしてすごく真剣な顔と、迷ったような顔、それから何か言いたげで、でも口を引き結ぶ。

「……ここで百面相するだけなら、お話はまた今度ということで」

「いや、待て、ちょっと待ってくれ」

席を立とうとすると、殿下は慌てて私の肩を押さえて座らせる。

そして殿下は一つ咳払《せきばら》いをすると、目線を泳がせながら呟く。

「宝冠などもうどうでもいい。コレット、お前とともに生きたい。好きだ、他の誰にも渡したくない。

俺の妃になって欲しい」

まさか、そこまで直接言ってもらえるとは思わなかった。びっくりして、本当はもう答えが出ているはずなのに、喉から何も言葉が出てこなくなってしまう。

「殿下……わ、わたし」

「名を、応《こた》えてくれるならば、俺の名を呼んでくれるだけでいい」

さっきまでとは違い、まっすぐ琥珀色の瞳《ひとみ》に見つめられた。

自分でも信じられないくらい、強い感情が胸のなかで暴れ出す。照れくさいとか、驚きとか、聞き間違いじゃないかとか、そんな色々な気持ちを押しのけるようにして、嬉《うれ》しいという感情だけが残っていて。

「……ラディス、様」

小さく小さく呟いた名を、当たり前のように拾われ、私は熱くなる頬《ほお》を手で隠す。けれどもその手を掴まれ、露《あら》わになったそこに、そっとキスが降る。

殿下の優しい仕草が、あの日の飴《あめ》のように甘かった。

十年前のあの頃に、お母様とレスター以外で、痩せ細った私を心配してくれたのは、殿下だけだった。本当に甘くて、体にも、心にも、生きる力を与えてくれたあの飴のように。

「私も、大好きです」

ぎゅっと、抱きしめられて腕の中に囚われる。

離れたくない、そう言われているみたいで、私も殿下の背中に手を回す。

殿下が待っていてくれた十年は、私がお母様を求めつづけた十年で。その長さと寂しさを知っているだけに、離れるための決断はそう容易《たやす》いものではない。

「なぜ殿下は、今すぐ私がベルゼに向かう方を望むのですか？」

そう問うと、殿下は抱きしめていた腕を緩め、私を見下ろす。

「その方が早く、正式な婚約が結べるからに決まっているだろう」

実を取りたがる、堅実な殿下らしい答えだった。

「でもしばらく、会えなくなるんですよ？」

「仕方がない、式典後に行かせた場合、お前のことだからベルゼに順応して、いつ帰って来るのか分からん」

「それってつまり、私を信用してないってことですね？」

「二度も逃亡したお前が、それを言うのか？」

前科持ちとしてそう見られているのは仕方がないけど、さすがにここにきて逃げませんってば。

私が不満で頬を膨らませていると、殿下に両手で挟まれてしまった。そしてあろうことか、押し潰されてブサイクになった唇に、掠《かす》めるくらいの口づけをされる。

「そもそもベルゼで身分を手に入れなければ、お前は平民コレット＝レイビィ、私財会計士のままだ、こういうことすらできない」

できないって言いながらしているじゃないですか。

それに酷《ひど》くないですか、初めてのキスが変顔の時だなんて。真っ赤になる私を見て、殿下は満足そうに笑った。

だがふと、私はあることに気づく。

「あああーーーっ、駄目です!!」

しまった、大事なことを思い出した！

「どうした、急に？」

「殿下、何よりも大事なことを忘れていますよ！」

「だから何をだ、いったい……」

「私、式典まではフェアリス《こっち》にいます！」

「は？　なぜだ?!」

ああ、殿下も忘れていたんですね、思い出して良かったぁ！

「なぜも何も、五カ月後は納税申告期限じゃないですか！　会計士が一年で最も忙しい時期ですよ、ベルゼに行っている場合じゃありません！」

鼻息荒くそう言い切る私に、殿下はその大きな手で顔を覆いながら、天を見上げた。

「そうですよ、忘れていたら殿下は脱税犯です。このコレット＝レイビィ、殿下の私財会計士を請け負った以上、会計士としての任務を成し遂げなければ、私の存在意義は皆無です！」

ああ、こうしてはいられない。今回の出兵に私財はどう絡むのだろうか、早く、早く戻って帳簿をつけなければ……。

そんなことをぶつぶつと呟いていると、なぜか殿下は大きくため息をつき、頭を振る。そして頭を私の膝に載せて、寝っ転がりながらこう言った。

「二時間後に、起こしてくれ。続きはその後だ」

「え、ちょっ。大事な話をしていたのに！」

「……気が抜けた、そういうことだから頼んだぞコレット」

「あ……もう」

私が驚く暇もないほど、あっという間に寝息をたてる殿下。

そんな横顔を見ていると、なんだか私も気が抜けてしまう。

小さく名前を呼んでももう応えないことを確認してから、彼の燃えるような赤い髪に、私はそっと指をからめる。

私を見つけてくれてありがとう。

私の願いを叶《かな》えてくれて、ありがとう。

そんな言葉が、二人きりの静かな部屋で、差し込む朝日とともに溶けて消えた。

幕間　その三　別れの準備

殿下が二百もの騎兵を引き連れてブライス伯爵領へ乗り込んだあの日から、三ヵ月が過ぎた頃《ころ》。ブライス伯爵とその長男、伯爵家の一切を取り仕切っていた執事や使用人、私兵に至るまで関わった者たちの裁判が終わり、すべての者に刑が言い渡された。

ブライス伯爵は、絞首刑を免れなかった。伯爵が武器を売っていた先が、フェアリス王国とベルゼ王国それぞれが国境を接する、別の第三国だったことが最も問題視されたためだ。その国は近年、内乱が危惧《きぐ》されており、軍備を強化していることは周知の事実。フェアリスとしてもどちらかの勢力に肩入れして巻き込まれぬよう、注視していたところだっただけに、伯爵の武器の横流しは国の安全を脅かすものだ。

同時に、ティセリウス伯爵領での誘拐《ゆうかい》事件の首謀者であることも判明し、二つの伯爵家が関わっていたことで、単に貴族間での権力争いと見ていた平民たちにも衝撃を与えるものとなった。

それから殿下に剣を向けたグレゴリオ将軍もまた、重い処分を受けることになった。剣を抜いて殿下と勝負した件については問題なかったのだが、勝負がついた後に殿下を害しようとしたことは、看過できない。ということで軍を除名処分となり、爵位も剥奪《はくだつ》の上、禁固刑。恐らく、生涯牢《ろう》から出ることは叶《かな》わないだろうと聞いた。

そしてジョエル＝デルサルト卿についてだけど……表向きはグレゴリオ将軍に対する監督不行き届きという理由で、現在は謹慎処分を受けている。

けれども実際には、ティセリウス、ブライス両家で行われた不正の首謀者として、王位継承権の剥奪が陛下から言い渡され、いずれ遠い領地での幽閉が決まっているという。これらは公《おおやけ》には言及されてはいないが、貴族家や行政庁の上部では公然の秘密だそう。

そうして無事に王位継承権はラディス殿下へと定まり、フェアリス王国の中枢は殿下を支える体制を整える方向へと動き出したのだった。

そんな激変を横目に、私は私でそこから一ヵ月間、納税申告日を迎えるための忙しい日々を過ごした。

もちろん、無事に帳簿を整えて先日、しっかりと申告を終えた。だが会計局本院、ならびにその下の各会計部署では、それらの提出された帳簿が山のように積みあがり、これからが確認作業の本番だ。各地で屍《しかばね》のようになった役人が出ていることだろう。

この二週間後には、ベルゼ王国との式典も予定されているので、私はつかの間の休息を味わっていた。

今日を含めて三日間、休暇を取っている。

「コレット、父さんの恰好《かっこう》は、本当にこれで大丈夫だろうか？」

うろうろと鏡の前で行ったり来たりしていた父さんが、思い余って私に聞いてくる。

「大丈夫よ、いつも通り素敵だから」

私は笑いながら、父さんのいつも通りきっちり締まるタイに手を添えて、形だけでも手直ししてみせる。

「どうしたら母さんはあんなに平然としていられるんだ、信じられないよ」

キッチンで鼻歌をうたいながら、いつものようにランチを用意する母さんを指さしながら「女は度胸と言うものだが……」と恨めしそうだ。

「そこまで緊張する必要はないわよ、見た目とは違って気安い人だから」

「分かってはいるんだがなぁ」

不安そうにする父さんを宥《なだ》めていると、玄関の戸を叩《たた》く音がする。

「来たみたい、私が出迎えるね」

ビクリと体を震わせる父さんを座らせて、私は待ち人を招きに玄関へ。

今日は、特別な日。私を産んでくれた母の命日だ。

私は続けて鳴るノックに「はいはい」と返事を返しながら、我が家の立派とはいえない玄関を開ける。

客人は、大きな花束を抱えて、立っていた。

「いらっしゃいませ、殿下」

ティセリウス領の酒場に行った時のように、素朴なシャツに革のベスト、町の人たちが着る幅広のズボンをベルトで縛り、ブーツを履いた殿下が、供もつけずに立っている。以前と違うのは、彼を彼たらしめている赤い髪が、黒く染められていることか。

外から町の様子を眺めることはあっても、庶民の家の中へ招かれるのはきっと初めてなのだろう。彼の視線は私よりも、周囲へと向いていた。

「どうぞ、入ってください。両親もお待ちしています」

「ああ、邪魔をする」

今日は殿下も休暇を取っている。

なんでもローランド家の両親に挨拶《あいさつ》がしたいと言われ、一緒に墓参りをすることになった。そのついでに、育ての親でもあるレイビィ家両親にも挨拶をしてくれることになったのだけれど……。

最初は殿下から両親を登城させる手配をすると言われたのだ。それならばと軽い気持ちで「家に来ますか？」と言ったら、なんと殿下が乗り気に。

それをレイビィの両親に話したら、母さんは歓喜して手料理を振る舞うと張り切り、父さんは卒倒しそうになった。

結果として登城を命じられるよりはマシってことで、双方が納得し実現した。

庶民の手料理はどうかと思ってヴィンセント様に相談すると、それを聞きつけた殿下から「断る理由はない」と押し切られた。

というわけで、カチコチにかしこまりながら挨拶した父さんが、向かいの席に殿下を招く。その殿下の隣に私が座り、にこにこと嬉《うれ》しそうな母さんが皆の前に料理を出してから、父さんの隣に収まった。

「……殿下にお出しするには庶民の食事でお恥ずかしいですが、妻が作った料理の味は保証いたします。どうぞお召し上がりください」

「頂戴する」

そうして、どこかぎこちない食事会が始まった。

父さんは喉も通らないという顔をしていたけれど、私と母さんはそんな父さんを横目に笑いながら、殿下にお勧めの煮物料理を取り分けて差し出した。

もちろん殿下が来たからといって特別のものではなく、いつもの大皿料理だ。

「初めて食べる味だが、美味《うま》いな」

「そうでしょう？　絶対に好みだと思っていたんです。私も教わっているのに、なかなか同じ味にするのが難しくて」

「お前も料理をするのか？」

当たり前じゃないですか、料理人など雇えない庶民ですよ。そんな文句を言い返していると、母さんが口を挟む。

「コレットは堪《こら》え性《しょう》がないから失敗するのよ。根気よく灰汁《あく》取りをしないでしょう？」

「もう、そんなことバラさないでよ母さん……煮物はその通りかもしれないけれど、焼き物は得意ですからね」

いつもの勢いで食事を口に運びながら、殿下は笑う。

そんな私たちのやり取りにようやく肩の力を抜いた父さんも交えて、食事はいつものレイビィ家の穏やかさを取り戻す。

「そういえば殿下、実は先日、市場でブルグル漬けを見つけて、ついつい買ってしまったんです。良かったら召し上がりますか？」

王都では滅多に手に入らない、ベルゼ王国特産の強い酒を使った、野菜の漬物だ。返事も聞かずに席を立とうとした私を、殿下は呆《あき》れた様子で止める。

「お前は酔ったまま、墓参りをするつもりなのか？」

「……あ、それもそうですね」

ははは、つい。母さんは苦笑いを浮かべ、父さんは申し訳なさそうに殿下に頭を下げる。

「こんな娘ですが、どうかよろしくお願いいたします」

ええっ、今それを言うの父さん？

「あなた方を尊敬する、さぞ苦労されたことだろう。あれを御するには、先回りする知恵と根気が必要だと、私は日々実感している」

ちょっと待って、殿下、それはどういう意味ですか？

「ええ、ええ……お分かりいただけますか。亡くなられた旦那様も、同じことをよくおっしゃられていました」

父さんと殿下が深く頷《うなず》きあっている。

殿下は今日、いわゆる「お嬢さんをください」な立場ですよね？

それなのに父親側に立って、意気投合するのはどうかと思いますよ。

「忘れもしない、あれは私どもの家に来たばかりのことですが……あの短い髪をからかわれて、近所の男の子と取っ組み合いの喧嘩《けんか》をしまして……」

わーわー、父さんが昔話を始めた。あれが出ると長いのだ。しかも語られる話は、だいたい私に都合が悪いことばかりに決まっている。

私は急いで「ご馳走《ちそう》様！」と言いながら席を立ち、殿下の腕を引き、逃げるように部屋を飛び出した。

置いてあった花束を掴《つか》んで玄関を出てから、大きく息を吐く。

「ああ、危ない。殿下に変な話を聞かせるとこだった……」

もうこのまま歩いて市場を抜けて、その先にある停車場から馬車に乗って修道院へ行くことにしよう。

そう提案すると殿下は私から花束を取り上げ、空いた方の手を繋《つな》いで歩き出す。

「どんな話が出ても、今さらだ。次は良い酒を持って行こう、今日よりも饒舌《じょうぜつ》になるかもしれないな」

「や、やめてくださいよぉ」

お客さんが行き交う昼下がりの市場通りに、殿下の笑い声が溶けていく。

そんななか二人で歩いていると、少し先の店先からこちらへ手を振る人がいた。

「おおーい、コレット」

「あ、バンスおじさん、久しぶりです」

「ちょうど良かったよコレット、聞きたいことがあったんだ……うん？　どうした今日は？」

大手を振って私を呼び止めたのは、萬屋《よろずや》の店主バンスさん。

彼は私と殿下、殿下の持つ花束を見比べてから、繋いだ私たちの手へ視線を下ろすものだから、私は咄嗟《とっさ》に殿下の手を振り払おうとするが、殿下が放してくれず……。

「こ、ここ、これは別に……」

照れながら誤魔化《ごまか》そうとするも、おじさんは踵《きびす》を返して自分の店の中へ向かって、大声を張りあげたのだった。

「ダニエル、ちょっと来いっ、大変だ！」

ぎょっとする私をよそに、おじさんが続けた。

「コレットがとんでもない色男を連れて来たぞ！」

おじさんの大声が響いたのと同時に、周囲の目が私たちに注がれる。

ああああ……おじさんっ。

十歳からここの市場で育ったのだから、誰《だれ》も彼も顔見知り。下手《へた》したら客で訪れる人たちも、知り合いばかり。

そこにきて、声の大きなバンスおじさんに見つかったのだから、なかったことにできるはずもなく。

項垂《うなだ》れつつ隣の殿下を覗き見るが、さすが生まれながらの王子様。注目されるのに慣れているのか顔色ひとつ変えていない。

「おやじ、悪いのは腰だけにしておけよ？　いくらなんでもあいつが男なんて……」

そんなのんきな声を上げながら店先に出てきたのは、店を継いで働く幼なじみのダニエルだった。

休憩でもしていたのか、頭を掻《か》きながら私を見て、それから殿下を見る。

「うわっ……本当かよ！」

そして殿下が放さない手を二度見して、のけ反《ぞ》るダニエル。

もう開き直って、殿下に彼を紹介する。

「こちらは萬屋を営む、悪友……もとい、幼なじみで同級生のダニエルです」

「例の取っ組み合いの相手か？」

ああもう、父さんの話をしっかり聞いていたんですね、忘れてください。

「ダニエル、この人は私の……」

あれ？　私の、何だろう。

婚約……はまだ正式にはできてないし、何だろう。まだ上司ってことでいいかな……。

首を捻《ひね》っていると、殿下がすかさず横から口を出す。

「コレットの婚約者、ロイドだ」

「え？」

目をひん剥《む》いて殿下を見る。

そしてそんな私を再び二度見するダニエル。

「え？　って……どういう反応だそりゃ？」

横からただならぬ圧を感じて、慌てて肯定する。

「あーうん、そう。婚約者です」

「おいおい嘘《うそ》だろう、お前が結婚だって？　しかもこんな男前と？　レリアナの件にも驚いたが、お前相手に結婚だなんて、詐欺か何かじゃないのか？」

あ、殿下のこめかみがピクリと動いた。

「誰が詐欺師だ」

「わーわー、ロイドさん、本気にしないでください。ほらダニエルも、失礼なことを言わない。彼は私の今の上司でもあるのよ」

「上司……ってことはこの人も王城勤めなのか？」

これ以上追及されても困るし、私はダニエルを無視して、バンスおじさんに話を振る。

「それより、私に何か用があったんですよね？」

「ああ、そうだった。コレットに頼みたいことがあってね。先月、市場通りの外れに、新しく店を構えた裁縫店を知っているだろう？　あそこの店主が帳簿のことで相談したいそうだ」

バンスおじさんは、ここの市場の顔役だ。先の商業組合の対立の時には、誰よりも仲介を買って出て、父さんとともに事態を収拾するのに一役買った人物。そんな人だから、他店主たちからの頼まれ事も多い。

「分かりました、新しく綿糸が入ってくるようになって、ずいぶん忙しそうにしていましたからね。明日にでも顔を出すので、出納《すいとう》記録を全部用意しておくように伝えてください」

「ああ、助かるよ。新しい商売が順調なのはいいが、そっちの勉強もしておくよう言ってみたら、教えを乞いたいと言われてね……例の組合のもめごとの後だから、皆忙しくてさ」

そうそう、あの時は仕入れ先と納品先とで派閥が分かれて、苦労した店も多かったようだ。

組合分裂の元凶ともいえるブラッド＝マーティン商会は、かなり前からブライス伯爵の手足となり不正輸出をしていたことが分かり、商会の解散命令を受けた。当主は禁固刑、しかしレリアナの婚約者で息子のセシウス＝ブラッドは、重要な情報を提供し、捜査に協力したことで禁固刑を免れた。高額な賠償金は課せられたが、商売を続けることは許されたため、これを機にレリアナと二人で新しい事業を立ち上げることにしたらしい。

そして割れた組合は改めて派閥間で和解し、何とか元通りに収まったみたい。

「色々大変だったけれど、無事に騒動が収まってよかったですね」

「まったくだ。一安心したら、もう帳簿を届ける時期だ。どの店も大慌てでまとめて、ようやく終わったところだよ」

町の人たちにとって、お金の計算はさほど苦にならないものだけれど、帳簿つけはまた別なのだ。

しかし彼らのような小売り店主こそ、しっかりと帳簿をつけねばならない。

なぜなら一定金額以下の儲《もう》けの少ない商店は、帳簿の届けをする代わりに、納税が免除されるからだ。

これは一般庶民にまで記帳の習慣を徹底させるために、バギンズ子爵が考案した措置だという。

税の免除は不公平だと思われるが、大店《おおだな》は帳簿を使うことによって、離れた地での商売をする時に、いちいち王都の本店の指示を仰ぐことなく、資金を動かせるようになり商売が楽になった。小さな店は手間を割《さ》かれる代わりに儲けが分かりやすくなり税も免除されるのだから、どちらにとっても利益がある。

これこそが、バギンズ子爵本人が低い爵位であっても、高位貴族から庶民まで、どの身分の人々からも尊敬される所以《ゆえん》だ。もちろん、いつもにこやかな好々爺《こうこうや》であることも大きいけれど。

「じゃあそういうことでおじさん、また明日」

「ああ、これからデートかい？」

「そんなんじゃありませんよ、お墓参りです」

照れながら殿下を振り返ると、ダニエルと二人で何かを話していた。

仲良くなったのかしら。

けれども、私の視線に気づいた殿下が、ダニエルとの会話を打ち切ってしまう。

「お話をしていたんですか？」

「大したことではない。約束の時間が近い、急ごう」

私は頷き、ダニエルとバンスおじさんに挨拶をして店を後にする。

バンスおじさんが叫んだせいで、市場を通り過ぎる間、ずっと興味津々な視線を感じる。だが変装しているとはいえ殿下がどこか近寄りがたい雰囲気をまとっているおかげか、皆そわそわしているけれど誰も話しかけてこない。

きっと後で、父さんや母さんの方へ詰め寄るに違いない。ああ、明日からどんな顔をして過ごせばいいのやら。

まさか今日ここで、婚約者と口にする羽目になるとは思わなかった。

……照れくさすぎる。

誰のせいだと思っているんだと、再び手を繋いでくる殿下を見上げると、どことなく口角が上がっている？

「殿下のせいで、明日から恥ずかしい毎日を送る羽目になりそうです、こんなつもりじゃなかったのに」

「そうか、だが私は充分、目的を達した」

「目的は……お墓参りって聞いてましたが」

「それもあるが、ついでにコレットに懸想《けそう》する者が現れないよう、手を打っておきたかった」

「懸想って、そんな奇特な人はいませんよ！」

「悪かったな、奇特で」

失言に気づいて口をもごもごさせる私の手を引き、殿下が脇道に逸《そ》れる。

停車場とは違う方向だったが、その先に馬車が待っていた。

「辻《つじ》馬車を使うのでは、警護に迷惑がかかる」

御者台にはいつもの護衛官と、もう一人はレスターの同僚でもある近衛《このえ》兵。彼らは私たちのために馬車の扉を開けてくれる。

そうして結局、殿下が用意しておいてくれた馬車に乗り込み、私たちはシャロン救済院へと向かった。

きっと周囲の物陰では、目立たないように近衛兵たちが、私たちを護衛していたのだろう。

郊外といっても馬車ならあっという間だ。救済院へ到着した私たちを、院長が出迎えてくれた。

「お待ちしておりましたラディス王子殿下、それからコレット様もお久しぶりです」

「エッセル院長、お元気にされていましたか？」

墓所へ向かう道すがら、近況を尋ねる。

「はい、私たちは皆変わりなく、子供たちも元気に過ごしております」

私はしばらく来られなかったので、それを聞いて安心した。

「リンジー様からも援助をいただきましたので、先日新たに二人の子供を迎えましたが、不足なく過ごさせていただいております」

「そう、出国前にお母様も来ていたんですね」

「ええ、しばらく会えないからと……お寂しいご様子でした」

お母様は騒動後、私たちとともにブライス領から王都へ戻ってきたが、それから二ヵ月後にはベルゼ王国へ旅立っていった。

もちろんブライス伯爵の悪事についての聴取や裁判のための証言などには、しっかり協力している。

調査の結果、父親である伯爵との確執が明らかになり、お母様がほぼ離れの館で隔離されていたことが使用人たちからの証言で裏付けられた。そして様々な証拠を確保して、事件の解明に手助けをしているのも考慮されて、無罪となった。

そうして自由の身になったお母様は、レイビィの両親の元を訪れ、自分の代わりに私を育ててくれたことに感謝して頭を下げていた。恐縮しきりのレイビィの両親だったけれど、元々は同じ屋敷で過ごした仲。すぐに打ち解けて、私とレスターの話で盛り上がっていた。

亡くなった両親も、きっと喜んでくれたと思う。もちろん、小さなお墓に眠るコリンも……。

「私も、しばらくの間は来られないので、お別れの挨拶がしたくて来ました」

そう告げると、エッセル院長は小さく微笑《ほほえ》んで頷く。

「お会いできないのは寂しいですが、お帰りをお待ちしております。ここは私たちが大切にお守りいたしますので、どうぞご安心ください」

院長は、そう言って私たちを二人きりにしてくれた。

庭師のマリオさんが整えてくれた美しい花壇に囲まれた墓へ、殿下が持ってきた花束を供えると、片膝をついて祈りを捧《ささ》げる。私も彼の隣に並んで膝をつき、両手を組んで瞼《まぶた》を閉じる。

何から報告をしたらいいのかと悩むほど、色々あった。

まさか両親の眠る場所に、殿下とともに来ることになるなんて、夢にも思わなかった。

あふれる思いを言葉にしようと考えて、考えて。結局残った想いはただ「ありがとう」それだけだった。

産んでくれてありがとう。愛してくれてありがとう。

私を優しい人たちに託してくれて、ありがとう。

それらが全部、私を今へ導いてくれた。

瞼を開けると、当然のように差し出された殿下の手を取る。

両親がいてくれなかったら、この温かい手も私の前には無かったかもしれない。

琥珀《こはく》色の瞳《ひとみ》の中に映る、幸せそうな笑顔の私を見て、きっと、喜んでくれているだろう。


それからの一ヵ月と少し、私は一つずつ旅立ちの準備をしていった。

殿下の会計士としての仕事を続けながら、レリアナと会って食事をし、町の人たちの相談に乗った。

無事に殿下の社交費と花嫁支度品の予算も組み終わったので、残りの時間はリーナ様と楽しくおしゃべりをしようと思っていた。それなのに、高位貴族向けのマナー講師を派遣され、突如礼儀作法を叩き込まれたりと色々あった。

そんなこんなで迎えた私財会計士としての契約最終日は、ベルゼ王国との和平式典が行われる日の七日前。

結局最後まで殿下の私室に置かれたままの、古い机を手で撫《な》でる。

ここで完成させた帳簿を次に開くのは、ベルゼ王国から戻った日になるだろう。

最後の給料は会計局本院を通して支払われた。ただし、ベルゼ王国で過ごすための資金として持ち歩けるように、本院のイオニアスさんにお願いして宝石にしてもらってある。

この一年、お世話になりましたとイオニアスさんに挨拶すると、いつも表情が硬い彼が微笑みながら「いってらっしゃい」と言ってくれたのが嬉しかった。

「いってきます」

その言葉を最後に、私は仕事部屋だった殿下の私室を去る。

すべての私物を綺麗《きれい》に片付け、真新しい帳簿だけを残して。

終章

ベルゼ王国との和平を記念した式典を、三日後に控えたその日。

私はなぜかベルゼ使節団たちが訪問する日よりも先にティセリウス領まで連れて行かれて、そこでベルゼ国王と一緒に帰国したお母様と合流していた。

当初の予定では、式典が終わった後にベルゼ王国使節団とともに、隣国へ向かうはずだった。だがティセリウス領に着くやいなや、私の身分を変えるための舞台が前倒しになったと知らされたのだ。

まさに青天の霹靂《へきれき》。どういうことですか。

困惑する私を、領主館で待ち構えていたのは、侍女頭のアデルさんを筆頭に、殿下付きの侍女の皆さん。

彼女たちに囲まれて身ぐるみ剥《は》がされたと思ったら、風呂に入れられて隅々まで磨かれ、あっという間にお姫様のような豪華な衣装と化粧で変身させられていく。

着せられたのは、ベルゼ王国特有の、ゆったりとしたシルクのドレス。そして王家の象徴のように扱われる金髪は、まとめずに下ろされる。耳の後ろに少しだけ髪を寄せて、そこにベルゼ王国特産の宝石がついた飾りがつけられると、鏡に映る私は、すっかりベルゼの娘だ。

「まあ、そうしていると本当にシャロンそっくりね。とても綺麗《きれい》ですよ、コレット」

お母様が顔をほころばせ、再会を喜んでくれた。

そうして私はなし崩し的に、使節団の、しかもベルゼ国王の立派な馬車に乗っていて……。

こんなことを指示できるのは、一人しかいない。

「どうしてこんな不意打ちのようなことをするのかしら、殿下は」

王都へ向けて出発し、揺れる馬車の中で頬《ほお》を膨らませる私に、ベルゼ国王ランバート様が種明かしをしてくれた。

「確約が早く欲しいそうだ。それだけ望まれているとも言えるが、ただの平民として送り出すよりも、立場がある方が護衛を付けやすい。其方《そなた》の安全を第一に考えているのだろう。ラディス王子の立太子を望まぬ者が、つけ入る隙《すき》としてコレットを標的にする可能性もある」

「デルサルト卿は継承権を剥奪《はくだつ》されたのに、ですか？」

数週間ほど前になるだろうか。ジョエル＝デルサルトはついに、王位継承権剥奪を公表されたのちに、公爵家が所有する辺境の領地へ移送されている。

そこは街道も僅《わず》かに数本通るだけの山岳地帯で、自然環境が厳しい土地柄だそう。世話人は最低限、加えて領地の経営もせねばならないと、現公爵から言い渡されているらしい。

ランバート様が言うように懸念があるとしたら、王族籍は抜かれていないことだろうか。デルサルト公爵家から放逐されたわけでもない。問題だらけの所とはいえ、領地も与えられている。

トレーゼ侯爵など殿下派だった貴族たちからは、処分が緩すぎないかと不満が出たみたい。でも殿下いわく、ジョエル様は日頃から人に傅《かしず》かれて当たり前、欲するものは部下が先んじて用意していたような人。だから私たちが想像する以上に、彼は辛酸を舐《な》めることになりそうだと。

「当人だけではない。権力に寄りかかり、甘い蜜を吸っていた者は、しがみつく物を失うとなったら断末魔の声をあげるものだ」

ランバート様はかつて、少々強引な方法で父王を退位させ王位に就き、数々の制度の改革をしてきたと聞く。そんな彼だからこその、実感なのだろうか。

私だって、自分の存在が殿下の弱みになって、足を引っ張るのは避けたい。けれども騙《だま》し討ちではなく、事前に相談くらいはして欲しい。

「おおかた、其方はあっさりラディス王子の元を去ったのではないのか？」

釈然としない私とは違い、ランバート様は訳知り顔だ。

「ちゃんとご挨拶《あいさつ》してから出てきました。いってきますと……」

「仕事道具から何から、一つ残らず引き払ったというのは？」

「しばらく留守にするのに、片付けないわけにはいきませんよ。それに、立つ鳥跡を濁さずって言いますでしょう？」

苦笑いを浮かべるランバート様の代わりに、お母様が続ける。

「その後はどこにいたのですか、護衛があなたを見失ったと、連絡を受けたそうですよ？」

「当然家にいましたよ……あ、レリアナが、フェアリスを発《た》つ前にって、美味《おい》しいお店のはしごを丸一日しましたけど……まあ、そこで旧友とかに誘われて、あちこち？」

お母様が眉《まゆ》を下げながら「早速、頭を下げる機会ができましたわね」と言った。

どうやら、私が殿下を放っておいて友人たちと遊び歩いていたのが、この不意打ちの原因らしい。

「だって、殿下とは式典の時に会う約束をしていました！」

「そういう問題ではありませんよ、コレット」

馬車の中に、ランバート様の笑い声が響く。

「ベルゼに戻り次第、リンジー殿から王族としての心構えと作法、それから男心を学ぶ必要がありそうだな、我が姫とともに」

待ってください、ベルゼの姫はまだ八歳ですよね⁈


そうして私は心の準備が整わぬまま、ベルゼ国王の姪《めい》として、平和式典に参加させられたのだった。

王都に着いた使節団一行は、沿道で歓迎する人々に迎えられて入場する。

王城への入り口である正門からは役人たちが並び、式典が行われる城の正面広場に貴族や中央行政庁各局の長たちが出迎えていた。使節団を歓迎する花道には近衛《このえ》騎士たちが整列して華を添えている。

その騎士たちの中に、レスターの姿が見えた。

レスターは今もそのままブライス姓を名乗っている。いずれ正式にブライス家を継ぎ、当主に収まる予定ではあるが、まだこうして近衛騎士として働いている。

ブライス伯爵家の処罰が決定してから、伯爵家の財産整理が行われている。今はまだすべての所有財産を、法務局と会計局本院が総出で調べているところ。それが分かってから不正分を没収し、領民のための施策分を差し引いて、レスターが継ぐべき資産が改めて決められるらしい。

ただ、レスターとしては私が殿下の元に嫁いだとしても、近衛として近くにいたいと言ってくれている。

ありがたいけれど、やっぱり姉さんはレスターのことがとっても心配よ。

ということで、私は馬車から降りて、ランバート様の腕に手を添えながら、式典の壇上へ向かって歩く。お母様は私たちの後ろに続く。ベルゼ国王を招くにあたり、フェアリス王国から遣わされた使者、案内役という立場だそう。

その壇上には、既に上位貴族たちが並んでいて、トレーゼ侯爵とその令嬢であるリーナ様。そしてその隣にはヴィンセント様もいる。二人は寄り添うように並び、時おり互いに目配せをしあっている。実はヴィンセント様は、先日ようやくカタリーナ様に求婚した。それこそ断崖絶壁から飛び下りるくらいの勇気が必要だったらしい。

お互いに長い間想いあっていて、最近は逢瀬《おうせ》を重ねている。リーナ様の気持ちを知っているはずなのに、どうして怖《お》じ気《け》づくのだろうか。

「そういう問題ではありません、拗《こじ》らせた男は繊細なのですよ、これは殿下も同じですって。

どうも私には、男心は難しい……。

侯爵家が並ぶその中央には、国王陛下と王妃様、それから王弟デルサルト公爵とラディス王子殿下が、私たちを待ち構えていた。

階段を上るところで、すっと殿下が私たちに近づいたかと思うと、彼は私に向けて手を差し出す。

殿下の姿は、今まで見た中でも特に立派な装いで、とても素敵だった。

今日が特別なのは、彼がただの王子から、王太子となる日だから。

だけどいつだって私を惹《ひ》きつけるのは、そんな装いではなくて。出会った時から変わらない、その燃えるような赤い髪と、逸《そ》らすことができない力強い琥珀《こはく》の瞳。

見つめられてはにかみながらも、彼の手を取り、与えられた席に着く。

高らかなファンファーレを合図に式典は始まり、国王陛下がベルゼ王国の使節団を歓迎する言葉を告げ、ランバート様がそれを受ける形で、両国の友好が宣言される。それからいくつかの儀式を経て、両国は長年望まれてきた和平条約を結ぶこととなった。

そうして式典は滞りなく行われ、両国が同盟国であることが宣言された。

もう二度と争いの日々は訪れない。

少なくとも、両陛下と殿下の治世の元では。

こうして私は、両国の歴史的瞬間に、立ち会ったのだった。


華やかな式典の翌日、貴賓として王城に泊まった私たちは王城最奥にある庭園へ招かれた。

そこは十年前のあの日、殿下と訪れた宝冠のある庭。

宝冠を戴《いただ》く精霊王の像からは少し離れているにもかかわらず、今も鐘が奏でる音楽が頭の中に聞こえてくる。

そこで私たちを待ち構えていたのは、国王陛下と王妃様、そして王太子殿下だった。

「ようこそお越しくださった、ベルゼ国王、ランバート殿」

「こちらこそ、念願の吉日を迎えられたことに感謝いたします」

そうして両陛下が固く握手を交わす。

ランバート様が私を、陛下に紹介するために呼び寄せる。

「改めてご紹介する、これは私の姪にあたる、コレット＝ヘルミーネ＝ベルゼ。私の姉である、シャロン＝ヘルミーネ＝ベルゼの娘です」

「コレットです」

私は短くそう告げてベルゼ流の礼儀に則り、膝を折って挨拶をする。

すると陛下は目を細め、微笑《ほほえ》みながら頷《うなず》いてくれた。

そしてその隣にいた殿下にも、私は同じようにして膝を折る。

昨日と同様に正装をした殿下は、少しだけ緊張したような硬い表情で私を見ていた。そしてランバート様に向かって、こう訴えたのだった。

「早速だが、同盟国となった貴国に、コレットと私との婚約を正式に承認していただきたい」

そういうのは、一度ベルゼ王国へ行き、そして戻ってからのことだとばかり……。

私が困惑しているのを見て、ランバート様が微笑みながら助け舟を出してくれた。

「私としては、コレットの意思を尊重したい。どうする、コレット？」

「私次第って言われても……だってまだ私の身分は定まってないし、そのことで殿下の立場を弱める原因になるかも」

「国王自ら連れて式典に出席したのだ、他国の王家へ口出しをできる者がいようか」

もしかして……そのために、私を出し抜いてまで合流させたのね。

呆《あき》れて殿下を見ると、彼は少しだけ眉を寄せながら、難しそうな顔をする。

「この十年、母と暮らすことを夢見てきたのだろう。それを駄目だと言いたくはない、だからこれが私にできる譲歩だ。私の婚約者として、ベルゼに向かって欲しい」

「……そんなに、不安にさせていました？」

「十年、ようやく捜し当てた相手を、簡単に手放せるものか」

とても口説《くど》かれているとは思えない厳しい真顔の殿下。でもよく見ると、彼の耳がほんのりと赤い。

そういえば、殿下が照れを隠す時は、いつもそんな風だった。

私は、彼に心から望まれている。

厳格に手順や決まり事を崩さない堅物殿下が、順番を無視してでも婚約を取り付けようとした。その意味を、ともに過ごしてきた時間が教えてくれる。

「分かりました、殿下。求婚をお受けします」

くすくすと笑いながらそう返すと、殿下は私の手を取り、指に唇を寄せた。

今は公式の場。これが初めて顔合わせをした私たちができる、最大限の愛情表現。

そんな私たちを見守っていた両陛下が、宝冠を掲げた像へと向かう。

「良い機会ですので、勘違いの元であるこれは、ベルゼが引き受けましょう」

「ええ、ぜひともそうしていただきたい」

そんな会話を交わす陛下たちの後を、私と殿下もついていく。二人の言葉の意味が分からない私たちが、何が起こるのだろうかと様子を窺《うかが》っていると。

ランバート様が、精霊王の像の元へ辿《たど》り着き、おもむろに宝冠へと手を伸ばした。

その指が像の頭にある宝冠に触れたのと同時に、十年前のあの日と同じ、甲高《かんだか》い鐘の音が頭に鳴り響いたのだ。

像を中心に、何かが弾《はじ》けたかのように、音の衝撃が広がっていく。

そのすさまじい音からかつて経験した痛みを思い出し、両手で耳を塞ぎ身を固くする。そんな私を、殿下が庇《かば》うように引き寄せてくれた。

けれども、その音色がトラウマとなっているのは、殿下も同じで。

「どうして、ベルゼ国王に徴《しるし》が……？」

困惑する殿下が呟《つぶや》くも、鳴り響いていた鐘の音はさほど経《た》たずに、次第に穏やかなものへと変わっていった。

音を、徴を発現させたランバート様が、私たちを振り返る。

「これは、ベルゼ王国の王族に反応するよう条件付けられているのだ。いつしかフェアリス王国の王族の徴として、伝説がすり替えられてしまったようだが……」

「だが、十年前に私とコレットが……それに、父上と母上も徴を顕《あらわ》したと」

そこまで言って、殿下はハッとして、父王と後方で見守っていた王妃様を見る。

「まさかそれが偽り、だったのですか？」

「少しの真実と、大きな嘘《うそ》を、私はついた」

困惑する殿下とは違い、私は今まで疑問に思っていたものがすべて、あるべき場所に収まったような、妙な納得感を得ていた。

かつて陛下がシャロン母様に求婚し、それから逃れるためにお母様がティセリウス家へ養子に入らなければならなかった、本当の理由。陛下が執着したその原因がそこにあったのだ。

「シャロン母様が、陛下とともに宝冠に触れたのですね？」

「左様。彼女が顕した徴を、後に私と王妃のものとして偽ったのだ」

だから宝冠は人目につかぬよう、この奥深い庭に置かれていたのか。

「では、父上は、この宝冠がフェアリス王家の王を顕すものでないことは、はなからご存知だったのですか？」

「疑念はあった。だが確信したのは、十年前の少年がコレット……シャロンの娘だったことを知ってからだ。それでベルゼ国王に今回、確認してもらったのだ」

「どうして、もっと早く確認……いや、私に知らせてくださっても」

殿下の言い分はもっともだ。でも陛下は声こそ柔らかくも、諭すように言う。

「王妃には、これの徴が自分にないことで、辛《つら》い思いをさせたつもりはない。ラディス、お前もそれだけの覚悟をコレットに示せ。宝冠は過去の遺物、徴があろうとなかろうと、王になる覚悟を決めたのであろう、違うのか？」

「いえ……その通りです」

殿下のその答えに、陛下は満足そうに微笑んだ。

私たちを十年も……いいや、長きにわたりフェアリス王家を翻弄《ほんろう》した宝冠は、生まれ故郷のベルゼ王国へ、和平の象徴として返還されることとなった。

それからフェアリス王国行政庁は、ベルゼ使節団が帰国までの短い間に、二つの国に平和をもたらす、様々な約束を取り決めていった。交易の拡大と、それに伴った人々の自由な往来など。その中の一項目に、私と殿下の婚約も付け加えられている。

今回の和平式典後、それら交わされた二国間の約束は貴族たちのみならず、すべての国民へ周知された。特に王太子とベルゼ国王の姪との婚約は、両国の輝かしい未来を示唆するとして人々に歓迎されたようだった。


一週間後、私は殿下の元から……フェアリス王国を旅立つ日がやってきた。

到着した日のように人々から見送られ、旅路についた最初の休憩場所で、私と殿下は二人きりの別れを交わす。

人目を忍んで会うのは、きっとこれが最後だろう。

寄り添うだけでも照れくさくて、俯《うつむ》く私の頬をそっと手で包まれる。

「三度目の、逃亡だな」

見上げると、いつものように不敵に笑う殿下。

「婚約までしたというのに、まだそんな風に言うんですか」

私もまた、いつものように生意気な調子で返す。

「向こうでは、あまり周囲を誑《たら》し込むなよ」

「たらし……そんなこと、今までもした覚えはありません」

殿下が呆れたような顔をしながら「そうか」と呟く。

「でも、良い人に恵まれている自信ならありますよ」

これまで出会った人たちの名前を挙げながら、指折り数えていると、その指を取られた。

「必ず、迎えに行く」

「はい。捕まえに来てください、何度でも」

殿下に倣《なら》っただけなのに、うんざりした顔を返された。

「そろそろ……最後にさせてくれ」

私はたまらなくなって、声をあげて笑う。

そしてどちらからともなく手を伸ばし、包み込むようにして抱き合い、唇が触れる。

今度こそ、行ってきます。


そうして私は、母の生まれ故郷、ベルゼ王国へ。

念願が叶《かな》い、お母様に甘えながら日々を過ごした。ランバート様の姫たちと礼儀作法を学ぶのは大変だったけれど、ベルゼとの友好使節として、各行政庁からフェアリス王国の人たちも来ていて退屈しない。ベルゼの国土は山と森に覆われていて、鉱山も多い。一緒に山に入り、約束の石について学んだり、豊富に産出する宝石の特性や加工についても知識を得た。そうしているとベルゼの役人にも親しい人たちがたくさんできて、経験したこともないことに参加させてもらえる機会が得られて、時間があっという間に過ぎていく。

そんな様子を時おり訪れているレスターを通じて伝わったのか、しびれを切らした殿下が迎えに来たのは、笑顔で別れたあの日から僅か半年後。

私は攫《さら》われるようにして、フェアリスに戻る。

さらにその半年後、私は今度こそ、彼だけのための会計士に就いたのだった。

番外編　忘れられない誕生日

納税申告期限を目前に控え、忙しい日々を送っているある日のこと。

私は仕事の資料を抱えながら長い渡り廊下を歩き、中央行政棟の一画、会計局本院へと足早に向かっていた。大きな扉は忙しく行き来する人で、ほとんど開いたままになっている。

そこに待ち人を見つけて声をかけると。

「コレットさん、何度も足を運んでいただいて申し訳ありません」

「いいえ、気にしないでください、イオニアスさん。それより……すごい空気ですね」

本院に一歩足を踏み入れると、ピリピリとした緊張感が張り詰めていた。

納税期限まではあと二ヵ月弱。本院の会計士たちは納税申告が始まると、提出された帳簿確認の応援で通常の仕事が滞る。それを前倒しで少しでも進めておくために、役所は役所で忙しいのだ。それは庶民納税課でも同じだっただけに、よく分かる。どこに所属していようと、会計士は一年で一番忙しい季節を迎えていて、まさに首が回らない状態と言っていい。

幸いにも、私の業務はリーナ様の協力もあって、何とか帳簿整理が終わる目処《めど》が立ってきたと言ってもいい。とはいえまとめ作業がまだまだ残っていて、それらを片付けるためにも連日残業になっている。

どうしてここまで急ぐかというと、来期の予算計画案の作成もしておかねばならないから。

私がフェアリス王国を離れている間、私財会計士の業務を引き受けてくれるイオニアスさんとは、こうして連日打ち合わせをしている。

「来月の式典までに目処が立ちそうで安心しました。立太子されることで、多くの費用が公費に引き継がれますから、コレットさんが留守にされている間の処理は何とかなりそうです」

「公費の方の仕事が増えるのに、イオニアスさんには申し訳ないです」

同じ殿下の会計士として、イオニアスさんとは良い関係を築くことができて安心している。

私がベルゼ王国に行った後、王太子となった殿下には行事が目白押しだ。国民への周知をかねた、視察兼顔合わせが多数入っているし、そのための貴族院への根回しから行政庁での承認など、逐一手続きがある。今決まっている分だけの行事計画を見ただけで、目が回りそう。それなのに私はベルゼにいるせいで、一切それらを手伝うことはできないのだ。

だからせめて、できる限りの準備をしておきたい。

「コレットさん、あまり根を詰めないようになさってください、それではまた明日」

「イオニアスさんこそ、お疲れ様でした。また明日もよろしくお願いします」

日も傾き始め、私は本院を出て殿下の部屋へ向かう。

さあ、私はもう一仕事しなくては。

すぐに帳簿整理の続きに取りかかる。今日も家に帰り着くのは、暗くなってからになりそうだ。今の時期は私だけでなく、父さんも帰りが遅い。母さんは私たちの体調を心配するけれど、この時期を乗り切ってこそ一人前の会計士と言ってもいい。

そうしてしばらく仕事に集中していると、ふと目の前に人の気配がして顔を上げる。

「……レスター？　もうそんな時間なの？」

「まだ終わりそうにないなら、少し休憩しない？」

「そうね……そうした方が良さそう」

私は立ち上がり、大きく伸びをする。

窓の外はすっかり暗くなっていて、冷たい風が入ってきていた。その扉をレスターが閉めてくれて、私は部屋の外にいた侍女さんにお茶をお願いする。

「今日は殿下も仕事が遅くなるのかしら」

自分とレスターの分のお茶を受け取り、向かい合って座った。

「ここに来る途中で、ヴィンセント様に会ったよ。今日は殿下も遅くなるから、姉さんを早めに連れて帰るようにって」

忙しいのは、会計士ばかりではないようだ。

ブライス伯爵以下、今回の事件に関わった者たちの刑が確定した後に、殿下の正式な立太子の儀式の日程がベルゼ王国との和平式典と同時に行われることが決定した。

それに伴って、殿下の周囲は劇的に変化している。

これまでデルサルト卿の影響が強かった近衛《このえ》の再編が進み、殿下の周囲も護衛することになった。

そもそも殿下が武官たちと距離を取っていたのは、デルサルト卿への遠慮から。それを先日、殿下が実力で将軍たちを打ち負かしたことも功を奏し、様々な誤解が解けたようだった。あとは、殿下の護衛頭だったジェストさんが、臨時の近衛隊長を継続している影響も大きい。

前任の近衛隊長がデルサルト卿の言いなりだった人物なので、改めて新隊長が決まるまでは戻ってくることはできなさそう。その選任も時間がかかっているのは、元々ジェストさんを慕う隊員が多く、何だかんだと引き留められているみたい。それはレスターも同じで、暇を見つけてはジェストさんが施す訓練に楽しそうに参加している。

それから私兵として殿下が雇っていた護衛官たちは、式典が終わって殿下が王太子となった暁《あかつき》には、近衛に所属を替えることになっている。元々近衛出身者や、国軍兵だった者ばかりなので、本人たちもさほど気にした様子はないみたい。

そういった経緯もあり、レスターとは今では毎日のように顔を合わせている。殿下の私室の警護に入ってくる日もあれば、今日のように私の帰宅の警護として付き添ってくれる日もあり。

私はというと、相変わらず私財会計士として、殿下の私室で仕事をしている。

面白《おもしろ》かったのは、護衛任務でやって来る近衛兵たちが、平然と殿下の部屋で仕事をする私を見て、誰《だれ》もが最初はぎょっとした顔をすること。そんな近衛兵たちの反応を見て、今度こそ私の仕事部屋を移動してもらおうと、何度も殿下に打診したのだけれど、すべて却下されてしまった。

「気にしなくとも、すぐに慣れる」

ですって。確かに、今では驚く人がいないのは事実だけれど。

「それで姉さん、仕事はあとどれくらいで終わるの？」

「うん……あともう少し、かな」

レスターが呆《あき》れたように私を見る。

「そう言って、昨日も遅くまで残っていたじゃないか」

「はいはい、でもレスターが送ってくれるから、安心して仕事に集中できるのよ」

凛《りん》としていた顔を緩めるレスター。そういうところがいつまでたっても可愛《かわい》いんだから。

「ところで姉さん、明後日は時間を空けてくれる約束したのを覚えているよね？」

「え、それって明後日だっけ？」

数日前に、どうしても休みを取って欲しいと頼まれたのは覚えている。

「どうして忘れるのさ、姉さんの誕生日じゃないか」

「あ、そうだった……」

「そうだったじゃないよ、ようやく人目も憚《はばか》らず会えるようになってから、初めて迎える大切な日なのに」

いや、人目は憚ろうよレスター。まだ私は平民のコレット＝レイビィだし、こうして気軽に毎日会えるのは、レスターが近衛として王子殿下付きの警護に入っている前提があるからで。

相変わらず殿下の恋人疑惑は流れているものの、私が元伯爵令嬢でベルゼ国王の姪《めい》だということは、ほとんどの人には知られていない。ブライス伯爵領での出来事以来、私は他の護衛官たちと同類、個性豊かな殿下の配下の一人として認識されている。

「ごめん、ごめん。会計士になって以来、この忙しい時期に誕生日なんて祝っている余裕がないから、気にしなくなっちゃったの」

言い訳ではなく、ここ数年は忘れて過ごしてしまうのは本当だ。

母さんは私の好きな夕食を用意してくれるが、父さんはその日のうちに帰って来ることは稀《まれ》だ。でもその代わり、仕事が一段落したら食事に行くなど、気遣ってくれていた。

「昔、姉さんの誕生日に、郊外へ行ったのを覚えている？」

「ああ、そういえば……覚えているわ。花が咲き乱れていて綺麗《きれい》だった、郊外の丘ね？」

レスターが私の弟になって二年目くらいの頃《ころ》、お父様の友人が所有している別邸に招待されたことがあった。小さな村の側《そば》には森に囲まれた丘があり、散策に訪れた時期はちょうど花が咲き乱れていて、息を呑《の》むような美しさだった。

そこでレスターと競いながら花冠を作り、二人でお母様に贈った記憶がある。

「そう、あの別邸の持ち主が、今は近衛の後輩なんだ。話を聞いてみたら、まだあの丘はそのままらしい。朝早く馬で行けば、昼過ぎには戻れるよ。きっと気晴らしになるから、一緒に行ってみない？」

「……昼過ぎかぁ」

仕事の段取りを頭の中で思い出しながら、前倒しにするものと後回しにできるものとで仕分ける。

少し厳しい気もするが、根回しをしておいて当日夜に少し長めに頑張れば、何とかなるかもしれない。

「うん、大丈夫かも。行ってみたい！」

「良かった、じゃあ準備をして、早朝に姉さんの家まで迎えに行くね」

二人だけで遠出をするのは、初めてだ。

だが軍部の組織一新に伴いレスターも忙しかっただろうし、相変わらず私の身元が隠されている手前、彼なりの遠慮があったのかも。それでも私との時間を作ろうとしてくれたことに、胸が温かくなると同時に、目の前でにこにこしているレスターが、なおさら愛《いと》おしい。

「ありがとう、レスター」

「姉さんが喜んでくれるなら、僕も嬉《うれ》しいよ」


そうして急遽《きゅうきょ》休みを取るために、翌日は大忙しだった。

少し早めに出勤して、イオニアスさんに引き継ぐための新しい帳簿を作成し、午後の打ち合わせの準備を整えていた。

庭の奥にある鍛錬場から殿下が戻ってきた。相変わらず鍛錬は欠かさないでいるようだったが、相手をしていたジェストさんはまだ近衛隊長を任されているために不在中。彼の代わりなのか、他の護衛官を引き連れていた。

「おはようございます、殿下。皆さんもお疲れさまです……今日の鍛錬も、ヴィンセント様はサボりですか？」

「あいつは剣を携える必要がなくなったら、何かと理由をつけて逃げている。それよりコレット、今日はいつもより早いな……」

「はい、明日の午前中にお休みをいただきたいので、今日は早めに仕事に取りかかろうと思いまして」

「明日か、休みを取ることは別に構わないが珍しいな、何かあったか？」

殿下は汗を拭きながら、提げていた剣を外す。

「特に何かあるわけではないですが……レスターと遊びに出かけることになりまして」

ゴトンと音を立てて、剣が殿下の足元の床に着地する。

鞘《さや》ごと床に置いただけでも、その音からかなりの重量なのだと感心してしまう。あれを片手で振り回すなんて、よくできるものだと。

そう思いながら顔を上げると、殿下がじっと私を見ている。

「なんですか？」

「どこだ？」

うん？

訊《たず》ねられて自分の周囲を見回す。何かお探しでしょうか？

「どこに行くつもりかと聞いている」

「ああ、まだその話でしたか、郊外ですよ」

「何をしに？　郊外とはどこだ？」

どうして急に根掘り葉掘り聞いてくるのか分からず、聞かれるままにかつて訪れた花が綺麗な丘に行くことを伝える。

「殿下は知っていますか、とても小さな村です。家族の懐かしい思い出の場所に、もう一度訪れてみるのも気分転換になるんじゃないかなって……」

「意外だな、コレットの口から懐かしい思い出とか気分転換などと、繊細そうな言葉が出るのは」

「どういう意味ですかそれ」

「その思い出に浸る外出先の提案をしたのはレスターか？」

「はい、そうですよ」

「だろうな」

なんだか釈然としない。繊細とは無縁で悪かったですね。

確かに、レスターから提案されて、ようやくその場所のことを思い出しましたけども。

ちょうどそこにヴィンセント様がやってきたので、巻き込まれてもらうことにした。

「おはようございます、ヴィンセント様。聞いてください、殿下に明日の半日休暇を申請したのですが、頷《うなず》いてくれません！」

「私は、休暇を与えないとは言っていない」

「じゃあ貰《もら》えるんですね、ありがとうございます」

「まて、話は終わっていない」

言質《げんち》だけ取って逃げようとしたが、殿下に阻《はば》まれてしまう。

一方でヴィンセント様は、突然わけの分からぬままに話を振られ、目の前で勝手に会話が進んでいくのを、気にする素振りもなく。

「朝から仲がよろしいですね。しかしコレットが休みを請うとは……何かありましたか？」

どう見たら仲良しに見えるんですか、寝ぼけてます？

「ヴィンセント様、仕事中毒な殿下と一緒にしないでください。私はべつに好き好んで休日を返上しているのではなくて、この時期だから仕方なく働いているだけで、むしろ休日は満喫したい派です」

「ええ、そうですね、知っていますよ。この時期は会計士にとって特別なことは」

そこに殿下が横から割って入る。

「レスター＝ブライスと郊外へ遊びに行くそうだ、しかも二人きりだと」

「弟と二人で行くことの何がいけないんですか」

ヴィンセント様が「なるほど」と言いながら少し考え込む。てっきり殿下を諫《いさ》めてくれるかと思いきや。

「コレット、貴女《あなた》は少々自覚が足りませんよ」

「ヴィンセントの言う通りだ。なりすましているままの今のお前は、レスターとは縁もゆかりもない他人、そうでなくとも元々血のつながらない義姉弟、距離感というものをだな……」

ヴィンセント様を味方につけたと判断したのか、懇々と説教を始める殿下。

私は耳を覆って「わー、聞きたくありません」と抵抗する。

そんな私たちを見て、ヴィンセント様が大きなため息をつく。

「お二人とも落ち着いてください。私が言ったのは、そういう意味ではありませんよ殿下。今はまだコレットに対しては、雇用主でしかありません。いくら恋愛の機微に鈍いコレット相手とはいえ、そこまで縛り付けるのは、嫌われますよ」

ヴィンセント様の言葉に、殿下がぐっと言葉を呑み込むのが分かり、ちょっとだけ溜飲《りゅういん》を下げる。

だがそんな私の方を向いて、ヴィンセント様が続ける。

「それとコレットも、殿下の拗《こじ》らせ具合を自覚してください。未来の王太子を嫉妬《しっと》に狂わせないよう、上手《うま》く誤魔化《ごまか》すことも覚えるようにと、以前にも言いましたよね？」

「そ、そうでしたっけ……？」

目線を外して誤魔化す私の横で、殿下が不満そうに異議を唱える。

「私は嫉妬などしていない、当然の常識をだな……」

「私はまだ貴族じゃありません」

堂々巡りを始めた私と殿下を見比べて、ヴィンセント様が苦笑いを浮かべている。

しかし少しだけ冷静になったのか、殿下が妥協案を出してきた。

「護衛を連れて行くのが条件だ、それなら休暇を認める」

「近衛騎士と出かけるのに護衛って！」

「二人きりというのが問題だ」

「やっぱり妬《や》いてるんじゃないですか！」

「取りやめるか？」

「分かりました、護衛でもなんでも付けてください」

「分かれば良い、分かれば」

ようやく納得したのだろう、殿下は私の後ろに置かれていた水差しからグラスに注ぎ、一気に飲み干している。

もう、頑固なんだから。

本当にレスターに嫉妬しているとしたら、殿下はどうかしている。お母様がベルゼに滞在している間、私の家族といえばレイビィの両親とレスターだけ。むしろ積極的に保護者として認めるべきでは。

「ところでコレット、どうして明日なのですか？　貴女が忙しいことはよく分かっているはずでしょうし、姉至上主義の彼にしては、珍しい」

ヴィンセント様からため息交じりに問われて、そういえば言っていなかったことに気づく。

「ああ、それは明日が私の誕生日なので」

「は？」

背後から、間髪を入れずにあがる声。

ちらりと振り返ると、険しい顔の殿下が仁王立ちしている。

ええ、ちょっと待ってくださいよ、その怒りはどこに対してですか？

「……今、何を言った？　もう一度繰り返せ」

「何をと言われましても……私の誕生日でして、明日が」

すると今度はヴィンセント様が、首を傾《かし》げる。

「コレット、確か貴女の調査書では、誕生日は数ヵ月先だったと記憶しているのですが」

「ああそれは、コリンの誕生日ですもの。コリン＝レイビィ、私がなりかわったレイビィ家の本当の娘です。役所の記録は誤魔化せませんから……って、どうしました？」

ヴィンセント様が眉《まゆ》を下げて項垂《うなだ》れていた。よく見るとそれは彼だけでなく、後方で黙って様子を窺《うかが》っていた護衛官たち、それから衝立《ついたて》の向こうで殿下の着替えを手に待っていたらしき侍女さんたちまでもが、困ったような顔で天を仰ぐか、俯《うつむ》いている。

「貴女の事情はのみ込めました。それに平民が節目以外で誕生日を特別視しないのは承知していますが、貴族家では毎年、大切な人の誕生日は何かしら祝うものです。特に王族なら、なおさらです」

「そう、なんですか、し、知りませんでした……」

「お教えしなかった僕の落ち度でもありますが、できることならもう少し早く知りたかったですよ」

「それは、すみませんでした」

素直に謝ると、ヴィンセント様は後ろに立つ殿下を気にかけながらも、微笑《ほほえ》みながらその話は一旦切り上げてもらえることに。

私としては、既にレスターと約束をしてしまったので、休暇を貰えればいいのだ。

後ろに立つ殿下からは相変わらず圧を感じるが、それ以上何も言われないのをいいことに、私は逃げるように仕事場に戻った。

ヴィンセント様は護衛官たちを連れて隣の執務室へ向かい、殿下は侍女たちに用意された服を手に、着替えに行ってしまった。私も仕事を始めてしまうと、休暇のために予定を詰め込んでしまった忙しさに追われ、すぐにそんなやり取りは、記憶の隅に追いやられてしまう。

それからあっという間に時間が過ぎて、最後の仕事を残すのみ。会計局本院で、リーナ様を招いてイオニアスさんと三人での打ち合わせだ。

殿下が立太子した後には、生活のほとんどが公費で賄《まかな》われることになる。護衛官たちは近衛隊の中に組み込まれることになり、今は私財から出している彼らの給料も公費へと切り替わる。だが、私財から出される支出が無くなるどころか増える部分もあって、そこをリーナ様に助言を貰いながら予算案を作成しているところだった。

今日もリーナ様は、淡い桃色の花を模したドレスを纏《まと》い可憐《かれん》な姿だ。奥の部屋に移動するほんの少しの間でさえ、ギスギスした現在の会計局本院に、清浄なる風をもたらしてくれたに違いない。

「本日の予算案項目は、殿下の婚約者のための準備費用についてです。こちらについて、ラディス殿下からの希望で、私財から支出されることになっています。その点については、陛下と貴族院からは既に許可をいただいているそうです」

イオニアスさんから提示された稟議書《りんぎしょ》には、ずらりと婚礼準備品の品目が書かれていた。宝飾品から衣装、婚約式から結婚式までの費用諸々《もろもろ》。それらを目で追いながら、リーナ様は軽やかに笑う。

「花嫁自らが準備品の予算を作成するなど、前代未聞ですってよ、コレット」

「私は会計士なので、そこは別に構いませんが、金額の桁がすごくて目を逸《そ》らしたくなります……」

本当は逃げ出したい……なんてことは軽々しく口にはできないけれど。

「ラディス兄様はご趣味が仕事ですもの、貴女を捜す以外は資産が増える一方だったと聞くわ。ようやく見つけて使い道ができたのですから、しっかり使って差し上げたらいいのよ」

リーナ様が楽しそうに言う。彼女の前には、会計局で保存されていた、王妃様を王家にお迎えする時の、およそ二十三年前につけられた古い帳簿。それからトレーゼ侯爵家に残されていた、婚約時に贈られた品々の目録もある。

「……これと同じものを用意したら、金庫棟が空になりそうです。それにこんな品数、無駄になりませんか？」

資産を使い果たし、金庫棟の棚から、あの黄金の輝きが失われてしまったら、私のささやかな楽しみが無くなるではないか。

恐ろしい想像をして震えていると、イオニアスさんが私に冷たい目を向けながら、とんでもないことを言う。

「いいえコレットさん、訂正させてください。王妃様と同じではいけません。侯爵家と王家では格が違いますので、さらに上乗せは必須です」

「なっ、何を血迷ったことを言い出すんですが、イオニアスさん！」

リーナ様に助けを請うが……。

「彼の言う通りよ。貴女に不自由をさせたと思わせるわけにはいかないわ、ベルゼ王国の姫を迎え入れるからには、国の威信がかかっていることを忘れては駄目よ、コレット」

「だって、私は平民ですよ、王国の姫と言われても名ばかり。持参金だって、自分では用意できないのに？」

目録には、ドレス、コート、靴、手袋、髪飾り、指輪……最後の方の項目には馬車だけでなく、馬まで並んでいて。

目が回るとはこのことだ。

「コレットさん、ものは考えようです。これらは必要経費です、名目では貴女に贈ることにはなりますが、それらを持ってフェアリス王家に入るのです、戻ってくるも同じです。それに必要でないものは一つも入っていません」

……な、なる、ほど？

経費、必要経費……この言葉には以前、不思議な圧をもって押し切られた記憶が。

しかし目録を睨《にら》みながら冷静に考えてみると、イオニアスさんの言う通り、殿下と一緒に移動するのなら、王子妃もともに乗れる馬車は必須。別行動もありえるだろうし、当面の衣装はないと困る。使わなくなるものがあれば、下賜するか売ってこっそり金庫に戻しても……。

帳簿と目録を照らし合わせながら、数を調整していけば、何とかなる？

「うん、納得はできないですが、理解はしました……これを自分が使うと考えるから悩ましいんですよね。だからここは、架空のお妃《きさき》様を妄想してですね、その人のために計算してみたらいいのかも」

そう呟くと、向かいに座るリーナ様が「ぷっ」と小さく吹き出していた。

ハンカチを取り出して口元を押さえながら、恥ずかしそうにしている。相変わらず可愛らしいその仕草に、ヴィンセント様でなくて私がお嫁さんに欲しいくらいだ。

「ラディス兄様が今の言葉を聞いたら、どんなお顔をなさるかと想像してしまい、つい……」

「どうせ仏頂面《ぶっちょうづら》をして『またお前は』と呆れられるかも」

殿下の真似《まね》をして両腕を組んで見せると、いよいよ笑い声をあげるリーナ様。

けれどもそんな私を、イオニアスさんがたしなめる。

「そんなことはありませんよ、殿下はきっと哀しまれます。コレットさんへの贈り物には、真心を込めてくださいます。今日だって……」

しまったという顔をして、イオニアスさんは口を噤《つぐ》む。

「どうしました、殿下に何か言われましたか？」

「いえその、失言でした」

私とリーナ様が顔を見合わせていると。

「自分がお話ししたことは、内密にしてくださいますか？」

「ええ、もちろんです」

「実は今日、公費の方の決裁があり殿下にお会いしたのですが、そこで急遽私財での出金を依頼されまして。コレットさんではなくわざわざ私に頼まれるのが不自然に思い、用途をお聞きしました。するとコレットさんに誕生日の贈り物をしたいからとおっしゃられて」

「え、殿下が？」

まさか、今朝のやり取りのせいだろうか。

レスターに対抗心を燃やさなくてもいいのにと、後でもう一度言っておかなくては、などと考えていたのだが。

「高価な物で喜ぶ方ではないことは、殿下もご承知のようで、今の自分は忙しくてコレットさんのためだけに時間をつくってやれない。何を贈るかは決まってないが、すぐに使えるよう用意を頼むと、そうおっしゃっていましたから」

思ってもみなかった殿下の想いを言葉にして伝えられて、私は火照《ほて》る頬《ほお》を両手で押さえる。

イオニアスさんもリーナ様も、そんな私を黙ってにこにこと見守っているせいで、ますます頬の熱が上がってしまう。

「ふ、不意打ちは、勘弁してください」

「ふふふ、そんな風に照れているコレットを、初めて見ましたわ。でも誕生日が近いのね、私にも教えてくださったら良かったのに」

「あの、実は……」

やはり誕生日という言葉に反応を示すリーナ様に、今朝のやり取りを話して聞かせる。

「あらまあ、ラディス兄様に同情してしまうわ。いいことコレット、ここは貴女も妥協なさって、贈り物を受け取ることは、相手の心を受け入れますと伝えるのと同義なのよ。それで殿方は安心するのですから、遠慮などしては駄目。私もお母様からそう教わって以来、どんなものでも嬉しくいただいて、お礼を伝えることにしているわ」

「はあ……そうなんですね。どんなものでも……って、あの気遣いの塊ヴィンセント様の贈り物が、外れることがあるとは思えないですが」

「昔は、色々ありましてよ、ふふ」

いったい何を贈って失敗したのだろうかと興味が湧いたが、リーナ様は鉄壁の微笑みを崩さず「好きな殿方の名誉を守るのも、淑女の嗜《たしな》みですわ」と口を割らなかった。

そうして雑談気味になってしまった今日の打ち合わせが終了したのは、薄暗い夕刻になってからだった。

侯爵家の使用人が迎えに来てリーナ様を見送った後、殿下の部屋に戻ろうと会計局本院を出ようとしたところで、ふいに呼び止められる。

振り返ると、私を手招きしているのは上機嫌なバギンズ子爵だった。

「ちょっと寄っていかないかコレット、イオニアス君も。面白いものが届いたんだ」

誘われるままにふらりと本院の奥にある最高顧問の部屋に入っていくと、そこには若くて身なりの良い先客がいた。見覚えのあるその人に驚いていると、先方は私の顔を見るなり破顔する。

「お会いできて光栄です、コレットさん。僕はゼノス商会のアレクセル＝ゼノスです」

初めて会うが、彼はバギンズ子爵のお孫さんで、将来はゼノス商会を背負って立つ青年だった。かつてゼノス商会主が亡くなられた時に、若い彼が引き継いだ商会の帳簿の不手際を、私が指摘したことがあった。その縁で子爵が私の推薦状を書き、彼の元で私財会計士をすることになった。いわば私と殿下を再会させた、張本人とも言える人物だ。もしゼノス商会の帳簿に関わることがなかったら、私は今もまだ庶民納税課で、課長と顔をつきあわせていたかもしれない。

「昨年は、商会が大変お世話になりました。コレットさんにはいつかお礼を言いたいと思いながら、機会に恵まれず、ご挨拶が遅くなり申し訳ございません」

「いいえ、お気になさらないでください、私はただやるべき仕事をしただけですので。それにお礼を言うのは、私の方です。ゼノス商会が私の忠告を聞き入れてくださったご縁があったからこそ、今の仕事に就けたので」

もしかしたら、殿下と再会することはなかったかもしれない。いや、殿下の執念でいつかは見つかったかもしれないけれど、今の私たちの関係には至らなかっただろう。

彼は今日、祖父であるバギンズ子爵に、ある商品を見せにきたのだという。それが子爵の言う「面白いもの」らしく、さっそく私たちも拝見する。

丁寧《ていねい》に箱に収められたその品は、木製品だった。細長い四角い枠に、細い串が等間隔に並べられていて、串のすべてに磨かれた瑪瑙《めのう》の玉が五つずつ、嵌《は》められていた。

「もしかして、これ……算術盤ですか？」

「よく分かったね、儂《わし》も噂《うわさ》には聞いていたが、異国で発達した算術盤なのだよ。とても簡素化されていて軽く、気軽に持ち運べる」

そうなのだ、算術盤は会計士もよく利用しているが、大きなものがほとんどだ。用途に合わせて特注で作られるために、値段も張る。たとえば、王城で所有している一番大きな算術盤は、天体と暦を監理する部署のものだ。天文は複雑で、とても大がかりになる。

だがそんな複雑な算術盤を必要とする計算は、世の中にはほんの一握りだ。大半は、日々の買い物や、生活のやりくりなど、額は小さいが細かい計算ばかり。算術盤はそういった日常にこそ活躍できるものであり、万人のために役立つものであって欲しい。

「確かにこれは使い勝手が良さそうですが、そもそもコレットさんは必要ないのでは？」

目を輝かせながら算術盤を手に取る私に、イオニアスさんは不思議そうだ。

「私だって、桁が多くなると何度も確かめるために計算し直す必要がありますよ。でもこれは、庶民にこそ流行らせるべきです」

「コレットならばそう言うと思った」

バギンズ子爵が楽しそうに笑う。

「これは海を越えた遠い国から、持ち込まれたものでな。遠すぎてなかなか手に入らなかったものだから、相当な値段になってしまってのう。儂でも少々懐が痛い」

「え、そんなに高価なんですか？」

驚く私に、アレクセルさんは苦笑いを浮かべる。

「いくらでも複製して売り出せるような単純な品物です。苦労して手に入れた分、最初のお客様にはそれなりに支払っていただけるよう、細工が施された美術品としても価値あるものを入手しております」

「まあ、そりゃそうですよね」

彼の言う通り、外枠の部分には、虹色に光る石で花の模様を象《かたど》った、とても美しい装飾が施されている。初めて目にするが、工芸品としてはかなりのものだろう。

「これは螺鈿《らでん》と言われる、鮮やかに光る貝を削り、柄《がら》になるよう一つ一つ嵌め込んだ芸術品です。さる高貴な方に献上されたものと聞いています。しかし装飾の価値だけでは申し訳ないので、この算術盤を買っていただいた方に、今後僕の方で売り出す算術盤の出資者となっていただくことを条件にするつもりです。その出資が、上乗せ金額だと思っていただけたら幸いです」

「……出資ということはつまり、売り上げの分配があるってことですか？」

「はい、これもご縁ですから、コレットさんどうですか？」

そっとメモ書きで提示された金額に、ごくりと喉が鳴る。

アレクセルさんが持つ、古びた木の算術盤が、黄金色に輝いて見えてしまう！

だがぐっと堪《こら》えるのは、もうかつての事業負債の返済も終えて、お母様をブライス家から解放できた今、大金を稼いでもしかたがないのだ。

「あ、いえ……せっかくのお申し出ですが、私は量産されたものを購入させていただきます」

涙を呑んで……。

断っておきながら、未練がましく視線は彼の持つ算術盤から離れない。

でも私はレイビィの父の背中を見て育った会計士。

そう言い聞かせているというのに、バギンズ子爵がのほほんと追い打ちをかけてくる。

「お父上なら、商機を逃さず手を打ってくる、ずば抜けた商才の持ち主だったが、残念だのう」

「あ、あ、煽《あお》っているんですか、それ？　諦めようと努力しているのにっ」

「ほっほっほっ、親子じゃのう」

バギンズ子爵が嬉しそうに笑う。

「コレットさんのお父上とは、どういうことですか？」

何のことか分からないイオニアスさんとアレクセルさんへ、バギンズ子爵が説明する。

「以前、儂は帳簿の普及のために教鞭《きょうべん》を執っていたことがあると教えたろう？　その時の教え子の一人にノーランド伯爵令息、コレットの実父もいたのだよ。彼は商才に長《た》け、特に新しい商機を掴《つか》むのが上手い、鼻が利くタイプだった。だがまだ若く、自由にできる金も人脈も少なく、儲《もう》かると分かっていても諦めることがあってな……今のコレットと同じように、よく泣き言を喚《わめ》いておったな」

「お父様もそんな風に悔しがることがあったんですね」

私の記憶にある限り、ノーランドの父は何があっても感情をあらわにすることなく、どこか飄々《ひょうひょう》とした人物だった。

「普段はすました男だったが、貴族というより根は商人だったな」

私はそれを聞いて、なおさら頭を抱える。

絶対にこの算術盤は、人々に受け入れられる確信がある。けれどもバギンズ子爵が言ったお父様の状況と同じく、今の私にはすぐに揃《そろ》えられるお金はない。それに出資で利益が得られなくとも、本当のところはこの美しい算術盤が欲しい。でも私はもうすぐベルゼに向かうのだから、これは別の人に譲るべきなのだ。

ぐるぐると堂々巡りをしていると、アレクセルさんが、一つ提案をしてくれた。

「そこまでお悩みでしたら、一日お待ちします。明日の夕刻までに結論を出していただけますか」

そんな迷惑をかけられないと口では遠慮しつつも、算術盤に惹《ひ》かれた私は、ちゃっかりその申し出を受けることにした。

そうして予定よりかなり遅くなって、殿下の私室に戻ると、なぜか私の仕事机の側で、殿下が待ち構えていて。

「遅いぞ」

「すみません、バギンズ子爵に引き留められてつい長居をしました。でも殿下、今日も遅くなるって聞いていましたが、どうかしたんですか？」

部屋の中には、殿下しか残っていなかった。護衛もつけずに一人で何をしていたのだろう。キョロキョロと見回していたので、何を考えているのか丸わかりだったようだ。

「会議の休憩に少し寄った。迎えが来る前に、少しいいか？」

今日も帰宅にはレスターが付き添ってくれる予定になっていた。彼が迎えに来る時間まではあまりない。支度をしながらでもいいかと問うと、殿下が頷く。

手にしていた書類を棚に収めていると、殿下はすぐ近くの壁に背をもたれかけ、私に問う。

「欲しいものはあるか？」

ドキリと鼓動が跳ねる。

鞄《かばん》を開いた手を止めて、殿下を見る。

「……物に、執着がない質《たち》なんです」

「分かっている。お前の弟からも、嫌味を言われた。コレットが喜ぶものは、物ではなく思い出や時間の共有なのだと」

私はそれを聞いて、ふっとため息をこぼす。

「レスターはたまに私を美化しすぎますから、真に受けないでください。それに私は案外、高望みをする欲深い人間です、レイビィ家の両親に愛されて大切にされていてもなお、レスターやお母様のことだって、諦めきれなかったですしね」

「コレット……望むことは罪ではない。諦めたら、結果は手にできないのだから」

そうかもしれない、殿下の言うことは尤《もっと》もだ。

望んだから、今の結果がある。

「望みがあるなら、言えばいい。叶《かな》えられるものばかりではないが、口にしてみてくれなければ、伝わらない」

「……望み、ですか」

今それを問われると辛い。どうしてこうタイミングが悪いんでしょう、せっかく我慢しようとしているのに、揃いも揃って。

私が視線を逸らすと、殿下は近づいてきて私の方を覗《のぞ》き込む。

「忘れようとしているのに、なぜ思い出させようとするんですか」

「望みが……欲しいものがあるのなら、教えてくれ。お前の望むものを贈りたい」

ああ、逃れようとしても、瞼《まぶた》に浮かぶ。

忘れたくて必死に気を逸らそうとしているのに。

殿下が私の頬に指を添えて、自分の方に顔を向けさせる。そして普段は強い琥珀《こはく》色の瞳《ひとみ》に憂いのような色気を漂わせながら、私にとどめを刺してきた。

「何が欲しい？」

「さ、算術盤です」

驚きに目が開き、色気も憂いも霧散した。

「…………は？」

何度でも言います、もうこうなったら全部白状するしかない。

「算術盤が欲しくてたまらないんです。忘れようとしていたのに、どうして言わせるんですか、もう我慢できなくなっちゃいます！」

そう叫ぶと、殿下が半歩下がって額に手を添えて大きなため息をつく。

「私は、誕生日の贈り物に何が欲しいのかを聞いているのだが」

「知りません、欲しいものが何かと聞かれたので、素直に答えたんです。いいですか、心して聞いてください殿下！　バギンズ子爵の部屋で、遠方の島国で作られた、螺鈿とかいう美しい細工が施された算術盤を見せられたんです。それが今まで見たことがないくらい簡素化されて、持ち運びができて、単純だからこそ用途を選ばない純粋な算術にもってこいで、絶対にあれは庶民にも流行《はや》ると思うんですよね。しかも……」

止まらなくなった私の口を、殿下が片手で押さえた。

「もがっ」

「まったく、お前は」

だって殿下が。

まだ喋《しゃべ》ろうとして、もごもご言っている私を見下ろし、ついに堪えきれなくなったように殿下が笑い出す。

塞がれていた手が外れて、そのまま私の頬を滑り、髪をかき分けて耳の後ろに回される。

「相変わらず、私の思惑など軽々と飛び越えていく」

「殿下だって……」

言い返そうとした言葉が詰まる。

再び細められた目には憂いはないが、喜色が浮かんでいて私をドギマギさせる。

「明日の夕刻には、時間を作る」

「……え」

いつの間にか壁を背にしていて、殿下が伸ばした腕の間に挟まれていた。徐々に近づいてくる殿下の息がかかりそうで……。

え、まって、これはレリアナから聞かされた、巷《ちまた》で噂の、壁ド……。

「ちょっと、姉さんに何をするつもりですか、殿下！」

焦《あせ》る私を救ったのは、迎えに来てくれたレスターだった。

助かった、と思うのと同時に、頭の上で舌打ちが聞こえた。

見上げる殿下はすぐに壁から手を離し、レスターの方を振り向いていた。

「日に日に遠慮がなくなるようだな、レスター＝ブライス」

「それはこちらの台詞《セリフ》です殿下、姉さんとはまだ婚約すら結んでいないのですから、不用意に二人きりにならないでください」

「お前に言われたくない」

「僕は、身内です！」

そんなやり取りを聞きながら、私はいまだドクドクと鳴り続く心臓を落ち着かせようと、それどころではなかった。

不意打ちは、本当にやめてください。

翌日早朝、約束通り私はレスターと懐かしい丘に向かい、美しい景色を楽しむことができた。

天気も馬での遠出には相応《ふさわ》しい晴天、風も穏やかな一日だった。

かつて訪れた記憶とほとんど変わらない景色、そして咲き乱れる花々に心を癒《い》やされる。昔はまだ小さかったこともあり、遠くから眺めるだけだった小川に行き、少し下ると小さな池もあった。そこで離れてついてきてくれた護衛官も呼び寄せて昼食をとり、名残惜《なごりお》しいけれども帰路に就かねばならない。

「ここに来れて良かった。またお母様を誘って、三人で来たいな……」

「家族が揃った時には、必ずまた来よう」

レスターの力を借りて馬に乗り、走り出す。

「しばらく姉さんの世話を焼けないのは寂しいな……まあ殿下よりは姉さんに会えるから、それだけでも気分がいい」

馬を走らせながら、レスターがそう言って笑う。

二カ月後にあるベルゼ王国との平和式典が終わったら、私はしばらくの間はベルゼで過ごさねばならない。いつまでかはまだ決まっていないけれど、あちらの王族としての習慣や所作を身につけながら、お母様と水入らずの暮らしが待っている。

その間、連絡係としてレスターが手紙などを直接届けてくれる予定だ。

レスターは私と同じように、式典後はブライス伯爵家を継承するために、月の半分くらいはブライス領で仕事を覚えることになる。

「いつまでも殿下に、そういうことを言わないの。仮にも騎士であるレスターの主君になるのだから」

「それとこれとは別だよ、姉さんを僕から奪っていく憎い奴《やつ》、それはこれからもずっと変わらない」

「……ずっと？」

「そう、ずっとだ。姉さんはずっと僕の姉さんでいてくれるのでしょう？」

「もちろん、レスターが嫌だって言い出したって、私たちは姉弟よ」

「はは、だからずっとだ、殿下には諦めてもらおう」

やっぱり勝ち誇った様子のレスターに、つい吹き出してしまう。

そうして帰り着くまでの間、馬上で私たちはたくさん話した。皆に誕生日を教えてなかったことや、バギンズ子爵の部屋で見た算術盤のことなども。それから仕事のことや、レリアナたちの近況まで。レスターも近衛でジェストさんに相変わらずしごかれていることや、最近は殿下の護衛で一緒になる同僚と、少しだけ打ち解けたことなど、互いに報告しあう。

笑って、驚いて、呆れて、そしてまた笑って。

見上げるレスターの顔は、今日の抜けるように青い空のごとく、晴れ晴れとしていた。

寂しいけれど、今日のこの日の思い出をきっかけに、いいかげん私も弟離れをしなくてはと決意を胸に刻んだ。

そうして無事に帰城し、休みを取るために後回しにしてあった仕事に手をつけていると、いつの間にか夕刻が迫っていた。

部屋の中に独《ひと》りなのをいいことに、大きく伸びをする。簡単な書き写し作業は楽だけれども、長時間座っていると全身が凝る。

ちょうど書き終わったメモを丁寧に折りたたみ、ジャケットの内ポケットに収めてから、私は立ち上がる。ついでに足をほぐし、腕を回しながら肩を揉《も》む。

「さあ、約束の時間だから、行かなくちゃ……ぎゃっ」

高く腕を振り回していたら、ちょうど手の甲に何かがペチッと当たったのだ。

嫌な予感がしてそっと後ろを振り返ると、ちょうど手が触れているのは殿下の顔。

「わー、すみません！　というか、いつの間にそこに？」

何やら言いたげな顔ではあるけれど、ぐっと言葉を呑み込む様子の殿下。

「……仕事は終わったのか？」

「いえ、休憩というか、ちょっと気分転換に散歩でも行こうかなと……」

仕事終わりなのか、殿下はタイを緩めはじめ、遅れて部屋に入ってきたヴィンセント様は持っていた荷物を整理し、護衛官たちは交替のために外に控える近衛兵に声をかけている。

「駄目だ、今すぐ仕事を終わらせろ」

「え、でもまだ……」

机の上に目線を向ける。広げた書類の一番上はまだ書きかけで、インクとペンも出しっぱなしになっている。

「続きは明日だ」

「あ、勝手に片付けないでください。自分でやりますから」

書類を束ねようとした殿下から奪い取り、明日に仕事を再開しやすいよう順番を整えてから机の引き出しに収める。

「分かりましたよ、仕事は明日にします……じゃあ、私はこれで」

素早く殿下の横をすり抜けようとしたところで、腕を取られた。

「どこに行く気だ？」

「ええと、だから散歩へ」

納得していないのだろう、放してくれない。

「コレット、今日は夕刻に時間を作ると言っておいたはずだが？」

「それはそうですが……さっと用事を片付けて、すぐ帰ってきますから」

「言っておくが、バギンズの元に行っても、既にゼノス商会の若頭取は帰ったぞ」

その言葉に驚いて殿下を振り向くと、久しぶりの悪い笑み。

「帰ったって、アレクセルさんは今日、私の返事を待っていてくれるはずだったんですよ、まさか殿下……！」

はっとして口を噤む。

「やはり、算術盤を自分で買い取るつもりだったのだな？」

「は、はは、なんのことでしょう？」

誤魔化そうとする私に、殿下は手を差し出す。

「はい？」

「その服の下に収めたものを出せ」

「え、何のことですか？」

私は上着の合わせを抱き込み、抵抗を試みる。

「足掻《あが》いても無駄だ、お前の考えていることくらいお見通しだ。分割払いか、借金の返済計画書でも作って交渉するつもりだったのだろう？」

「……くうぅ」

どうしてバレているんですか。

がっくり項垂れながら、私は観念してポケットから書面を出して、殿下に渡す。

それは今日、仕事の合間に作った、算術盤の買い取り計画書だ。私の給金半年分に少しばかりの貯金を足して頭金とし、今後に一般販売した時の売り上げで残りの三分の二にあたる金額を相殺《そうさい》していく計画が、細かく書き出してある。

それを広げて見て、殿下は大きくため息をつく。

「そこまでして最初の算術盤が欲しかったのか、それとも後の収益を見込んでの皮算用か」

「もちろん、両方です」

そう答えると、執務室の方からヴィンセント様の笑い声が聞こえた。

「素直ですね、コレットらしい」

「とにかく、ゼノス商会はもう買い手を見つけた。残念だったな、諦めろ」

えぇぇ、そうなんだ……。

がっくりと項垂れる。

今日まで待ってくれるとは言っていたけれど、手付金を払ったわけではない。縁が無かったと諦めるしかないだろう。

泣く泣く自分にそう言い聞かせていると。

「コレット、そもそもこの支払い計画には無理がある。三ヵ月分の給金はベルゼへ向かう来月の退勤で精算して支払われることになっているが、残りの三ヵ月分はどうするつもりだったのだ」

「それはもちろん、これまで貰った分を足してという意味ですよ」

殿下が黙って私を見下ろしている。

そしてしばらくしてから、再び深いため息。

「それで無一文になって、ベルゼに向かうつもりだったのか？」

「えっと、向こうでも何かしら会計士の仕事はもらえるかなぁって……」

すると執務室から顔を出して様子を窺っていたヴィンセント様が、再び笑いながらこちらにやってくる。

「王族が、臣下から給金を得るような仕事に就けると思っているのですか？」

「ちょっと内緒ならって……無理ですか？」

「私の目の届かないベルゼで、そんなことをさせられるか！」

ついに殿下から叱られる。

「まあまあ殿下、コレットの監視はリンジー殿がしてくださいますから、それくらいにして……」

ヴィンセント様が目配せをすると、昔から殿下に雇われていた護衛官たちと、アデルさんや侍女たちが一斉に部屋に入って来る。驚いたことに、リーナ様までも。

「コレット、私にもお祝いさせてくださる？」

そう言いながら、彼女から小さな花束を手渡される。

「わあ、嬉しいです、ありがとうございますリーナ様！」

「どういたしまして」

色とりどりの花と、リーナ様のかぐわしい香りに包まれる。抱き合って友情を確かめ合う私たちを、複雑そうな顔で眺めるヴィンセント様。彼に勝ち誇った顔を向けている間にも、護衛官たちが大きな机を運び込み、そしてテーブルクロスを被《かぶ》せた。そこに椅子《いす》を並べて、侍女たちはお皿と料理を運ぶ。

いったい何が起きるのかと、私が驚きながら眺めていると。

「これまで誕生日には、お前の好む料理で祝うと言っていただろう。賑《にぎ》やかな方が良いと思い、皆で食卓を囲むことにした」

「……殿下」

まさかこんなお祝いをしてもらえるとは思ってもいなかった。宝飾品などの高価なものに抵抗がある私のために、殿下は知恵を絞ってくれたのだろうか。

食卓の準備をしている皆を眺めている殿下の横顔は、いつも通り。

私の視線に気づいたのか、こちらを向く殿下。

「気に入らなかったか？」

私は慌てて首を横に振る。

「いいえっ、すごく嬉しいです……皆で一緒にご飯が食べられるのが、一番幸せです！」

そう言うと、殿下は柔らかい表情を浮かべる。

優しい笑顔につられるように、私の頬もほころぶ。

殿下から手を差し出され、準備が整った席に隣り合って座る。

食事会は私の誕生日を祝う言葉と、乾杯の合図で始まった。そうして口にする食事は、いつも以上に美味《おい》しくて、楽しくて最高だった。

興が乗ってきたところに、交替で護衛に来てくれている近衛さんたちにもお裾分けをしていると、遅れてジェストさんとレスターがやって来て加わる。もうその頃には、席などあってないようなものになり、宴会となってしまっていた。

さすがに無礼講の宴会となってくると、リーナ様を置いておけないとヴィンセント様が連れ帰ることになった。後ろ髪を引かれる様子のリーナ様に手を振って見送り、私もまた高揚した気分を収めようと、テラスに出て風にあたる。

美味しい食事とワイン、気の置けない人たちとの歓談。こんなに楽しくて、賑やかな誕生日は初めて。

もうすぐ彼らとお別れだと思うと、少しだけ寂しい。

殿下と再会し、彼らと出会ってからまだ一年も経っていないなんて、信じられない。殿下と殿下を支える彼らは、私の中で大きくなって、無くてはならない人たちになっている。そんな彼らに祝われた今年の誕生日は、私にとって忘れられない日になった。

「どうした、食べすぎて腹でも痛めたか？」

振り返ると、殿下もまたテラスに出てきたところだった。

「私だって、物思いに耽《ふけ》ることがあるんです」

頬を膨らませる私を笑いながら、殿下はいつもの長椅子に座る。手で隣を示されたので、私もそこに座る。

夜風が気持ちよく、ほんのりと熱い頬を冷ましてくれている。

「今日はありがとうございました、殿下。食事会、すごく楽しくて……」

「離れがたくなったか？」

少し間をおいてから、素直に頷いた。

「これが作戦だとしたら、まんまと罠《わな》に嵌まったことになりますね」

殿下は満足そうな顔をする。

「ここがコレットの居場所で、帰るところだ。俺の隣は、お前以外に埋められない。それを忘れるな」

引き寄せられ、素直に身を委ねる。

殿下の傍《かたわ》らが、私の帰る場所。

相変わらず賑やかな声が、耳に届く。これからは殿下を支えるために、もっともっとたくさんの人があの輪に加わるだろう。その中の、一番近くが、私に与えられた場所。

そこにいるからには、たくさんの役目が与えられるだろう。けれども殿下は、きっと私が私らしく彼を助けていくことを阻むことはない人だ。

これからも私は彼の妃でありながらも、王子様の会計士として、生きていきたい。

温かい腕の中に包まれながら、そう心に誓う。


そして若干二日酔い気味で出勤した翌日、イオニアスさんの作成した花嫁支度目録の中に「螺鈿装飾つき算術盤」の文字を見つけ、叫び声をあげて頭痛を悪化させた。

もちろん、ありがたく使わせていただきますとも！

あとがき

本作「王子様の訳あり会計士2　なりすまし令嬢は処刑回避のため円満退職したい！」をお読みいただき、ありがとうございます。

前巻に引き続きお楽しみいただいた方、この二巻を手に取ったことをきっかけに本作を知っていただいた方、タイミングは様々でしょうが、こうして出会えたことをとても光栄に思っております。

この二巻にて、訳あり会計士のコレットと堅物拗らせ王子ラディスの二人の物語に、区切りをつけることができました。登場人物にとっての一年間が、二冊のなかに詰め込まれています。一方で、執筆した私が費やした時間は、その倍以上だったというのもあり、こうして完結を迎えられ胸を撫でおろしている次第です。

コレットは隠しごとばかりで、最初はどうなることやらと書きながら心配をしていました。しかし国を背負い大局を見ることが務めのラディスと、会計士という仕事柄で重箱の隅をつつくように数字の帳尻を気にするコレットは、思っていた以上に良い組み合わせだったなと今では感じています。

そんな二人の今後は、これからも変わることなく困難や驚き、ドタバタに満ちて彼らの世界は続いていくのだろう。そして沢山の困難を乗り越えてきたコレットが、今度こそ夢だった幸せな家族をラディスとともに築いていくに違いない。最後の頁を読み終えた時、多くの方にそう感じていただけたらいいなと祈りつつ、このあとがきを綴っています。

本作は、多くの方々に支えられ、完成させることができました。関わってくださったすべての方に、感謝しております。

特に、時間ギリギリまであでもないこうでもないと悩み、変更ばかりの原稿に対応してくださった編集様と、一巻に引き続き美麗なイラストを描いてくださったiyutani様、本当にありがとうございます。

そしてWeb掲載時から読んで応援してくださった方々、書籍から作品に興味を惹かれて手に取ってくださった皆々様、心より御礼申し上げます。

またいつか、新たな作品でお目にかかれることを願って。

小津カヲル

王子様《おうじさま》の訳《わけ》あり会計士《かいけいし》2
なりすまし令嬢《れいじょう》は処刑回避《しょけいかいひ》のため円満退職《えんまんたいしょく》したい！

2024年7月5日　初版発行

初出……「王子様の訳あり会計士」
小説投稿サイト「小説家になろう」で掲載

著者　小津カヲル

イラスト　iyutani

発行者　野内雅宏

発行所　株式会社一迅社
〒160-0022 東京都新宿区新宿3-1-13 京王新宿追分ビル5F
電話　03-5312-7432（編集）
電話　03-5312-6150（販売）
発売元：株式会社講談社（講談社・一迅社）

印刷所・製本　大日本印刷株式会社
ＤＴＰ　株式会社三協美術

装幀　世古口敦志・丸山えりさ（coil）

ISBN978-4-7580-9655-3

おたよりの宛て先
〒160-0022 東京都新宿区新宿3-1-13 京王新宿追分ビル5F
株式会社一迅社　ノベル編集部
小津《おづ》カヲル 先生・iyutani《イユタニ》 先生